宜春学院学者文库（第三辑）

CONG QIMENGZHUYI DAO
GUDIANZHUYI
SUXUELIN WENXUE
SIXIANGLUN

从启蒙主义到古典主义

苏雪林文学思想论

刘旭东　著

中国社会科学出版社

图书在版编目（CIP）数据

从启蒙主义到古典主义：苏雪林文学思想论/刘旭东著. —北京：中国社会科学出版社，2015.6

（宜春学院学者文库. 第3辑）

ISBN 978 - 7 - 5161 - 6195 - 1

Ⅰ.①从…　Ⅱ.①刘…　Ⅲ.①苏雪林（1897～1999）—文学思想—研究　Ⅳ.①I206.7

中国版本图书馆 CIP 数据核字（2015）第 117584 号

出 版 人　赵剑英
选题策划　刘　艳
责任编辑　刘　艳
责任校对　陈　晨
责任印制　戴　宽

出　　　版　中国社会科学出版社
社　　　址　北京鼓楼西大街甲 158 号
邮　　　编　100720
网　　　址　http://www.csspw.cn
发 行 部　010 - 84083685
门 市 部　010 - 84029450
经　　　销　新华书店及其他书店

印　　　刷　北京市大兴区新魏印刷厂
装　　　订　廊坊市广阳区广增装订厂
版　　　次　2015 年 6 月第 1 版
印　　　次　2015 年 6 月第 1 次印刷

开　　　本　710×1000　1/16
印　　　张　10.25
插　　　页　2
字　　　数　203 千字
定　　　价　39.00 元

目　录

序 ……………………………………………………………… (1)

绪论 …………………………………………………………… (1)

第一章　从启蒙到古典:苏雪林文学思想的流变 ………… (11)

第一节　思潮视野下的苏雪林 ……………………………… (11)

一　"冰雪聪明"提法的意义遮蔽 ………………………… (12)

二　概念的厘清 …………………………………………… (15)

三　从启蒙主义到古典主义 ……………………………… (18)

第二节　文学主题的变奏 …………………………………… (19)

一　启蒙书写(1925—1930年) …………………………… (19)

二　道德批评(1931—1937年) …………………………… (23)

三　民族想象(1937—1949年) …………………………… (25)

四　政治依附(1949年—晚年) …………………………… (27)

第二章　启蒙书写:苏雪林20世纪20年代的写作姿态 ………… (30)

第一节　确证自我:自我意识的觉醒与人生意义的探寻 …… (31)

一　自我意识的觉醒:从"热烈"到"悲凉" ………………… (33)

二　自由之难:思想很新,行为很旧 ……………………… (35)

三　人生美的追求:一个"美丽的谎" ……………………… (38)

第二节　国民性批判:国民劣根性的挖掘和微观的社会批评 ……… (41)

一　国民劣根性的挖掘:《在海船上》和《归途》 …………… (42)

二　微观的社会批评:被忽略的《生活周刊》的写作 ……… (45)

第三章 道德批评:新人文主义立场和人格论批评模式的确立 …… (49)

  第一节 苏雪林文学思想的古典主义倾向 …………………… (50)

    一 苏雪林与梁实秋的精神契合 ……………………… (51)

    二 文学与道德 ……………………………………… (54)

    三 文学贵在表现人类"基本的情绪"和不变的"人间性" …… (58)

    四 理性的节制 ……………………………………… (60)

  第二节 苏雪林新文学批评的特点 ……………………… (62)

    一 作为双刃剑的人格论 …………………………… (63)

    二 敢下判断的批评 ………………………………… (67)

    三 与所论者处于同一境界 ………………………… (70)

  第三节 "反鲁":道德化批评的逻辑结果 ……………… (73)

    一 事件始末 ………………………………………… (73)

    二 道德化批评的逻辑结果 ………………………… (77)

    三 "正义的火气" …………………………………… (80)

第四章 民族想象:苏雪林的抗战写作 ……………………… (85)

  第一节 复杂的民族意识 ………………………………… (86)

    一 以种族论为基础 ………………………………… (87)

    二 以国家主义为指向 ……………………………… (89)

    三 以反思启蒙重建民族自信心 …………………… (92)

    四 鼓吹尚武精神 …………………………………… (94)

  第二节 《蝉蜕集》:民族主义文学的范本 ……………… (96)

    一 如何想象中国 …………………………………… (97)

    二 历史与现实的互见 ……………………………… (101)

    三 文学形式的民族性 ……………………………… (105)

第五章 政治依附:晚期苏雪林的政治化写作 ……………… (110)

  第一节 提倡恢复旧伦理与拥护专制统治 ……………… (112)

    一 背叛五四:提倡封建伦理 ……………………… (112)

    二 恢复父权 ………………………………………… (115)

    三 拥护专制统治 …………………………………… (116)

  第二节 "反共"与充当文艺"纠察队"员 ……………… (118)

一　"反鲁"与"反共" ……………………………………（118）

二　充当文艺"纠察队"员 ………………………………（121）

结语 ……………………………………………………（125）

参考文献 ………………………………………………（129）

附录　两种美学立场的冲突
　　——论苏雪林《沈从文论》及沈从文的反批评 …………（141）

后记 ……………………………………………………（151）

序

俞兆平

　　旭东是我关门弟子。2009 年，返聘期限已近，按校方规定，只能再招一届博士生。在这数字化、行政化的年代，恭谨遵命，岂敢恋栈，别自讨不自在。所以在面试时，对我这最后一位弟子稍加考量了点，印象还不错，清爽利索，应答机敏，最新的理论动态也能一一道来，虽有点书生气，但对学界的八卦糗事也不乏了解，看来孺子尚可教也。

　　跟我三年，旭东处于不断磨合之中，有点苦累了他。因为硕士时期他偏重于影视文学及美学的研究，而我的专业却侧重于中国现代文论及文学思潮，在理论准备与资料积累上有些脱节与错位，这曾使他一度陷于游移与彷徨。加上我之为学宗旨，偏重史实史料的开掘，强化历史语境的回归，时不时地会学胡适喊一声："拿证据来！"这对 80 后的旭东来说，是有点苛刻，但他也只得认命，谁让他自投罗网，上错贼船呢？好在旭东还算听话，老老实实地去书堆爬梳了。

　　"出水还看两腿泥！"很快就到了博士论文的设计阶段了，写什么呢？中国现代文学的时限，前后加起，满打满算，也仅三十余年，而我们这些以此为生的教授、学者，再加上一拨又一拨的研究生，明处经典的无穷挖掘自不必说，连书库里尘封的鲁鱼亥豕也都搅了出来，君不见，"鲁迅与计划生育"居然也有人选题作文。师徒俩牢骚发了，正经事还得做。

　　其时，我正在写关于阿 Q 的文字，一时兴来，对旭东夸起苏雪林 1934 年评阿 Q 的文字来。旭东回去一读，果然如是，而后又接触到苏在鲁迅逝世后"反鲁"的文章，引起了兴趣，便选定她。对此选题，我亦赞同。在中国现代文学史上，苏雪林的文学思想、文学创作与文学批评，以及她那独特的生活经历，构成一复杂、丰富的文学个案。特别是她赴台之后，再加上意识形态的遮蔽，逐渐淡出了大陆文坛与学界，甚至一度为大陆中国现代文学史叙述所遗忘和否定。所以,还是可以做点文章的。

说来也巧,当时我和台湾成功大学文学院院长陈昌明教授有些学术上的来往。苏雪林先生自 1956 年起,至 1999 年逝世,均在成功大学度过。陈教授为整理、修复、搜集、出版、保存苏先生的文稿、遗作及文物等,耗费心血。当他得知我的学生准备以苏雪林先生为研究对象撰写博士论文时,十分高兴,特地从台湾邮寄来八本苏先生的著作,为旭东的写作提供了不少方便与帮助。

旭东的博士论文从"启蒙书写"、"道德批评"、"民族想象"和"政治依附"四个视角,以纵向与横向两个维度,较为准确地概括苏雪林的"从启蒙主义到新古典主义"的文学思想演变历程,及其文学活动的阶段性特征。总体构架设计比较严谨合理,也符合相应的逻辑推演进程,在一些问题上亦能拓展出新意。从海峡两岸的研究现状来看,可算为较全面与扎实的一篇论文,有一定的学术含量与价值。

论文比较重要的特点是,把苏雪林的文学思想纳入中国现代文学思潮中加以考察,并运用文本分析与理论论析相融合的方法,揭示出其独特性与复杂性。从中也可看出作者有着较强的理论思辨与文本分析能力。

论文对苏雪林文学思想的研究比较全面,并且不回避一些敏感的问题,如她的"反鲁"事件、"党化"问题,以及新人文主义立场等,都作了公允、合理的论析与解答。我相信,论文的正式出版将有助于大陆苏雪林研究的深化。

当然,因为旭东是我的弟子,此序言自然也就逃脱不了"王婆卖瓜"的自诩。言实相符否,恳望学界同仁们明正、赐教。

绪　　论

一个人在社会上，或什么坛上，占有一个小小位置，便命定地要不断介绍自己与公众相见。

——苏雪林

苏雪林，这位曾被大陆中国现代文学史叙述所否定，甚至遗忘的作家、学者、文学批评家，在新的历史时期，逐渐回归到国人的研究视野中。人们惊讶地发现，当年对鲁迅《阿Q正传》、对沈从文小说等最精彩的评论，居然是出自这位女性批评家之手；但令人费解的是，在鲁迅逝世之后，她又是批判鲁迅最苛刻的一位。于是，如何客观、公允地看待、评价苏雪林，成了大陆现代文学史叙述的一个难题。

还是从她生命的断片、细节开始吧。

1950年2月的香港某街道，54岁的苏雪林坐在石阶上休息，突然手中的提包被人抢夺，抬头发现是一满脸杀气的青年男子。她拼命呼救并争夺提包，男子把她推倒在地，迅速跑去。这个曾经裹过小脚的老太太顾不得危险，起身追赶，因为包里有刚翻译好的手稿，丢了就很难还原。追了十余丈，她看见提包被扔在路边，除了钱被拿走，所幸手稿和其他物品都在。"但经此一吓，晚餐不能下咽。"① 没过半月，苏雪林上电车时又被人挤倒，正好一辆汽车从旁驶过，跌在汽车上，只要早跌一秒也许就成为轮下之鬼。"晚间因饮咖啡二杯又受大惊吓，不能成寐，枕上自伤自悼，宛转流涕……"② 此时苏雪林的身份是香港真理学会的编辑，工作是替教会编编杂志，写点文章。摆在这位年过半百的知名作家、曾经的武汉大学教

---

① 苏雪林：《苏雪林作品集·日记补遗》，苏雪林文化基金会2010年版，第27页。
② 同上书，第32页。

授面前有三条路,或者回中国共产党治下的新政权重新当老师,或者想办法去法国深造,完成自己的屈赋研究,或者仍留在香港,继续当这个真理学会的编辑,但也许有一天或真成为轮下之鬼。

苏雪林,自然不如鲁迅有着深刻的思想和强大的气场,也不如张爱玲飞扬的才情和传奇的身世,当然更没有梁实秋那样显赫的师承和漂亮的外语,这个看似相对"平庸"的研究对象,让笔者一度陷入对其研究意义的焦虑:在人人都刻意追求深度阐释的今天,如何让自己的研究显得不那么肤浅?此刻,文章开头那个站在三岔路口彷徨的苏雪林的形象感染了同样处于彷徨中的笔者,她也许不够深刻,也许不够耀眼,甚至很多时候还不大招人喜欢,但她一生所遭遇的困境,她面对困境所做出的种种抉择都代表着她那个时代的某种可能性,只要把这种可能性客观地描述出来,意义就自然呈现。我甚至认为,所谓文学研究,不就是诸种可能性的研究?正是各种可能性才构建出文学史的丰富性。更何况,综观其一生虽不能说传奇,却也超越"平庸"。

苏雪林,原名苏梅,字雪林,后以字为名,安徽省太平县岭下村人。1897 年 3 月 26 日(农历二月廿四日)生于祖父署理的浙江瑞安县县丞衙门里,辛亥革命后随同家人返回安徽老家。18 岁入安徽省立安庆第一女子师范学校就读,三年后毕业留在母校附小教书两年;23 岁考入北京女子高等师范学校,与庐隐、冯沅君等同学,后来皆成为著名作家。在女高师求学期间,曾受教于胡适、周作人、李大钊、陈衡哲等著名新文化学者,并开始在报刊上发表文章,还担任过《益世报·女子周刊》的编辑。1921 年,因批评北大学生谢国桢的诗集引起一场笔战,同年赴法留学,考入吴稚晖、李石曾在里昂所办的中法学院,曾转学于里昂国立艺术学院,期间受洗皈依天主教。1925 年,因探母病苏雪林中断学业回国,并履行家庭指定的婚约与未婚夫张宝龄结婚。1926 年起,先后在苏州景海女子师范学校、东吴大学、沪江大学、安徽大学任教。1927 年出版散文集《绿天》,1928 年出版学术专著《李义山恋爱事迹考》,1929 年出版长篇自传体小说《棘心》,并在《语丝》《现代评论》《生活周刊》等著名报纸杂志上大量发表文章。1931 年起在国立武汉大学任教,1932 年开始编《新文学研究》讲义,1934 年担任新文学课程,期间发表了《〈阿Q正传〉及鲁迅创作的艺术》《周作人先生研究》《沈从文论》《论鲁迅的杂感文》等大量的新文学批评论文,引起了一定关注。与袁昌英、凌叔华交好，后被人称为"珞珈三剑客"，或"珞珈三女杰"。1936 年 10 月，鲁迅逝世，原本在文章中表达过对鲁迅钦慕之意的苏雪林在《奔涛》杂志上先后发表《(与胡适)关于当前文化动态的讨论》和《与蔡孑民先生论鲁迅书》两信，肆意"攻击鲁迅"，用语超出常态，引起公愤。随着日本侵华战争的全面开始，1938 年随武汉大学撤退至四川乐山，边教书边写作，出版散文集《屠龙集》、历史人物传记《南明忠烈传》，以及历史小说集《蝉蜕集》等。1946 年，出川返鄂，继续在武汉大学任教。1949 年，为避战火回到上海夫家，五月赴香港，任职真理学会，担任编辑工作，写《中国传统文化与天主古教》。1950 年，二度赴法，在巴黎大学进修巴比伦、亚述神话。1952 年，自法赴台湾，任教于省立师范学院，讲授一年级国文、三年级《楚辞》。1956 年，转聘至台南省立成功大学。1959 年，在《自由青年》开设《文坛话旧》专栏，因发表《新诗坛象征诗创始者李金发》一文，与现代诗人覃子豪发生笔战，引发了台湾诗坛一场关于现代诗发展的论战。1962 年，胡适心脏病突发，逝世于南港蔡元培馆招待院士的酒会上，苏雪林悲痛万分，后写《悼大师，话往事》系列，一边追悼大师，一边不时借大师抬高自己的文坛地位，引起寒爵、刘心皇的反感，撰文批判，双方论战近两年。1964 年，赴新加坡南洋大学教学，讲授《诗经》《孟子》等课程。1967 年，由爱眉出版社结集出版《我论鲁迅》。1973 年，自成功大学退休，由广东出版社出版《屈原与九歌》，次年出版《天问正简》。1978 年，国立编译馆出版《楚骚新诂》，两年后出版《屈赋论丛》。1979 年，广东出版社出版《二三十年代作家与作品》，两年后该书获第六届"国家"文艺奖之"文艺理论类"文艺批评奖，四年后更名为《中国二三十年代作家》重排出版。1991 年，门生故旧为其庆贺九五生辰，成功大学授予荣誉教授，举行"庆祝苏雪林教授九秩晋五华诞学术研讨会"。1998 年 5 月，离开大陆半个世纪后第一次回家乡安徽省亲。1999 年 4 月 10 日，成功大学出版组出版《苏雪林作品集·日记卷》共 15 册，计 400 万字。4 月 21 日下午 3 时 5 分，因心肺衰竭病逝于成功大学附设医院。①

----

①　本著中的苏雪林生平介绍，参见《苏雪林自传》（江苏文艺出版社 1996 年 12 月版）、《苏雪林年表》（载《掷钵庵消夏记——苏雪林散文选集》附录 1，陈昌明主编，INK 印刻文学 2010 年版）、《苏雪林：荆棘花冠》（方维保著，广西师范大学出版社 2006 年版）、《苏雪林年表》（石楠著，载《安徽师范学院学报》（社会科学版）2006 年 9 月第 25 卷第 5 期），一并致谢。

　　苏雪林享年 102 岁，创作生涯长达 70 余载，在小说、散文、诗歌、戏剧、翻译、文学批评、古典文学研究等领域均有建树。关于她的文学创作，文学批评家阿英在 20 世纪 30 年代就称"苏绿漪是女性作家中的最优秀的散文作者"①，研究者也往往把她与冰心并提，称为"冰雪聪明"。至于其文学批评，所得评价更高。虽然苏雪林宣称以"反鲁"为"毕生事业"，但曹聚仁却不得不承认"评介鲁迅的文字，笔者觉得那位和鲁迅有些冤仇似的苏雪林，倒说得最好"②。因写过《周作人先生研究》一文，周作人在晚年致友人的信中写道："且说陶明志编之周作人论中，除苏雪林文最有内容之外，余悉是阿谀与漫骂的文章，可谓有识。"③ 海外著名汉学家夏志清在一次访谈中坦陈自己的小说史写作曾受其影响："说起苏雪林，她才真正是现代文学研究的先驱。我的《中国现代小说史》就受到她启发。"④ 当代学者李劼则称苏雪林的《心理小说家施蛰存》至今依然是有关施蛰存小说的最权威阐释。⑤

　　与上述大家、名家的褒誉形成鲜明反差的是，这样一位优秀的作家和批评家，却没有得到大陆学术界相应的重视。虽然自 20 世纪 80 年代中后期大陆的研究者开始发现苏雪林的价值，出现了一些研究成果，但时至今日，大陆现行权威的文学史和文学批评史却仍鲜有其踪影，也就是说，她依然没有得到大陆正统文学史家的接受和承认。正如海登·怀特（Hayden White）指出的那样："……任何一组随便记录的特定历史事件都不会本身构成一个故事；它们最多向历史学家提供一些故事要素。这些事件是通过一些方式被编造成故事的，这些方式包括：抑制或贬低一些事件而突出强调另一些事件；描述特征，重复主题，改变格调和视角，转换描述策略等……"⑥ 苏雪林在大陆文学史家们有意或无意地抑制和贬低中被湮没了。

---

　　① 方英（即阿英）:《绿漪论》，载黄人影编《当代中国女作家论》，光华书局 1933 年版，第 148 页。
　　② 曹聚仁:《文坛五十年》（正编　续编），生活·读书·新知三联书店 2010 年版，第 180 页。
　　③ 周作人:《知堂书信》，黄开发编，华夏出版社 1994 年版，第 296 页。
　　④ 郝誉翔:《在秋日的纽约见到夏志清先生》，载《联合文学》2002 年第 6 期。
　　⑤ 李劼:《百年风雨》，台湾允晨出版社 2011 年版，第 349 页。
　　⑥ ［美］海登·怀特:《话语的转义——文化批评文集》，董立河译，大象出版社、北京出版社 2011 年版，第 91 页。

  对苏雪林的评论，20世纪30年代已经开始。毅真在《几位当代中国女小说家》中把她和冰心都归入闺秀派的作家，认为二者都是在礼教的范围之内来写爱。作者敏锐地发现，苏雪林对风景的描写方法与别人不同，可命名为"风景人格化"。他认为："冰心写风景，乃将风景轻轻的抹几笔，便能给你一个完全的印象。然后再触景生情，把自己的感想抒发出来。这种写法是写意的写法。而绿漪女士的写法却是'工笔'的写法。写意须有天才，工笔则只要工夫到，没有什么难处。所以，由这一点，已可看出绿漪的工夫实在冰心之上，而天才则似不及。"① 方英的《绿漪论》则着重分析作家的思想意识，认为苏雪林笔下所展开的姿态，"只是刚从封建社会里解放下来，才获得资产阶级的意识，封建势力仍然相当的占有着她的伤感主义的女性的姿态"②。言简意赅地指出了苏氏身上新旧思想交杂的特质。草野的《现代中国女作家》、王哲甫的《中国新文学运动史》都对之有简要的评价。③

  1949年，随着国民党在国内战场上的节节败退，有"反鲁"和"反共"历史的苏雪林出走海外，后定居台湾，自此在很长一段时间里便从大陆学界的视野里消失。有意思的是，她的名字虽不曾见于当时的各种文学史，但印迹却抹擦不掉，如王瑶的《中国新文学史稿》（上册）中关于沈从文的那段论述俨然就是苏雪林《沈从文论》的缩写版。④ 进入80年代以后，苏雪林的名字重新出现在大陆的学术刊物上最初是与鲁迅捆绑在一起的，《关于苏雪林攻击鲁迅的一些材料》《苏雪林攻击鲁迅的另一则材料》等文章都以史料的形式反面介绍了苏雪林当

---

  ① 毅真：《几位当代中国女小说家》，载黄人影编《当代中国女作家论》，光华书局印行1933年版，第13—14页。

  ② 方英（即阿英）：《绿漪论》，载黄人影编《当代中国女作家论》，光华书局1933年版，第148页。

  ③ 草野：《现代中国女作家》，北平人文书店1932年版；王哲甫：《中国新文学运动史》，北平杰成书局1933年版。

  ④ 王瑶：《中国新文学史稿》（上册），开明书店1951年版。书中关于沈从文的评价，如"他最早是写军队生活（如《入伍后》）的，但写的也多是以趣味为中心的日常琐事，并未深刻地写出士兵生活的本质"、"他有意藉着湘西、黔边等陌生地方的神秘性来鼓吹一种原始性的野的力量"、"有人说他是'文体作家'，就是说他的作品只有文字是优美的；其实他也有要表现的思想，那就是对'城市人'的嘲笑和对原始力量的歌颂"、"他自己说能在一件事上发生五十种联想，但观察体验不到而仅凭想象虚构故事，虽然产量极多，而空虚浮乏之病是难免的"等，都可以在苏雪林的《沈从文论》一文中找到出处。

年的写作状况。① 真正从正面开启苏雪林研究大门的是杨义和沈晖。杨义在 1986 年出版的《中国现代小说史》一书中以一小节的篇幅介绍了苏雪林的小说创作,虽然难免有意识形态分析的痕迹,但论者的功力显而易见,尤其慧眼独具地指出《蝉蜕集》的艺术成就。② 沈晖则以苏雪林专门研究者的姿态在《论皖籍台湾女作家苏雪林》一文中较详细地介绍了作家的生平和创作。③

进入 90 年代,随着沈晖编选的《苏雪林文集》(1—4 卷)由安徽文艺出版社推出,苏雪林研究才得到了实质性且较全面的展开,研究视角也呈现多元化。张遇的《"春雷女士"笔名考辨》、王翠艳的《五四女作家苏雪林笔名考辨》二文从考辨苏雪林笔名出发,挖掘出一部分散见于各类报章杂志、没被作者收入个人文集的佚文,此类史料钩沉的工作对苏雪林研究的开进贡献甚大。④ 杨剑龙的《基督教文化的皈依 儒家文化的回归——评台湾作家苏雪林的小说〈棘心〉》、孟丹青的《从〈棘心〉看苏雪林的道德立场》以及朱双一的《苏雪林小说的保守主义倾向——〈棘心〉、〈天马集〉论》等则从文化思潮的角度指出苏雪林创作的保守姿态,但没有用以往机械的阶级论将其全盘否定,而是理性分析其成因及合理性。⑤ 从性别视角进行研究的,有吴雅文的《旧社会中一位女性知识分子内在的超越与困境——以〈棘心〉及〈浮生九四——苏雪林回忆录〉做主题分析》、苏琼的《悖离·逃离·回归——苏雪林 20 年代作品论》、户松芳的《苏雪林:女性意识的觉醒与坚守》等,尤其是苏琼一文,用女性主义理论结合文本细读,勾勒出"一个自闺房踏入学校、具有一定新

---

① 袁良骏:《关于苏雪林攻击鲁迅的一些材料》,载《鲁迅研究动态》1983 年第 5 期;余凤高:《苏雪林攻击鲁迅的另一则材料》,载《鲁迅研究月刊》1983 年第 7 期。

② 杨义:《中国现代小说史》,人民文学出版社 1986 年版。

③ 沈晖:《论皖籍台湾女作家苏雪林》,载《安徽大学学报》(哲学社会科学版)1985 年第 3 期。

④ 张遇:《"春雷女士"笔名考辨》,载《新文学史料》1999 年第 3 期;王翠艳:《五四女作家苏雪林笔名考辨》,载《北京师范大学学报》(社会科学版)2008 年第 3 期。张遇一文中梳理出苏雪林于 20 年代后期在《生活周刊》上发表的文章,对重新定位苏雪林此一阶段的文学思想有着重要作用。需要指出的是,该文列出的文章是 25 篇,实际上苏雪林在《生活周刊》上发表文章有 33 篇之多。

⑤ 杨剑龙:《基督教文化的皈依 儒家文化的回归——评台湾作家苏雪林的小说〈棘心〉》,载《嘉应大学学报》(哲学社会科学版)1998 年第 2 期;孟丹青:《从〈棘心〉看苏雪林的道德立场》,载《江苏社会科学》1999 年第 5 期;朱双一:《苏雪林小说的保守主义倾向——〈棘心〉、〈天马集〉论》,载《华侨大学学报》(哲学社会科学版)2000 年第 1 期。

思想却背着一颗古旧灵魂的知识女性，徘徊在传统与现代之间的两难处境"。立论得当，分析深入。① 方维保的《国家情怀：现代知识分子成年镜像——论苏雪林的战时创作》、倪湛舸的《新文学、国族建构与性别差异——苏雪林〈二三十年代作家与作品〉研究》等则发现了苏雪林创作中进行正面国族形象建构的努力，而后者也从此出发推断苏之"反鲁"的深层原因。② 由于苏雪林的《沈从文论》曾与茅盾、胡风、许杰、穆木天等人的文学批评，一起被收入 1936 年由上海文学出版社推出的《作家论》一书，因此有学者以此为起点研究其文学批评的特色。如周海波在《论三十年不同范式的作家论》中把她归类为"闺秀与学者气的苏雪林体"，指出教授身份使其作家论具有一种学术化的特点，"比较执着于作家的方方面面"，虽然细致全面，但也缺少沈从文的灵气和洒脱。③ 杨健民的《胡风、许杰、苏雪林和穆木天的作家论》则着眼于在茅盾影响下的批评家群体，认为他们以"诗人批评家"的身份近距离地观照身边的文学家，带有强烈的感性印象和浓厚的"历史的兴趣"。具体到个人身上，他认为苏雪林的批评手法，"表明了现代作家的形式追求在某种程度上的确提升了现代文学的'现代性'意义"④。

　　此外，关于苏雪林的传记也有好几种，石楠的《另类才女苏雪林》（东方出版社 2004 年版）和左志英的《一个真实的苏雪林》（东方出版社 2008 年版）更像是传记体小说，在史料的运用上进行了较多的文学想象和加工，有时候难免会误导读者。陈朝曙的《苏雪林与她的徽商家族》（安徽教育出版社 2008 年版）重在挖掘苏雪林的家族发展史，以及在这种家族史影响下的人生走向。范震威的《世纪才女：苏雪林传》（河北教育出版社 2006 年版）的优点在于背景材料的翔实，尤其是与苏雪林相关

---

　　① 吴雅文：《旧社会中一位女性知识分子内在的超越与困境——以〈棘心〉及〈浮生九四——苏雪林回忆录〉做主题分析》，载《中国文化研究》1999 年冬之卷；苏琼：《悖论·逃离·回归——苏雪林 20 年代作品论》，载《南京大学学报》（哲学·人文科学·社会科学）2003 年第 1 期；户松芳：《苏雪林：女性意识的觉醒与坚守》，载《江汉大学学报》（人文科学版）2004 年第 2 期。

　　② 方维保：《国家情怀：现代知识分子成年镜像——论苏雪林的战时创作》，载《淮北煤炭师范学院学报》（哲学社会科学版）2007 年第 2 期；倪湛舸：《新文学、国族建构与性别差异——苏雪林〈二三十年代作家与作品〉研究》，载《中国现代文学研究丛刊》2011 年第 6 期。

　　③ 周海波：《论三十年代不同范式的作家论》，载《山东社会科学》1997 年第 2 期。

　　④ 杨健民：《胡风、许杰、苏雪林和穆木天的作家论》，载《福建论坛》（人文社会科学版）2003 年第 6 期。

联的人物作者都一一给予介绍。最具学术价值的是方维保的《苏雪林:荆棘花冠》(广西师范大学出版社 2006 年版),作者采取的是以传带论的写作形式,把个人平素的研究成果和传主的生平经历做了很好的融合,起到了相互阐释的作用。

目前来看,关于苏雪林的研究成果已不算少,并且也提出了很多颇有价值的观点,但存在的问题也显而易见。

首先,史料的占有不够全面。苏雪林后半生主要活动于台湾,因这近半个世纪的写作带有浓重的"反共"色彩,大陆皆未出版,这一部分资料不易寻找。另外,1949 年以前发表于报纸杂志的文章,也有很多没有结集出版,尤其是一些影响力较小的刊物,大多数图书馆都不曾保存,作者自己也未曾留剪报,这也给研究者的史料收集工作带来困难。

其次,在史料的使用上存在一定的随意性,甚至不乏失误。比如苏雪林重要的长篇小说《棘心》最早出版于 1929 年,1957 年,她又在台湾出了个增订本,后者比前者增加了 6 万字左右的篇幅,差不多占了全书的三分之一,几乎可以说是一次"重写"。由于沈晖编选的四卷本《苏雪林文集》选用的是台湾的增订本,很多研究者无视这种跨越 30 年、近乎于重写的增订,或者根本没去考证这两个版本之间的区别,直接把后者当成前者来使用,这样的研究结论很难让人信服。

此外,苏雪林的晚年回忆存在很多有意地篡改或无意地混淆,研究者们也往往不加以鉴别。比如 1928 年 7 月 7 日,苏雪林和鲁迅在宴席上的见面,苏认为后者对她的冷淡是有怨在先,因为她曾经在《现代评论》上发表过文章,所以恨陈源的鲁迅连带恨上了她。也许是记忆紊乱,也许是故意混淆以烘托出鲁迅刻薄的性格,事实上,她在《现代评论》发表文章是在此宴席之后的事。① 这一点也很少有人详加考证,而是直接作为苏、鲁"交恶"的证据用于研究之中。

最后,目前关于苏雪林的研究成果,以单篇的研究论文居多,系统性、专门性的研究较少,静态研究多,动态研究少。目前专注于研究苏雪林的很少,更多的论文是为了参加学术会议应景而作,因此类学术会议往往是纪念意义大于学术研究意义,作者们既无心深挖、考辨史料,也无意

---

　① 参见吕若涵《论苏雪林的散文批评》,载《海南师范大学学报》(社会科学版)2011 年第 1 期。吕文对这一事件有详细分析。

把研究延展太开，更多时候是浅尝辄止。苏雪林写作生涯很长，作品很多，作品形式也杂；人生经历较多波折，思想常常发生变化，用一单篇论文，或是静态、笼统地把握其思想，不免有削足适履的可能。

因此，本书拟在前人探索的基础上，力求把苏雪林研究再向前推进一步。总体思路是：尽可能全面地收集、占有资料，客观、严谨地进行梳理、辨析，以史料实证为前提，植根于文本，在文学思潮的宏观视野下，追踪苏雪林文学思想的整个流变过程。落实到具体层面，则是把其文学生涯大致划分为四个阶段，围绕每一阶段苏雪林文学活动的核心关键词，挖掘其思想内涵、主要成因及具体文学表现。确立文学思潮宏观视野的价值，在于它可以尽量避免把研究对象孤立于时代大环境和文学语境之外，它将突破各类文体间的界限，整体且动态地观照苏雪林一生的写作生涯和文学活动。但为了避免削足适履，论者坚持以文学思潮的宏观视野和文本细读的微观视角相结合，尽量不去损害文学文本的丰富性和复杂性。

本书总体框架如下。

第一章，从启蒙到古典：苏雪林文学思想的流变。本章从"冰雪聪明"提法的遮蔽性谈起，主张把苏雪林研究放置于更开阔的文学思潮背景下进行考察；在厘清了文学思潮、启蒙主义、古典主义等概念之后，认为苏雪林的文学思想实际上是一个从启蒙主义到古典主义的流变过程；落实到具体层面，其创作生涯则可以划分为启蒙书写、道德批评、民族想象和政治依附四个阶段。

第二章，启蒙书写：苏雪林20世纪20年代的写作姿态。本章着眼于苏雪林20年代的创作，从两个向度展开论述她的启蒙书写：一是发现自我。这一时期的苏雪林通过《棘心》《绿天》《玫瑰与春》等自传性作品向内心开掘，审视自我，呈现出个体在追求自由、独立过程中的种种抗争，多是以痛苦的挣扎，阶段的胜利，然后终趋失败的过程，反映了五四一代青年在新文化、新思潮的冲击下的觉醒站立，以及觉醒后突破自我的难度。二是国民性批判。除了对内的自我追问，苏雪林还把批判的视角指向外部世界。她一方面在《语丝》上发表《在海船上》《归途》等辛辣的杂文，对国人由内而外的种种劣根性进行了独到的刻画和尖锐的批判；另一方面则通过《生活周刊》上大量的时评写作来针砭社会时弊，呼吁社会改良。

第三章，道德批评：新人文主义立场和人格论文学批评模式的确立。

本章指出，30 年代的苏雪林与新月派保持较为密切的关系，其文学思想开始转向新人文主义的立场，她像梁实秋一样提出以永久、普遍的人性为文学表现的中心，提倡健全的文学观；并着重分析其 30 年代颇有成就的新文学批评，分别论述了"人格论"前提、敢于主体判断及与所论者处于同一境界等特点；同时探讨了她在鲁迅去世后举起"反鲁"大旗的原因，认为是她的"人格论"批评模式发展到极端的逻辑结果。

第四章，民族想象：苏雪林的抗战写作。本章认为，随着抗战的全面开始，苏雪林转向民族主义文学创作，主要分析她那复杂的民族意识，既有种族论的因素，也有国家主义的指向，同时还反思启蒙主义，鼓吹尚武精神；详细分析了历史小说集《蝉蜕集》，认为作者在这种呼应时代主题的写作中，没有僵化自己的审美感觉，坚持把生冷的史料人情化和心灵化，既完成了与时代共振的任务，也没有丧失文学本身独立的审美品格，体现了抗日文学的较高水准，可以作为民族主义文学的范本。

第五章，政治依附：晚期苏雪林的政治化写作。苏雪林后半生的文学活动主要在台湾，本章把这一阶段的写作定位为政治性书写。大致可以分为两类：一是呼应台湾当局提倡的"中华文化复兴运动"，发表大量文章提倡恢复旧伦理，实际上是为国民党政府的专制统治提供理论根据；二是继续高举"反鲁"、"反共"大旗，响应"战斗文艺"，甘愿充当政府的文艺"纠察队"员，以帮助当局"清扫"文坛。

需要说明的是，由于专业方向的限制，时间、精力有限等原因，论者把研究的范围框定在苏雪林的现代文学写作和新文学研究，至于她的古代文学研究、古体诗创作等只能暂时排除在本书研究的视野之外。

第一章

从启蒙到古典：苏雪林文学思想的流变

> "古典"这个词使我感到逆耳，它被用得太旧了，太圆滑
> 了，变得面目全非了。
>
> ——尼采

自从苏雪林重新进入大陆学术界的研究视野，关于她的研究论文虽然谈不上汗牛充栋，可也不算少，但对她的界定基本仍停留在一个美文作者，或一个偏于保守的文学批评家等判断水平上，有根本性的突破的论著至今尚为少见。这种已有的判断，其因在于对当时文学潮流和动向考察的缺位，使研究缺少了历史的深刻性，同时还因缺乏发展变化的眼光，而使研究对象变得平面和单调。笔者认为，若借助于近年来学界关于文学思潮研究的成果，把苏雪林纳入思潮视野下予以观照，就能更清晰地呈现出她整个写作生涯中文学思想的流变过程，从而更准确地解释其每一阶段思想发生转向的外部和内在的原因，使一个相对真实、丰满的苏雪林走进我们今天的文学史。

第一节　思潮视野下的苏雪林

研究者向来喜欢举出"冰雪聪明"的提法，用以强调苏雪林在文坛的重要性。的确，把苏雪林与冰心并提，能够凸显前者的文学史地位，吸引人们更多的关注。但在客观上也给研究者形成一定的心理暗示，即夸大了苏雪林作品中原本不甚突出的某些方面，造成对研究对象的意义遮蔽。若突破这些界限，让苏雪林回到更为开阔的文学思潮背景和历史现场之中，我们会发现，她的写作（包括创作与批评）存在着从启蒙主义到古典主义逐渐转变的进程。

一 "冰雪聪明"提法的意义遮蔽

最早把苏雪林和冰心并提的是毅真,他在《几位当代中国女小说家》中把两人都归入闺秀派作家,认为她们都是在礼教的范围之内来写爱。[①] 首次提出"冰雪聪明"说法的则是梦园,他在《苏雪林的词藻》中这样写道:

> 常时同朋友们谈论起当代的女作家,我总是推崇那两位闻名而未见面,久已钦服的冰心女士同雪林女士,她们作品的才情笔调,可以用她们名字的第一字,称为"冰雪聪明"。[②]

此文并非严肃性的文学批评,作者对作品摘抄的热情甚于对作品的分析,但"冰雪聪明"的提法却就此而流传开来。后来的研究者重申这个提法,呈现三种倾向:一是试图突出苏雪林的资历老,把她当作与冰心同时期的五四著名女作家;二是以此彰显苏雪林散文创作中与冰心类似的美文品格,并当成她散文创作的主要特点;三是基于二人同属闺秀派,而判断苏雪林身上存在保守性趋势。[③] 当然,并不是说"冰雪聪明"的提法为人们的研究设定了界域,而是指它似乎成为研究者的一种潜意识,好像越把苏雪林定位于五四就开始成名的女作家,越把她与冰心等人捆绑在一起类比分析,就越能凸显其重要性。这样的惯性思维造成的后果就是,评论者们说起苏雪林就是《棘心》《绿天》等早期成名作,仿佛这代表了作者的全部风格。

事实上,虽然苏雪林比冰心年长 3 岁,但后者在 1920 年前后已经蜚声文坛的时候,前者只是边上学,边"为了每月十块钱",与同学合编《益世报·女子周刊》。苏雪林自述,那时尽管每月要写万把字,但所写不全属文艺创作,"杂乱的论文,凌乱的随感亦复不少",并且,

---

① 毅真:《几位当代中国女小说家》,载黄人影编《当代中国女作家论》,光华书局 1933 年版,第 13—14 页。

② 梦园:《苏雪林的词藻》(《读书顾问》季刊 1935 年第一卷第 4 期),载沈晖编《苏雪林文集》(第四卷),安徽文艺出版社 1996 年版,第 405 页。

③ 如丁增武的《"冰雪聪明"的文学史意义——从苏雪林与冰心的早期散文比较看"美文运动"中的女性写作》(《黄山学院学报》2008 年第 4 期)、陈卓的《"冰雪聪明":苏雪林与冰心比较论》(《安庆师范学院学报》(社会科学版)2013 年第 6 期)。

"因技巧太不成熟，所以存稿一篇没有保留"①。无论创作的动机，还是作品的实际质量，此时的苏雪林都算不上是一个形成了一定风格的作家。非常有意思的是，这期间她曾试图模仿冰心的小诗，后来赴法国留学有白话组诗《村居杂诗》发表。用她自己的话说，无论如何学都不像，只是取其形，算不上成功之作。所以把两者当成同一期作家过于牵强。从后来苏雪林在文章中对冰心的描述来看，也是隐然尊冰心为前辈作家。

她真正进入文坛应该从 20 世纪 20 年代中后期算起，自传体长篇小说《棘心》和散文集《绿天》为其成名作，就文笔的清丽而言，与冰心确有几分相似，但仅此而已。而她同时期的杂文和时评写作却常常被人忽略，如果说《棘心》《绿天》还能找出几分与冰心的共同点，杂文和时评的文字风格则与之相去甚远。苏雪林更有文学史价值的写作是 30 年代数量不小的新文学批评，更成熟的文学创作则是 40 年代出版的历史小说集《蝉蜕集》。虽说论才气她未必如冰心，但因创作生涯漫长之故，就作品的多元和复杂而言却远胜之。所以，突破"冰雪聪明"提法的意义遮蔽，对还原苏雪林文学创作与内在思想的真实面貌及重估其文学价值有着重要意义。

近年来，学术界对中国现代文学思潮的研究日渐深入，若把苏雪林的写作与批评生涯纳入这一文学思潮的流变的历史进程之中，定能发掘出新的意义与价值。俞兆平曾经反复提过一个观点："重写文学史，首先必须重写文学思潮史。"因为文学思潮是文学史的基本构成单位，只有正确地描述文学思潮，才能正确地叙述和建构文学史。② 但在过去相当长的一段时间里，中国学界把创作方法与文学思潮混为一谈，比如文学研究会是现实主义的，杜甫也是现实主义的；创作社是浪漫主义的，李白也是浪漫主义的。现实主义与浪漫主义更多地被指称为一种创作方法，文学思潮宏大的历史范畴、特有的美学内质被消减，仅成为创作方法的应用。杨春时明确指出，文学思潮不是某种固定的创作方法的产物，而是"现代性的产物，是文学对现代性的一种特

<hr>

① 苏雪林：《我的学生时代》，载沈晖编《苏雪林文集》（第二卷），安徽文艺出版社 1996 年版，第 65 页。

② 俞兆平：《中国现代三大文学思潮》，人民文学出版社 2006 年版，第 1 页。

定反应"①。在他看来,首先,现代性是文学思潮发生的原因。文学独立是文学思潮形成的首要条件,现代性则使文学独立成为可能。同时,现代性是传统社会向现代社会的剧烈变革,这是文学思潮发生的第二个条件。现代性的诞生促进了文学的社会化,这是文学思潮形成的第三个条件。其次,现代性是文学思潮变迁的动力。文学作为对现代性的反应,是随着现代性的发展而发生变化的。基于文学对现实的超越性,在现代性未实现时,就发生了争取现代性的文学思潮;在现代性实现以后,就发生了反思现代性的文学思潮。正是在此意义上,文学思潮重新成为一个有价值的概念,所以说,重写文学史,首先必须重写文学思潮史。比如说长期以来被认定为乡土作家的沈从文,就可以纳入浪漫主义思潮的视野下来观照,因为浪漫主义正是对启蒙现代性所产生负值影响的反思,而沈从文对"湘西世界"的建构正是基于对城市文明的批判。②

把苏雪林纳入文学思潮的视野进行研究,至少有以下三点意义。

首先,既可以突破传统文学史以政治学、社会学和年代世纪等非文学性标准为价值尺度的围限,又能够因文学思潮是现代性反应的特性,使研究对象不至于脱离于时代大环境而成为孤立的审美对象,简言之,文学思潮研究既应该是时代的,也应该是审美的。

其次,有利于把苏雪林的写作当成一个整体来观照。在漫长的文学生涯中,苏雪林尝试过诗歌、小说、散文、戏剧、批评等各种形式的写作,以往的研究一般都把她置于各种文体门类下进行分别阐释,对一个单篇论文来说这也许不无便利,但对于整体、全面的研究却嫌繁琐与机械。而文

---

① 杨春时:《现代性与中国文学思潮》,生活·读书·新知三联书店2009年版,第22页。作者认为,创作方法只是一种外在的规范,是一个非历史的概念,而文学既是一种自由的创造,没有现成的方法可循,也是一种历史活动,因而创作方式是一个不科学的概念。俞兆平则认为,"现实主义创作方法"或"浪漫主义创作方法"这种不伦不类概念的设立,是苏俄文艺理论的一大发明,它贬低乃至取消了作家、艺术家的精神主体性及其自由意志,把文艺创作变成隶属于唯物主义哲学体系的子系统,使文艺创作变成没有美学内质的、仅从属于哲学认识的一种"方法"。(参见俞兆平《中国现代三大文学思潮新论》,人民文学出版社2006年版)。席扬对文学思潮与创作方法的关系作了非常深入的爬梳,他认为,二者之所以在过去被视为彼此可以置换的关系,一方面源于自高尔基开始的二者界限的模糊认识,另一方面则是因为对二者"命名"方式的混淆。(参见席扬《文学思潮理论、方法、视野:兼论20世纪中国文学思潮若干问题》,上海三联书店2009年版)。

② 关于沈从文的浪漫主义表现,可以参见俞兆平《浪漫主义在中国的四种范式》(广西师范大学出版社2011年版)中《沈从文:卢梭式的美学浪漫主义》一章。

学思潮的视角，能够打破文体间的界限，给研究对象以整体性的观照。当然，本书也不回避对苏雪林创作中某一文类的单项研究，比如20年代的杂文写作与30年代的文学批评，笔者都列有专节予以阐释。

最后，也有利于把苏雪林的创作当成一个连续性的过程予以解读。任何一个作家的创作理念都不是始终如一的，我们往往容易把他某一阶段的倾向放大，用以解释其整体特点，产生某种误读。但在文学思潮的视角中，对时代变化会保持相应的敏感性，这样就能更有效地把握研究对象发展的内在动因，并理出变化的脉络。所以，本书虽不是苏雪林评传，但在章节的设置上仍可以看出纵向的时间线索。

当然，从文学思潮视角来研究作家，也要避免把文学思潮当作孤立的、一成不变的框架，然后把研究对象切割成块，生硬地塞入其中。因为研究对象是立体的、圆满的生命存在，没有任何一个作家可以完全被一个或几个命名所涵盖。也应该承认，文学思潮作为舶来品，在移植过程中难免发生变异，而文学创作又是一项复杂的精神活动，所以不存在一个放之四海而皆准的评价标准。笔者时时提醒自己，必须注意到文学思潮和作家作品之间，既有相互呼应之处，又有无法完全叠合的状况，这样才符合作家、作品的历史真实。

二 概念的厘清

从文学思潮角度来描述苏雪林的文学思想流变，首先必须厘清与本书研究密切相关的两个文学思潮概念的界定。

第一，启蒙主义是独立的文学思潮。这个观点的提出者是杨春时，他认为，社会发展一定要走现代性之路，文学也一定要回应现代性，因此，就必然形成相应的文学思潮：

> 从欧洲文学史上看，新古典主义是对建立现代民族国家的历史任务的肯定性回应；启蒙主义是对启蒙现代性的肯定性回应；浪漫主义是对现代城市文明和工具理性否定性回应；现实主义是对现代性带来的社会灾难的否定性回应；现代主义是对现代性带来的生存危机的否定性回应。①

----

① 杨春时：《现代性与中国文学思潮》，生活·读书·新知三联书店2009年版，第52—53页。关于"启蒙主义是独立的文学思潮"这一观点的详细论述见该书第三章《现代性与启蒙主义文学思潮》。

　　由此,我们原本无法明确规定的欧洲 18 世纪文学,既不用特意提前归结为新古典主义,也不用刻意靠后划归为浪漫主义,它是特殊的、独立的文学思潮——启蒙主义文学思潮。作者进一步指出,如果上述论断可以成立的话,中国五四文学主潮则应该重新界定,它不是所谓的现实主义、浪漫主义,而是启蒙主义,因为它没有反思、批判现代性,而是争取现代性的文学思潮。① 当然,这里面必然涉及一个问题,对文学思潮性质的认定到底应该根据当时理论家引进时的自我表述,还是根据后世学者结合历史语境与具体作品后的再次判断与分析?鲁迅曾经指出:"中国文艺界上可怕的现象,是在尽先输入名词,而并不绍介这名词的涵义。"② 也就是说,当初的思潮概念引进者们对新名词的输入恐怕是象征意义大于实际内容,在那个"重新估定一切价值"的年代,"求新"的姿态显得异常重要。但作为后来的研究者,没有必要为当时并无多少实际内容的名词所囿限,从现代性的角度重新厘定思潮的性质有其可行的合理性。

　　第二,古典主义的多义性。俞兆平指出:"古典主义概念是动态的,随着历史进程呈现出多义的状况。"③ 在中国的语境中,目前学术界对古典主义思潮的界定主要在两个方向展开:一是认为以学衡派和新月派为代表的新人文主义才是古典主义在中国的回响,其主要理论资源来自美国的新人文主义者白璧德。俞兆平的《中国现代文学中古典主义思潮的定位》一文从学术史角度考察,从历史真实出发,以学衡派与新月派为案例,认为学衡派与新月派于内在学理上是一脉相承的,它们在新人文主义的理论基础上构成了古典主义文学思潮,这一思潮有着自身理论体系和创作实绩。在论争的过程中,逐步地形成以梁实秋为核心的古典主义文学理论体系。在文学实践的过程中,创立了以闻一多为代表的现代格律诗派。同时作者还从现代性角度去判定古典主义思潮的价值,认为它对于因历史现代性的偏执而导致的人文精神失落及学术衰微的中国现状,提出了质疑与抗衡,构成了推进中国现代文学发展的历史合力。④ 白春超的《现代中国文学中的古典主义》一文,则强调现代中国文学中的古典主义有一个逐步深化的走向。从学衡派的注重道德内容到新月派的注重格律,再到京派强

---

① 杨春时:《现代性与中国文学思潮》,生活·读书·新知三联书店 2009 年版,第 93 页。
② 鲁迅:《扁》,载《鲁迅全集》(第四卷),人民文学出版社 2005 年版,第 88 页。
③ 俞兆平:《中国现代三大文学思潮新论》,人民文学出版社 2006 年版,第 301 页。
④ 参见俞兆平《中国现代三大文学思潮新论》第七章,人民文学出版社 2006 年版。

调内容与形式的和谐，经过了一个"从片面到综合，从偏执到圆熟，从单纯的理论构建到介入创作实践"① 的过程。

另一侧向，则是对"新古典主义"或"红色古典主义"的认定。它主要指中国左翼文学、延安文学、十七年文学和"文革"文学，他们的共同特征是以政治服务为目标，更接近于17世纪法国的新古典主义。杨春时在《现代民族国家和中国新古典主义》一文里，运用现代性理论，阐释和论证现代民族国家与新古典主义的关系。并认为"从'革命文学'论争到左翼文学运动、抗战文学和延安整风，以及解放以后的社会主义文学时期的'革命现实主义'和'社会主义现实主义'、'革命现实主义与革命浪漫主义相结合'，新古典主义形成、发展，直到'文革'推出'样板戏'和'三突出'原则而走向终结，新古典主义主导了中国文坛达半个多世纪"②。殷国明的《西方古典主义与中国现代文学——一种比较性描叙的尝试》一文也持相近的观点，只不过使用的是"红色古典主义"这一概念：20世纪的"红色古典主义"作为中国共产党政治体制的产物，是随着这个体制的健全和全盛而发展起来的，与17世纪法国古典主义的形成过程如出一辙，中国的红色古典主义与西方古典主义时期的文学有许多应合之处，在理想、崇高、道义以及牺牲精神方面，当代中国文学似乎达到了更纯粹的境界。③

这两种古典主义在中国的存在都是客观事实，所不同的是，前者继承了拉丁古典主义道德理性的核心概念，是对现代性兴起以来所产生负值影响的反思；后者则延续17世纪法国古典主义政治理性的核心概念，强调建立现代民族国家的优先性，是"救亡压倒启蒙"的一种表现形式。需要指出的是，"新古典主义"或"红色古典主义"在中国有另一条貌似相反、实质趋同的线索，就是国民党的文艺方向，从最初南京国民政府对三民主义文学的倡导，到30年代前锋社等提倡民族主义文艺，从40年代张道藩鼓吹"我们所需要的文艺政策"，到国民党政府迁台后推行的"战斗文艺"、"文化清洁运动"和"中华文化复兴运动"等，它也是高举政治

---

① 白春超：《现代中国文学中的古典主义》，载《河南大学学报》（社会科学版）2003年第2期。

② 杨春时：《现代民族国家与中国新古典主义》，载《文艺理论研究》2004年第3期。

③ 殷国明：《西方古典主义与中国现代文学》，载《暨南学报》（哲学社会科学版）1999年第6期。

理性,以建立现代民族国家的优先性压倒争取现代性,建立文艺创作规范,实现对文坛的统制。二者之间只是政治路线的不同而已,但都属于新古典主义在中国的表现形式。

三　从启蒙主义到古典主义

《棘心》是苏雪林的长篇自传体小说,也是她所有创作中最具全息性的作品。小说虽然出版于1929年,叙述的只是她四年间的求学生活,但其"出走—回归"的结构隐喻了作者由激进到保守的一生。本书的全息性更在于,苏雪林一生文学活动的主题似乎都可以在书中寻到端倪:如对中国人劣根性的种种批判与之后的启蒙书写,对国内新文坛"描写肉感的文学"的憎恶与30年代道德化的文学批评,对国家、民族命运的深深担忧与三四十年代民族主义文学的创作,对"拿破仑、华盛顿、林肯混合起来的大英雄"的期待和"也希望中国生一个拿破仑"的向往,与50年代赴台后对政治强人蒋介石及其专制统治的衷心依附等之间的关系。

而在上述简略的线性描述中,可以见出苏雪林文学思想流变的路径。如果说20年代她的小说、散文、时评写作是属于启蒙主义思潮的范畴,那么30年代以新文学批评为主的写作,则更接近于以梁实秋新人文主义为代表的古典主义,而其后的民族主义文学写作和赴台后充当台湾当局的文艺"纠察队"员则更接近于17世纪法国的新古典主义。

所以,在这个意义上,苏雪林的文学思想流变过程拟概括为:从启蒙主义到古典主义的转化。也就是说,原本在其思想结构中共存的元素,按一种线性的顺序,在她一生的文学活动中轮番上演了一阵。这种顺序跟她所处的时代背景、文学思潮,以及个人际遇,都有着不可分割的关系。当然,更重要的还是这些元素在她思想结构中所处的位置,正如龙应台所评述的:

> 在《棘心》的作者身上,我们看见一个在新旧时代转折点上犹疑彷徨的女性。她的思想像漩涡上翻着泡沫,泡沫是她所学的妇权新知,漩涡,是在她体内根深蒂固的文化传统;漩涡的力量深不可测。[①]

---

① 龙应台:《女性自我与文化冲突——比较两本女性自传小说》,载《庆祝苏雪林教授九秩晋五华诞学术研讨会论文暨诗文集》,文史出版社1995年版,第352页。

　　新知的泡沫终于没能抵挡深不可测的漩涡，她在传统中所接受的道德理性和对权力的奴隶根性，其力量大到终于吞噬了她在五四启蒙运动中所接受的科学、民主、自由等新知。抑或说，她对科学、民主、自由等概念的理解始终停留在皮毛上，所以当时代的大潮打来时，这些皮毛就很难支撑其创作理念和政治路向的选择。当然，这样的粗线描述是简单无力的，我更愿意以对其各阶段文学倾向进行分析的方式，来解释苏雪林文学思想流变的过程及动因。

第二节　文学主题的变奏

　　如前所述，苏雪林的文学生涯大致可以分为四个阶段，我将以关键词的形式对这四个阶段作一简要的概括。需要指出的是，四个阶段的划分只是一种大致的归类，过于清晰的结构或许便于个人的研究以及读者的接受，但对文学的丰富性和复杂性而言多少是种伤害。不妨借用他人的一个比喻来解释笔者此刻的困境："文学可以喻为一条粗壮的绳索，它对处于任何一点上的一个静止不动的旁观者，只是直接揭示出其构成中的一股，其它股或正在消失，而另外几股则在显现。在时间的每一点上，总是有一主导趋向表现出来，有某一个运动掩蔽了其它一些运动。"①

一　启蒙书写（1925—1930 年）

　　欧洲启蒙主义运动推崇理性，张扬个人价值，从自然法则起点出发，进而强调人与人之间自由平等的社会法则，它肯定个体的地位、人的尊严，肯定人的自我情感的天然合理性。在其影响下，鼓吹个人的独立人格与自由价值，也成为中国五四新文化运动的主要目标，因此五四文学思潮可以定性为启蒙主义思潮。茅盾曾经指出："人的发现，即发展个性，即个人主义，成为'五四'时期新文学运动的主要目标，当时的文艺批评和创作都是有意识的或下意识的向着这个目标。"② 所谓"人的发现"，其实就是人的独立自由价值的发现，反映在文学上则形成了"人的文学"。

---

　　① ［法］多米尼克·塞克里坦：《古典主义》，艾晓明译，昆仑出版社 1989 年版，第 69 页。
　　② 茅盾：《关于"创作"》，载《茅盾文艺杂论集》，上海人民文艺出版社 1981 年版，第298 页。

几千年的中国历史，在封建专制主义的高压下，思想定于一尊，人格高度模式化，人的个性泯灭于君臣、父子、夫妻关系的三纲五常中，正如鲁迅所说:"中国人向来就没有争到过'人'的价格。"① 新文化运动的主将们发现，传统中国人的人生价值中个体主体性的严重缺失，显然不能适应已经变化了的中国近代文化结构，因而势必要呼吁独立自主的人格和个性解放，这也成为五四新文化和新文学的主体思想。

陈独秀在《敬告青年》中提出，所谓个人的"解放"，就是"脱离夫奴隶之羁绊，以究其自主自由之人格"②。独立人格被认为是人的根本意义所在。胡适崇尚"易卜生主义"，认同易卜生"个人须要充分发达自己的天才性;须要充分发展自己的个性"的主张，认为"为我主义"其实是最有价值的利人主义。他还强调:"社会国家没有自由独立的人格如同酒里少了酒曲，面包里少了酵，人身上少了脑筋:那种社会国家决没有改良进步的希望。"③

正是在这种意义上，周作人提出"人的文学"。他关于人的观念，貌似个人与群体都不偏废，但根本上还是强调个人主义的前提:

> 但现在还须说明，我所说的人道主义，并非世间所谓"悲天悯人"或"博施济众"的慈善主义，乃是一种个人主义的人间本位主义。这理由是，第一，人在人类中，正如森林中的一株树木。森林盛了，各树也都茂盛。但要森林盛，却仍非靠各树各自茂盛不可。第二，个人爱人类，就只为人类中有了我，与我相关的缘故。④

虽然周作人没有具体定义"人的文学"，但举了个例子来说明。他说，关于"两性的爱"有两个主张，一是"男女两本位的平等"，二是"恋爱的结婚"，如果"有发挥这意思的，便是绝好的人的文学"⑤。说到底，还是强调文学应该发现个体的自由价值，强调人的独立人格，"人的文学"实际上就是

---

① 鲁迅:《灯下漫笔》，载《鲁迅全集》(第一卷)，人民文学出版社2005年版，第224页。

② 陈独秀:《敬告青年》，载《陈独秀文章选编》(上)，生活·读书·新知三联书店1984年版，第74页。

③ 胡适:《易卜生主义》，载《胡适文集》(2)，北京大学出版社1998年版，第485—488页。

④ 周作人:《人的文学》，载《周作人批评文集》，珠海出版社1998年版，第32页。

⑤ 同上书，第34页。

启蒙主义文学。正如鲁迅自陈："说到'为什么'做起小说罢，我仍抱着十多年前的'启蒙主义'，以为必须是'为人生'，而且要改良这人生。"①

苏雪林正是在这样的历史语境中进入文坛的。虽然她没有像冰心、庐隐一样在文学革命之初就迅速成名，但受五四的影响匪浅。1919 年秋，她考入北京女子高等师范国文系，那时的女高师名师云集，授课者有胡适、周作人、陈衡哲、李大钊等新文化革命的重要人物，对苏雪林而言，就读女高师两年是至关重要的：

> ……每天我们都可以读到许多有关新文化运动的报纸副刊，周期性的杂志，各色各样的小册。每天我们都可以从这些精神食粮里获取一点养料，每天我们都可以从名人演讲里，戏剧宣传里，各社会的宣言里得到一点新刺激，一点新鼓动。我们知道什么是革命，什么是反抗，什么是破坏。我们学习革命，学习反抗，学习破坏。我们也崇拜革命，崇拜反抗，崇拜破坏。对于旧的学术思想，我们都从头给予评判，对于我们素所崇拜的偶像都推倒了，素所反对的反而讴歌赞叹起来了。②

正如康德（Immanuel Kant）所说，"启蒙运动就是人类脱离自己所加之于自己的不成熟状态"③，苏雪林在五四新文化运动这场启蒙运动中，开始走出自己的不成熟状态，学会运用自己的理智获取知识，判断社会问题，以及选择自己该走的道路。更重要的是，她开始为报刊写作。除给《民铎》《民国日报·觉悟》《时事新报·学灯》《国民日报·学汇》等报刊写文章，苏雪林还成为《益世报·女子周刊》的主编之一，每月有上万字的文章发表，既有小说、诗歌、杂文、文艺评论，也包括一部分格律诗词。④ 这些作品倾向于揭露社会黑暗、抨击封建礼教，以及提倡新文

① 鲁迅：《我怎么做起小说来》，载《鲁迅全集》（第 4 卷），人民文学出版社 2005 年版，第 526 页。
② 苏雪林：《苏雪林文集》（第二卷），沈晖编，安徽文艺出版社 1996 年版，第 61—62 页。
③ ［德］康德：《答复这个问题：什么是启蒙运动》，载《历史理性批判文集》，何兆武译，商务印书馆 1990 年版，第 22 页。
④ 王翠艳在《〈益世报·女子周刊〉与苏雪林"五四"时期的文学创作》（载《现代中国文化与文学》2006 年第 1 期）中把她这一时期的写作分为四大类：一，反映现实黑暗和底层平民生活的苦痛；二，表现旧礼教对女性生活的戕害；三，少量的仅出现一次的小说类型；四，引发文坛轩然大波并改变自己一生命运的论文——《对于谢楚桢君〈白话诗研究集〉的批评》。

化、新道德，但另一方面，无论是主题的开掘，还是形式的营造，这些文字毕竟还是呈现出稚嫩的一面。

1921 年秋天，苏雪林考入由吴稚晖、李石曾等创办的里昂中法学院，开始了三年半的留学生涯。异国求学，一方面可以更直观地触摸西方先进的文化理念，另一方面拥有了具体的参照物来反观本国的传统文化和当下社会。中国的现代性是随着西方列强轰开中国国门一起开启的，面对这"三千年来之大变局"的中国知识分子幡然醒悟到，如果再不学习西方先进的物质文明、制度文明以及科学文化，中国也许有一天将在世界之林无立足之地。正是在这样的心理驱动下，五四一代的文化启蒙者们都习惯性地用一种褒西抑中的思维方式来分析问题，于是中国的经济发展、政治制度、传统文化、国民心理等都成为被批判的对象，而这一切的参照视角是把西方当作一个完美的样本。经历过五四启蒙运动的苏雪林自然也形成了同样的思维方式，只是在她没走出国门直接感受西方文化之前，还缺乏一个明确的参照对象，因而也不能熟练地进行后来被命名为"国民性批判"的写作方式。而当她来到法国，原来刻意的模仿就变成自发的行为了。

苏雪林真正意义上的写作应该从 1925 年在著名文学刊物《语丝》上发表文章算起，此前的求学和写作经历只能算是准备期。从 1925 年到 1930 年间，围绕"人的发现"这一主题，苏雪林展开了她的启蒙主义书写。这种书写从两个向度进行，一个是向内开掘，审视自我，通过讲述个人在学业、爱情、家庭等问题上的种种遭遇，呈现个体在追求自由独立过程中的种种斗争、成功、挣扎，而至失败，反映了中国青年人在新文化、新思潮的呼唤下的觉醒，以及突破自我的难度。这一类写作以《棘心》《绿天》《玫瑰与春》等自传性作品为主。另一向度则是向外延伸，审视他人，也就是由鲁迅等人开启的国民性批判。在回国的当年，也就是1925 年，苏雪林在《语丝》上发表《在海船上》《归途》等文章，以归国见闻的形式对国人由内而外的种种劣根性进行了尖锐的刻画和批判，其写作的风格依稀可以见出鲁迅、周作人杂文的影子。此外，从 1928 年 4 月到 1930 年 5 月，她连续在《生活周刊》上发表了 33 篇文章，绝大多数是对社会时弊的针砭，这也从另一个角度丰富了她的国民性批判的写作。需要指出的是，苏雪林在《生活周刊》的文章几乎没有进入研究者的视野，以致对她的文学风格造成相当程度的"误判"。

二 道德批评（1931—1937 年）

我们以为文艺的任务在于表现那永久的普遍的人性，时代潮流日异而月不同，文艺的本质，却不能随之变化，你能将这不变的人性充分表现出来，你的大作自会博得不朽的声誉，否则无论你怎样跟着时代跑，将来的文学史决不会有你的位置。①

如果不注明出处的话，上述大谈"不变的人性"的引文也许会被当成出自梁实秋之手，事实上，这段话摘自创刊于 1935 年的《现代文艺》（《武汉日报》副刊）发刊词，作者正是苏雪林。这一时期的苏雪林从 20 年代对内审视自我、对外批判国民性的启蒙立场，转向近似于梁实秋的新人文主义立场，以永久、普遍的人性作文学表现的中心，来提倡健全的文学。

早在 20 年代中期，苏雪林在上海结识了袁昌英，又通过袁认识了陈源、凌叔华夫妇，也曾参与过新月派主将们组织的沙龙，并且在《现代评论》上发表过文章。② 这些交往让她对新月派诸君及主张多有了解。但此时的苏雪林在文学主张上受启蒙主义影响更大，文章中时常提及的是周作人、鲁迅等名字。而且就交往而言，用方维保的话说，"就她在上海的情形而言，也一直是处于新月派的'月华'的边缘而已"③。

苏雪林思想发生根本性的改变，是从 1931 年受聘于武汉大学开始。她得以执教武大，与袁昌英、陈源的极力推荐有关，此后交往日深，苏、袁及凌叔华三人更是被时人戏称为"珞珈三女杰"。相信在他们的交往过程中，苏雪林除了对新月派的文学主张有了更多的了解之外，也对陈源、梁实秋诸人与鲁迅的恩怨有了更多的思索。她的新人文主义立场显现的标志，是《文学有否阶级性的讨论》一文的发表。据苏雪林自述，这篇文章发表于 1932 年间，是应武大中文系学生邀请所写的一个演讲论文，之

---

① 苏雪林：《现代文艺发刊词》，载《青鸟集》，商务印书馆 1938 年版，第 91—92 页。

② 参见苏雪林《苏雪林自传》，江苏文艺出版社 1996 年版，第 73 页；苏雪林：《我所认识的诗人徐志摩》，载《苏雪林文集》（第二卷），安徽文艺出版社 1996 年版，第 321—322 页；苏雪林：《悼念凌叔华》，载《苏雪林作品集·短篇文学卷》（第 4 册），苏雪林文化基金会 2010 年版，第 14—15 页。

③ 方维保：《苏雪林：荆棘花冠》，广西师范大学出版社 2006 年版，第 115 页。

后收入学生办的一个刊物。① 由于以往的研究者对该文的忽视（或者根本没有看过），所以学界没人考察过苏雪林与梁实秋之间的理论关联。梁实秋与鲁迅及左翼文人之间关于"文学有无阶级性"的论争发生在1930年前后，苏雪林文章的发表可以说是对这场论争的表态，她的立场很明确，在文章中直接表示认同梁氏的主张，认为"文学就是表现最基本的人性的艺术"和"文学是属于全人类的"②，这两句话可以概括她的观点。

苏雪林另一篇表达自己文学主张的文章就是前面提到的《现代文艺发刊词》。《现代文艺》属《武汉日报》的一个文艺副刊，创刊于1935年2月25日，终刊于1936年12月29日，共出95期。刊物由当时在武汉大学执教的一些作家、教授创办，如陈源、凌叔华（虽未执教，但随其夫陈源生活于武大）、苏雪林、袁昌英、陈衡哲等，也与新月派有着千丝万缕的关系。③ "发刊词"由苏雪林执笔，自然既融合了其他同仁的意见，也包含了她自己的主张。这篇发刊词的内容很容易让人想到由徐志摩执笔的《新月》月刊发刊词《新月的态度》。二者都对文学的功利化和商业化表示不满，都提倡书写常态的人性，都强调文学的健康、尊严。事实上，苏雪林就对《新月的态度》一文激赏不已，认为"这篇《新月月刊》创刊辞，写得笔酣墨饱；字字闪射琥珀色的光芒，好像一只云雀高飞云际。嘹亮的歌声，洒下一天花语，真够叫人沉醉!"④ 字里行间透露的是对其文笔的叹服，但更深之处是认可其中的思想，不然怎会有如此之高的评价，再联系起不少学者都提出《新月的态度》虽为徐志摩所写，却浸透着梁实秋的美学思想，那苏、梁二人之间的理论契合可想而知。

当然，苏雪林的新人文主义倾向不仅仅体现于这一时期的理论文章，更重要的是在她的文学批评实践中也时时能见出其回响。因为教授"中国新文学"这门课程的原因，苏雪林在30年代发表了大量的文学批评，其中优秀者如《沈从文论》，即被茅盾选入由上海文学出版社在1936年推出的《作家论》一书，成为新文学批评的经典文本。可以说，这一阶

---

① 参见苏雪林《风雨鸡鸣》自序，源成文化图书供应社1977年版，第3—4页。

② 苏雪林：《文学有否阶级性的讨论》，载《风雨鸡鸣》，源成文化图书供应社1977年版，第10—11页。

③ 参见唐达晖《关于〈现代文艺〉与〈志摩遗札〉》，载《武汉大学学报》（社会科学版）1983年第4期。

④ 苏雪林：《中国二三十年代作家》，纯文学出版社1986年版，第561页。

段最能代表她写作实绩和文学价值的当属其新文学批评。在这些文章中，苏雪林提出如下主张：不能把道德从文学中剥离，文学应当追求一种理想主义；文学是对最基本的人性的表现，也因为具有了"永久的兴味"；想象力或情感的泛滥将导致文学形式的失范，应该强调理性的节制。

　　由于她重视道德在文学中的作用，逐渐形成了一种以人格论为前提的文学批评模式。如她对徐志摩、闻一多等人的推崇，和对创造社诸人的反感、厌弃，在很大程度上出于此因。1936 年 10 月 19 日，鲁迅逝世，文坛震动，苏雪林却在致胡适和蔡元培的两封信中，痛斥鲁迅的"病态心理"与"不良人格"，甚至直呼鲁迅为"玷辱士林之衣冠败类，二十四史儒林传所无之奸恶小人"。这"鞭尸之作"一出，立即引起左翼人士公愤，纷纷撰文对她进行反驳甚至声讨，如果不是因为卢沟桥事变，日本侵华战争的全面启动，文坛各种势力暂时统一在抗日的大旗之下，这场争斗定会持续下去。需要特别指出的是，她从 1936 年底开始、持续了半个世纪的"反鲁"，很多人认为是出于政治之因，是对当政者的邀宠。笔者以为，她此一阶段的"反鲁"跟赴台后的言论还是要区别论述，因此时的苏雪林主要担心的是鲁迅型人格对青年的影响，是其人格论批评发展的逻辑结果。

三　民族想象（1937—1949 年）

　　如前所述，抗日战争的爆发让文坛的纷争暂时消弭，尤其是 1938 年 3 月 27 日，"中华全国文艺界抗敌协会"（简称"文协"）在汉口的成立，宣告了文艺界抗日民族统一战线的正式形成。钱理群等在《中国现代文学三十年》中写道：

　　　　抗战初期，整个国统区文学的基调表现为昂扬激奋的英雄主义。救亡压倒一切，文学活动也就转向以"救亡"为宣传动员的轴心。"五四"以来新文学作家始终关注的启蒙主题，包括"个性解放"或"社会革命"的主题，在国难当头的时刻，也都暂时退出了中心位置。①

---

① 钱理群、温儒敏、吴福辉：《中国现代文学三十年》，北京大学出版社 1998 年版，第 446 页。

　　自晚近以来，国门被西方列强用炮火轰开，中国就存在着两大任务，一是为争取现代性而兴的启蒙运动，一是为争取现代民族国家而兴的救亡运动。这两大任务原本都是"现代"概念的题中之义，但由于中国现代性的外发性，要启蒙就必须学习西方，要救亡则又要反对西方，于是启蒙（现代性）和救亡（现代民族国家）常常呈现冲突的状态。这种冲突随着抗日战争的爆发，争取现代民族国家的救亡运动，成为压倒性的任务。

　　在这个前提下，苏雪林的民族情绪空前高涨，一方面有"捐金"的义举，另一方面写了大量鼓舞民气和揭露日军暴行的抗日宣传之作，还接受国民党中宣部的任务，写了一本 20 多万字的历史人物传记《南明忠烈传》，志在以表彰历史上抵抗异族入侵的英烈们来激发国民的抗战热情。[1] 当然，在当时整体的救亡氛围下，文艺创作多是激起民心士气、鼓舞抗战精神、唤醒民族意识的。但苏雪林的写作在一些文章中的切入点却显得与众不同。

　　苏雪林成长于五四，接受了启蒙运动的洗礼，自己也曾通过写作参与民族劣根性问题的讨论。此时，为了重建民族的自信心，她的起点亦从对启蒙的反思开始。她认为，民族劣根性一说为他者对中国形象的建构，当然，这里的他者主要是指日本人。她把当年启蒙者看来是民族根性的那些弊病，仅当成是"不良习惯"而已，并非"文化的全貌"，而且也不独中国所有。也就是说，启蒙者是受了日本人的骗，日本几十年来通过《支那文化研究》《支那国民性与思想》《从小说看出的支那民族性》等书籍，试图编造中国国民的劣根性，来击垮中国民众的自信心，为将要到来的侵华行为做舆论上的准备。

　　郭沫若、郁达夫等人认为，在战时状态下，由于宣传的功利性和紧迫性，对文学作品的艺术要求可以放宽，甚至提倡"差不多主义"。的确，由于战争的环境，抗战时期的优秀作品也不多。但苏雪林的历史小说集《蝉蜕集》却是其中难得的佳作，甚至可以算作她写作生涯中的一个高峰期。相比抗战期间不少爱国作品的直白粗糙，这个集子显得开阖自如，用夏志清的话说，"作者对传统的叙述方法运用得极为娴熟"[2]，是一次成熟的创作。当然，我无意拔高这本小说集的艺术成就，只是认为，作者在民

---

　　① 抗战爆发后，苏雪林用自己的嫁妆和十几年的积蓄买了两根金条，捐献给政府作为抗战经费。当时还引来不少非议，有人传言说这些钱系她在法留学时骗教会所得。这恐怕是因为她"反鲁"之事所激起的反击。参见苏雪林《苏雪林自传》，江苏文艺出版社 1996 年版，第 91 页。

　　② 夏志清：《中国现代小说史》，复旦大学出版社 2005 年版，第 57 页。

族大义的时代主题下，并没有使自己的审美感觉僵化，而是坚持赋予生冷的史料以人情化和心灵化。她这一时期的作品，既完成了与时代共振的任务，也没有丧失文学本身独立的审美品格，从而使作品具有了一定的时空超越性。

抗战胜利，国共两党的矛盾开始凸显，苏雪林的立场始终站在国民党政府一方，认为左翼的政治与文化，是"假借老百姓的名义，扛出'民主'的金字招牌"，终极目的还是想夺取政权。所以，从抗战结束到中华人民共和国成立这一时期，我依然把苏雪林的创作归在民族主义写作阶段，直到她离开大陆。

四　政治依附（1949 年—晚年）

1949 年，国民党在战场上节节败退，为避战火苏雪林回到上海夫家，五月赴香港，任职真理学会，担任编辑工作。1950 年，以赴罗马朝圣之名，客居巴黎，两年间，除补习法文外，还在巴黎大学附设的某法语学校听讲巴比伦、亚述神话等。对苏雪林来说，离开武大后的三年，有点疲于奔命、居无定所的意味，大陆不敢回，香港生活又太苦，台湾则是一个陌生的地方，而且不知道国民党能在那守多久，因而常有走投无路的感慨。这时候，武大老校长、时任台湾国民政府总统府秘书长的王世杰向她伸出橄榄枝，答应为她谋一足以糊口的大学教席，于是在 1952 年夏，她前往台湾。当时的心情从她传记中的一段话可见一斑：

> 时为民国四十一年夏，文艺界许多人闻我至，都来拜访，如王平陵等，个个赤诚相待，如接待亲人一般。报章杂志争相约稿，我自民国二十五年开始，文艺界视我如异端，如化外，见了我都咬牙切齿，恨不得将我吞噬下去。我写文章如前文所述，只好投国民党办的恹无生气的几种刊物，大型有价值的文艺刊物，从无我问津的余地。现在可好了，到了台湾，我倒像绝处逢生，获得一个新生命，其乐趣为以往十余年所未有，深以回台湾为得计。[①]

此时的苏雪林，不仅重新获得大学教授的职位，有了固定的收入来

---

① 苏雪林：《苏雪林自传》，江苏文艺出版社 1996 年版，第 140 页。

源,而且被当作著名作家为各大报纸杂志所追捧,因此,她对国民党政府的感恩戴德之心可想而知。

当时的台湾的主流意识形态,一是为了有朝一日反攻大陆做准备,二是为了更有效地对台湾地区进行专制统治,防止大陆方面的渗透,所以整个台湾社会都笼罩在国民党反共抗俄的宣传氛围之中,文学界也概莫能外。原本就对共产主义深怀不满的苏雪林,在这种政治气氛下反而如鱼得水,几乎篇篇文章都要带上一根"反共的尾巴",连以希腊神话为题材的神话小说《天马集》也是"寓反共抗俄之意"。①

鼓吹"战斗文艺",投入"文化清洁运动",拥护"中华文化复兴运动",大凡在政府授意下、以维护专制统治为目的的文化运动,苏雪林都积极响应和参与。台湾执政者鼓吹"战斗文艺",实际上意味着"反共抗俄"主题以外的文艺作品,皆列入禁忌之列。政治偏见遮蔽了她曾经作为优秀批评家的眼光,以至于对一切作家都以政治立场"亲共"与否来衡量其价值,且言必"反鲁",文必"反共",连那些她曾经给予正面评价的作家也被重新翻案,因而她被人讥为"不长进的批评家"。作为"文化清洁运动专门研究小组"的成员,她还主动担当文艺"纠察队"员,发起了对当时畅销的长篇爱情小说《心锁》的批判,把它诬为黄色小说而大加挞伐,使其以被禁为最终命运,作者郭良蕙被"妇女写作协会"和"中国文艺协会"开除会籍。

更令人惋惜的是,为呼应国民党政府发起的"中华文化复兴运动",苏雪林居然提倡封建旧伦理,呼吁恢复父权,背叛了自己当年在五四启蒙运动中的所学所思,其内质是对极权政治的认可和拥护。虽然苏雪林一直把胡适视作自己的"精神之父",但读其文章和日记却给人另一种感受,她对"君父"(即蒋介石)的恭谨和敬畏,远远超过"精神之父"。对权力和政治强势人物潜意识的奴性终于让苏雪林的写作完全依附于政治之上,她已经走向了自己当初的反面,成为历史进步的阻碍。

上述四个关键词:启蒙书写、道德批评、民族想象、政治依附,基本上可以概括苏雪林文学生涯的四个阶段。如前所述,文学思潮实际上是对现代性的反应,假如以现代性为视角来衡量苏雪林这四个阶段,我们可以

---

① 苏雪林:《关于我写作和研究的经验》,黎明文化事业股份有限公司1977年版,第103页。

得出如此结论：启蒙书写是她以文学表达对现代性的追求，道德批评是她对现代性的反思，民族想象是她对现代性的搁置，而政治依附则是她对现代性的背叛。也正是在这个意义上，笔者才把苏雪林文学思想的流变过程定位为从启蒙主义到古典主义。

第二章

启蒙书写：苏雪林 20 世纪 20 年代的写作姿态

> 我们那时把康德所谈的"人类理性"发展到了最高点，无论什么问题都要拿来放在理性的权衡上称量一下。只须理性这一端的砝码略为向下低沉，即使我们平素至所溺爱的，至所偏袒的，也不敢不放弃，不愿不放弃。
>
> ——苏雪林

自从 20 世纪 30 年代毅真在《几位当代中国女小说家》中把苏雪林归入闺秀派的作家，认为她只是在礼教的范围之内来写爱，这似乎成为对苏雪林的定评。此后的评论几乎众口一词地认定，她从五四开始就处于一种保守的写作姿态，"只是刚从封建社会里解放下来，才获得资产阶级的意识，封建势力仍然相当的占有着她的伤感主义的女性的姿态"①。究其原因：一方面是因为在公认为苏雪林代表作、带有自传性质的《棘心》《绿天》等作品里，作家塑造了一个不敢追求自由恋爱、甘心接受家庭指定婚姻的女主人公形象；另一方面评论者有意无意地忽略了作家同时期的另一部分风格截然不同的创作。

笔者认为，与同时代更为激进的作家相比，20 世纪 20 年代的苏雪林虽然有一定程度的保守倾向，但其写作并没有偏离启蒙主义文学思潮的大方向。求学女高师和留法三年是前半期，这一段她除了大量地接受启蒙思潮的新学新知外，还有一些不算成熟的作品，可以算作日后启蒙书写的准备阶段。从 1925 年回国至 1930 年，她着眼于"人的发现"这一时代主题，除出版代表作《棘心》《绿天》外，还在《语丝》《生活周刊》《真

---

① 方英：《绿漪论》，载黄人影编《当代中国女作家论》，上海书店 1933 年版，第 147 页。

善美》女作家专号等刊物发表大量杂感、社会性评论等，从"确证自我"和"国民性批判"两个向度构成她完整的启蒙书写。《棘心》《绿天》中的主人公虽然最终屈服于家长意旨，走进了自己并不满意的婚姻，但此前的一次次抗婚的经历，和此后试图在无爱婚姻中营造有爱生活的种种努力，都昭示了女主人公即使选择了妥协，也无法淹没她已然觉醒的主体性。另外，她一系列的社会评论性写作，从在《语丝》上对"国民性批判"的参与，到在《生活周刊》上对社会进行微观批评，都构成了其启蒙书写的一部分。

第一节　确证自我：自我意识的觉醒
　　　　与人生意义的探寻

自古以来，中国传统社会都是以家庭或家族作为社会的基本单位，长期缺乏"个人"概念。[①] 而女性在社会中所受的束缚比男性更多，所谓在家从父、出嫁从夫、父死从子，从出生到死亡都没有机会获得自己的生存独立性。因此，鲁迅在 20 世纪之初就振聋发聩般地提出要"掊物质而张灵明，任个人而排众数"[②]，他比同时代人更早地预示到社会形态和文化氛围的趋势。随着五四新文化运动的兴起，"个人"的观念得到高度张扬，几乎所有著名的新文化学者都以各自的方式讨论过这个问题。

陈独秀在《青年杂志》第一卷第一号的《敬告青年》中，呼唤新青年完成六大抉择："自由的而非奴隶的"、"进步的而非保守的"、"进取的而非隐退的"、"世界的而非锁国的"、"实利的而非虚无的"、"科学的而非想象的"。[③] 其中"自由的而非奴隶的"，即是鼓励青年自立、自强，培养自己独立的人格。胡适援引易卜生的话表达个人的观点："我所最期望于你的是一种真益纯粹的为我主义。要使你有时觉得天下只有关于我的事

---

① 参见费正清《美国与中国》，世界知识出版社 2002 年版，第 17—51 页。费正清认为："中国家庭是自成一体的小天地，是个微型的邦国。从前，社会单元是家庭而不是个人，家庭才是当地政治生活中负责的成分。在家庭生活中灌输的孝道和顺从，是培养一个人以后忠于统治者并顺从国家现政权的训练基地。"

② 鲁迅：《文化偏执论》，载《鲁迅全集》（第一卷），人民文学出版社 2005 年版，第 47 页。

③ 陈独秀：《敬告青年》，载《陈独秀文章选编》，生活·读书·新知三联书店 1984 年版，第 73—78 页。

最紧要，其余的都算不得什么。你要想有益于社会，最好的法子莫如把你
自己这块材料铸造成器……有的时候我真觉得全世界都像海上撞沉了船，
最要紧的还是救出自己。"① 个人在他那里才是最有价值的。同样的，周
作人在《人的文学》中也表达了自己对于"个人"的意见，提出要建立
一种"个人主义的人间本位主义"："这样'人'理想生活应该怎样呢？
首先便是改良人类的关系。彼此都是人类，却又是各是人类的一个。所以
需营一种利己而又利他，利他即是利己的生活。"② 尽管周作人在这里并
没有忽略整体，对"个人"的重视却显而易见。不难想象，"个人"成为
五四新文化运动的主流观念之一。

　　新文化运动刚兴起时，苏雪林尚在安庆第一女子师范学校附小任教，
后经过与家庭的激烈抗争，终于在 1919 年秋考入北京女子高等师范国文
系。这是她人生重要的转折点：

> 　　我到北京时，五四运动汹涌的狂潮过去不久，我在故乡时原已读
> 了些有关新文化的刊物，头脑已有些转变，到京后，投身于这个大浪
> 潮中，几下翻滚，我便全盘接受了这个新文化，而变成一个新
> 人了。③

　　这个"新"到底新在哪里呢？苏雪林解释说："五四前，对'我'的
意义不理解，'五四'后，对'我'的含义有了深刻的认识，晓得'我'
是要有独立的人格和自己主宰命运的权利。"④ 在苏雪林这里，五四启蒙
者们所强调的"个人"首先表现为对"我"的意义的寻找，"我"作为
一个独立的个体，有选择自我命运的权利。但要成为一个具有独立人格和
能够主宰自己命运的"我"又谈何容易，其过程必定伴随着冲突、抗争、
苦闷、挣扎，甚至妥协，苏雪林在《棘心》《绿天》《玫瑰与春》等作品
中，真诚而细腻地展现了这一漫长而又痛苦的"确证自我"的过程。

---

　　① 胡适：《易卜生主义》，载《胡适文集》(2)，北京大学出版社 1998 年版，第 486 页。
　　② 周作人：《人的文学》，载《周作人批评文集》，珠海出版社 1998 年版，第 31 页。
　　③ 苏雪林：《己酉自述——从五四到现在》，载《苏雪林作品集·短篇文章卷》（第五册），
苏雪林文化基金会 2010 年版，第 2 页。
　　④ 《智慧的薪传》，台湾生龙锦凤传播公司制作的录影带（1994 年 7 月），转引自沈晖《论
苏雪林与五四新文学》，载《中国文化研究》1999 年冬之卷（总第 26 期）。

一　自我意识的觉醒：从"热烈"到"悲凉"

这一时期苏雪林创作了一批以她个人经历为素材的作品，这些作品大多使用第一人称叙事，以"我"为主人公，如散文《绿天》《我们的秋天》《收获》等；即便第三人称叙事，其主人公也是与作家有着相似经历的知识女性，如小说《棘心》、戏剧《玫瑰与春》、《小小银翅蝴蝶故事》等。童年生活的回忆、求学生涯的体验、少女内心的渴求、梦想以及她们的觉醒、反抗、苦恼、疑虑、迷惘、失意、悲哀、彷徨乃至恋爱波折、婚姻纠葛直到当主妇的甜酸苦辣，这些都反映在苏雪林的作品中。而"自我"成为她关注的焦点，她试图通过对这些抒情主人公内心的观察来反省自身，确证自我。鲁迅曾说："那时觉醒起来的智识青年的心情，是大抵热烈的，然而悲凉的。即使寻到一点光明，'径一周三'，却是分明的看见了周围的无涯际的黑暗。"① 从"热烈"到"悲凉"，也大抵可以勾勒出苏雪林在作品中所透露的自我意识转变的轨迹。

小说《棘心》通常被认为是苏雪林的自叙传。作家以自己的经历为素材，刻画了一个叫杜醒秋的知识女青年如何冲出旧家庭最后却不得不回归的故事。有人说，"五四运动是一次集体出走事件"②，小说中杜醒秋正是以一种"娜拉"的形象出场，她冲破家庭的阻力，15 岁就离开家在省城读书，后来就读北京某高等女校。经历过五四启蒙思潮洗礼的她，对未来有着美好的憧憬，因为她"对于学问本来有些野心"，所以希望有一天能实现"数年来乘长风破万里浪的梦想"——出国留学。这时的杜醒秋洒脱而乐观，即便身上还有家庭订了婚约的束缚，但她不以为意，自由恋爱这些事"还不能引起什么兴味"，她的心思只是在学业上。所以当她一听说法国的海外大学招考便动了心思，考上以后竟然没有和她最爱的母亲商量，只是在临行前发出一封信告知母亲，第二天便已经坐船在汪洋万顷的海上了。这时的"法兰西"三个字在她眼中不啻是美好前程的代名词，"一个人要到哪里去，去志不决则已，一决就难于挽回，无论前途有何艰险，他都要去试一试，她的一颗心，早在大海波涛中荡漾了"。虽然一想

---

① 鲁迅：《〈小说二集〉导言》，载刘运峰编《1917—1927 中国新文学大系导言集》，天津人民出版社 2009 年版，第 83 页。

② 林贤治：《娜拉：出走或归来》，百花文艺出版社 1999 年版，第 2 页。

到瞒母亲来法的事，心里总是不安，但到法之后，完全换了新生活，精神异常愉快，"过了几时便将想念母亲的心思冷淡下来，专心于她的学业了"。她甚至打算将留学期限从 7 年延为 10 年，因为法文太难学，而且欧美文化太优美了。

然而，旧家庭加之于她身上那道指定婚约的绳索终究变成束缚，从"热烈"到"悲凉"的心境转变也自此开始。一个叫秦风的青年对她撒下漫天的情网，她口里说不爱，心里却"居然想写信，要求解除旧婚约了"。虽然最终母亲的爱"救"了她，但此后"既不能寄心于学问，又没有别的事可想，她的心灵不免时常感到空虚寂寞，她渐渐觉得作客的烦闷"。此后，一连串的打击袭来，大哥的死让她的心"被锐利的痛苦"刺痛着；未婚夫对她冷淡的回应，使她觉得"人生本是痛苦的，在短促的生命历程上欢笑的时日少，忧患的时日多"；家中遭匪、母亲受伤让她仰天呼告："呵，我太不幸了，天呀！让我死吧！让我早些死了吧！我的心灵再受不住这样刺激了！"；未婚夫再次拒绝赴欧邀请，让她气得手足冰冷，浑身打战，认为是奇耻大辱，甚至向家里要求解除婚约；母亲病危的消息又让她浑身血液冰冷，背上冷汗直流……杜醒秋最终没有完成学业，在母亲的病床前与未婚夫完成了婚约，正如鲁迅笔下形容的人物"但是飞了一个小圈子，便又回来停在原地点"①。

有研究者指出："伴随着理性的乐观精神，启蒙主义文学也渗透着一种感伤主义情调，这是启蒙主义者觉醒后的悲凉情绪。"② 在我看来，这种悲凉情绪与其说是伴随理性的乐观精神而生，不如说是觉醒后的启蒙者们，面对所遭遇的种种人生之痛和心灵之苦时，发现理性并不万能之后的虚空。杜醒秋知道自己要什么并且怎么要，她向家里提出解除旧婚约遭到父亲的强烈反对，说"即便她轧死于电车之下，还要将她的一副残骨，归之于夫家的垅墓"，她立刻大骂道："老顽固，你要做旧礼教的奴隶，我却不能为你牺牲。婚姻自由，天经地义，现在我就实行家庭革命，看你拿什么亲权来压制我?!"她知道她的自由和幸福都关此一举，但母亲几句伤心的话，便扼杀了她这次反抗旧礼教的壮举。母亲之

---

① 鲁迅:《在酒楼上》，载《鲁迅全集》(第二卷)，人民文学出版社 2005 年版，第 27 页。
② 杨春时:《现代性与中国文学思潮》，生活·读书·新知三联书店 2009 年版，第 95 页。

所以在杜醒秋心中有如此的分量暂且不论，杜醒秋常常挂于嘴边的"理性"① 非但没有帮助她争取到婚姻自由，反而因这次抗争失败而决定皈依天主教了。

有学者认为："在五四前期，自陈独秀在《新青年》创刊号上提出以'科学与人权'并重的口号后，民主与科学就成了至上至尊的救世观音。西方的理性精神发挥得淋漓尽致，民主成了'唯民主义'，科学变成'唯科学主义'。"② 问题在于，当这种科学主义成为人类的迷思，一旦这一迷思在个人遭遇到困境并不能成为医病良方时，供奉者的心理危机就随之而来了。当一系列的打击袭来，所谓理性、所谓科学，无法解决醒秋内心的焦虑和困扰，处在宗教氛围中的她只能求助于祈祷上帝。

在此，我们并不能简单地把杜醒秋的皈依（苏雪林的皈依）认定为对五四的背叛，鲁迅说，"人生最痛苦的是梦醒了无路可以走"③。这只是梦醒之后的她，无路可走寻求安慰的选择。何况，五四新文化运动的领袖们并不是都反对宗教，周作人就指出："要一新中国的人心，基督教实在是很适宜的。"只是有两大条件要紧紧地守住："其一是这新宗教的神切不可与旧的神的观念去同化，以致变成一个西装的玉皇大帝；其二是切不可造成教阀，去妨碍自由思想的发达。"④

二　自由之难：思想很新，行为很旧

如前所述，杜醒秋的痛苦在于"梦醒后无路可以走"。她明知道"婚姻自由，天经地义"，也明知道履行旧婚约就等于做了旧礼教的奴隶，甚至她明知自己丝毫不爱那个冷酷不近人情的"木强人"，但依然主动献祭成为封建礼教的牺牲者。就好比她原是鲁迅在《〈呐喊〉自序》中所说"铁屋子"中沉睡的人，被一群人给惊醒。刚觉醒的她热烈而乐观，充满

---

① 苏雪林常说五四对自己影响最大的一个观念就是理性，比如她曾经说："我们那时把康德所谈的'人类理性'发展到了最高点，无论什么问题都要拿来放在理性的权衡上称量一下。只须理性这一端的砝码略为向下低沉，即使我们平素至所溺爱的，至所偏袒的，也不敢不放弃，不愿不放弃。"（苏雪林：《我的学生时代》，原载 1942 年 4 月《妇女新运》第 5 期，载《苏雪林文集》（第二卷），安徽文艺出版社 1996 年版，第 62 页）

② ［美］郭颖颐：《中国现代思想中的唯科学主义》，雷颐译，江苏人民出版社 1989 年版。

③ 鲁迅：《娜拉走后怎样》，载《鲁迅全集》（第一卷），人民文学出版社 2005 年版，第166 页。

④ 周作人：《山中杂信》，载黄开发编《知堂书信》，华夏出版社 1994 年版，第 12—13 页。

理想主义色彩，当她带着年轻人的勇气去冲开"铁屋子"的时候，她发现根本不存在所谓绝无窗户而万难破毁的"铁屋子"，门一直开着，只是你怎么都走不出去，因为屋子里有你绝难放下的东西。细读文本，我们发现，一次次阻碍杜醒秋走出"铁屋子"的正是她的母亲。

五四时期女作家笔下常常有一组对立的形象："圣母"和"逆女"。① 杜醒秋能不能算"逆女"还可以商榷，因为她没能像鲁迅笔下的子君一样宣告："我是我自己的，他们谁也没有干涉我的权利！"也不敢如黄琬《自觉的女子》中直言："我没有见过他，怎么能爱他？我没有爱他，又怎么能嫁他？"其母亲却是不折不扣的"圣母"。在苏雪林的笔下，杜母是贤孝的媳妇，是全心全意操持家庭的妻子，是慈祥的母亲，"德性之醇厚，和宗教家无异"。杜醒秋对母亲的感情也丝毫不用怀疑，到北京读书的时候已经20多岁了，但在母亲面前却依然是一个"天真烂漫的小女孩子，只有依依于慈母膝前，便算她的至乐"。

但正是这样一位慈母，却成为她追求自由路上的最大阻碍。面对爱情的袭来，她涌起解除旧婚约的冲动，可一想到"她这样是要活活地将母亲忧死，气死，愧死"，只好拒绝了对方的追求。两次邀请未婚夫来法被拒绝，杜醒秋觉得尊严受辱，又一次向家里提出解除婚约，父亲严厉的训斥没有作用，依然是因为母亲：母亲恹恹欲绝，万不能承受意外的刺激……要顾全自己，只有牺牲母亲，要顾全母亲，只有牺牲自己。可以说，作为一家之主的父亲并不能阻挠杜醒秋追求自己的学业与爱情，而母亲只是一副柔弱的形象："她一尊石像般端端正正坐着，两眼直直的不看任何人，大滴的眼泪，由她苍白的颊边，继续下坠，也不用手巾去揩。"杜醒秋的一次次抗争正是在这无言的形象面前败下阵来。当然，这并不是说父权已不成为青年冲破旧家庭的阻力，本书深刻之处正在于，同样作为礼教受害者的母亲以父权社会对她的角色规定性压制了女儿的反叛，柔软的母亲形象的背后是严厉的父亲，而这种压制是在她无意识中完成的。她并没意识到自己的行为是对女儿幸福的扼杀，只是觉得在做一件自己认为正确的事。有时柔软是比严厉更强大的一种力量。

杜醒秋并非没有意识到谁才是她追求自由的真正阻碍。比如说她考取

---

① 参见孟悦、戴锦华《浮出历史地表：现代妇女文学研究》，中国人民大学出版社 2004 年版，第 15—18 页。

了海外大学，有赴法的机会，她却先告诉父亲，取得父亲的支持后开始准备行李，通知各亲友，在出发的前一天才写了一封信告知母亲。她心里想的是，如果母亲知道了，定要阻止，"现在这样一办，母亲便是打电报来阻止她，也来不及了。等到母亲的信到北京时，她早在汪洋万顷的海上"。杜醒秋是智慧的，她既坚持要留学，又不愿与母亲发生正面冲突，用一个小小的时间差就把事情完美地处理了。

但这样的智慧并不是时时都派得上用场，当冲突无法避免的时候，"有好几次希望母亲早些儿去世"，这一有着弑母意味的表达透露了她所有的内心挣扎，一方面她清楚地意识到谁才是真正的"敌人"，另一方面她又深深眷恋这个扼杀她幸福的"敌人"。可以说，母亲扮演的是父权社会中扼杀女性的同谋，是比父亲更有力量的"软性杀手"。那为什么严厉的父亲只能激起女儿更大的反叛，而母亲轻轻一声叹息就能熄灭她如火的冲动？孟悦、戴锦华认为，一方面，由于母亲代表了历史中的弱者，出于对强暴专制的封建父权秩序的逆反，女儿们都倾向于向苦难宽容的母亲形象的价值回归。而另一方面，"一代尚未独立立足社会人生，尚未成为性别主体的女儿们需要以母亲填补主体结构上不自足性"[1]。王德威也敏锐地指出："'神话'的母亲、'天职'化的母爱，不代表社会叙述功能的演进，反可能显示父权意识系统中，我们对母亲角色及行为的相像，物化迟滞的一面。"[2]

应该说明的是，对母亲的"圣母化"并非作家的有意为之，而是作为"女儿"角色的自然流露，这更深刻地呈现出女儿与母亲之间千丝万缕的联系。因此我们不能简单地判定这是杜醒秋的软弱与保守，即使再叛逆的女儿，在母亲与自由面前都会抉择得异常艰难。塑造过不少叛逆女性形象的冯沅君就写道："我爱你，我也爱我的妈妈。世界上的爱情都是神圣的，无论是男女之爱，母子之爱。"[3] 这就是杜醒秋的矛盾之处，或者说，苏雪林精神上的矛盾之处。

所以说，《棘心》所写的是一个深受五四启蒙思潮影响的"逆女"，

---

① 孟悦、戴锦华：《浮出历史地表：现代妇女文学研究》，中国人民大学出版社 2004 年版，第 17 页。

② 王德威：《小说中国——晚清到当代的中文小说》，麦田出版社 1999 年版，第 321 页。

③ 淦女士（冯沅君）：《隔绝》，载《卷葹——新文学碑林》，人民文学出版社 1983 年版，第 5 页。

一次次冲出旧家庭最后失败的悲剧。这个"逆女"有着清醒的自我意识,有着清晰的人生追求,甚至明确地知道她的阻力在哪里,但依然完成了封建家庭为她订下的传统婚约,完成了向母亲承继的仪式。这种悲剧性呈现让读者意识到,女性争取自由和独立的难度,并非光靠几个女权主义的新词或几声呐喊就能完成,或者如研究者形象地描述:"这实非男作家想像中的解放缠足、跳上洋车一溜烟开走那般容易简单。"① 笼罩在她们上空的除了代表父权意志的强大父亲,还包括与父亲同谋的慈母,是她们在无意识中消解了女儿们的对自由、独立的追求。

三 人生美的追求:一个"美丽的谎"

苏雪林曾经指出徐志摩是一个理想主义者,看定了人生固然丑陋,其中却也不乏美丽;宇宙固是机械,而亦未尝无情。所以"徐志摩寻求人生的美,不但为了慰安自己,还想借此改善人生"②。这种评价也可以看成是她的夫子自道。

如果说写《棘心》是为了呈现其追求婚姻自由而失败的悲剧,那在《绿天》③《鸽儿的通信》等作品中,她则试图去营造一出婚后的喜剧。在苏雪林看来,尽管自己的婚姻有一个不完美的开始,"在尚未结合之前,两人感情便已有了裂痕"④,但只要肯去用心经营,未必不能实现她人生美的追求。所以在《绿天》的结尾里,她有过这样的祈祷:"一切我们过去心灵上的创痕,一切时代的烦闷,一切将来世途上不可避免的苦恼,都请不要闯进这个乐园来,让我们暂时做个和和平平的好梦。"⑤ 问题在于,这场作为妥协结果的婚姻,一开始就是错的,结局有无扳回的可能呢?

在这些被称为"新婚纪念册"的作品里,苏雪林翔实记录了一对对年轻夫妻间"颇为幸福"的生活,不同篇章人物的称呼略有不同,《绿天》是石心和"我",《鸽儿的通信》是灵崖和碧衿,《我们的秋天》《收获》是康和"我",《小猫》是筠和薇。这些作品中自有一些夫妻间温馨

① 刘乃慈:《第二/现代性:五四女性小说》,台湾学生书局 2004 年版,第 86 页。
② 苏雪林:《中国二三十年代作家作品》,纯文学出版社 1975 年版,第 108 页。
③ 《绿天》是一部散文集,初版于 1928 年,当时收录《绿天》《鸽儿的通信》《我们的秋天》《收获》《小小银翅蝴蝶故事》诸篇。
④ 苏雪林:《绿天》自序,载《苏雪林文集》(第二卷),安徽文艺出版社 1996 年版,第 217页。
⑤ 苏雪林:《绿天》,载《苏雪林文集》(第二卷),安徽文艺出版社 1996 年版,第 226 页。

的小细节，比如"我"看中一旧书橱，康不赞成买，等到"我"忘了这回事的时候，却有人送来了一架新的，康附在"我"耳边轻轻说："亲爱的，这是我特别为你定做的。"（《我们的秋天》之《书橱》）其他如《扁豆》写家庭的园艺之乐，《瓦盆里的胜负》写夫妻间斗蟋蟀的趣事，《小猫》写情侣间各自给对方取外号的温馨。

但相对于四五万字的篇幅而言，这样的细节实在太少，更多的时候都是主人公在以一种"童心"的眼光看待世界。比如，"我"注视着园中的大榆树，眼前就涌现了一个幻想："长尾的猴儿，在树梢头窜来窜去，轻捷如飞……骄傲的孔雀，展开它们锦屏风般的大尾，带着催眠的节拍，徐徐打旋，在向它们的情侣献着殷勤"，"毛鬣壮丽的狮子却抱着小绵羊睡觉，长颈鹿轻悄悄地在数丈高的树梢，摘食新鲜叶儿，摆出一副哲学家的神气。"（《绿天》）夫妻俩携着手走进林子以后，然后剩下的篇幅就是描写溪水的"顽皮"："溪水漾着笑涡，似乎欢迎我们的双影。这道溪流，本来温柔得像少女般可爱……她一面疾忙地向前走着，一面还要和沿途遇见的落叶，枯枝……淘气。"（《鸽儿的通信》）像这样被人称之为"风景人格化"①的细节作品中比比皆是。美则美矣，但说是"新婚纪念册"却有挂羊头卖狗肉之嫌，因为你丝毫感受不到家庭生活的人间烟火。更何况其中叙述者的口吻和人物的语气都像"一个十六七八天真烂漫的少女"②，丝毫不像已为人妇者。倒应了鲁迅的那句话："女人的天性中有母性，有女儿性，无妻性。"③当然，这些作品中也并不尽是这种少女口吻，只要叙述一离开他们夫妻间的情感，叙述者的口吻立马就成熟起来，比如《收获》一文写到主人公回忆法国采摘的经历，语气便恢复正常，结束时还不忘深沉地来一句对祖国命运的担忧："我爱我的祖国，然而我在祖国中只尝到连续不断的'破灭'的痛苦，却得不到一点收获的愉快，过去的异国之梦，重谈起来，是何等的教我系恋。"④

苏雪林自己的解释是，她"以永久的童心观察世界，花冲鸟语，无

---

① 毅真：《几位当代中国女小说家》，载黄人影编《当代中国女作家论》，光华书局 1933 年版，第 14 页。
② 苏雪林：《苏雪林自传》，江苏文艺出版社 1996 年版，第 67 页。
③ 鲁迅：《鲁迅全集》（第三卷），人民文学出版社 2005 年版，第 555 页。
④ 苏雪林：《绿天》之《收获》，载《苏雪林文集》（第二卷），安徽文艺出版社 1996 年版。

不蕴有性灵与作者的潜通、对话"①。但在我看来，根本的原因是她当时的婚姻生活并不如意，她并无家庭生活的幸福体验，所以作品中所谓"颇为幸福"的生活有太多的虚构性，而这种虚构又缺乏生活细节来丰富，所以作者只好在想象中让那些花鸟虫鱼"人格化"起来，让这些童话性的东西去填充她所谓的"新婚纪念册"。事实上，多年以后苏雪林自己在《绿天》修订本的序言中揭示了这个答案："天生一颗单纯而真挚的'童心'，善于画梦，渴于求爱，有时且不惜编造美丽的谎，来欺骗自己，安慰自己，在苦杯之中搀和若干滴蜜汁……"②　原来所谓的幸福生活只是作家编造的一个"美丽的谎"，因为这个梦编织得过于空洞，过于缺乏生活的内容，无意中泄露了作者的内心。

　　其实在同一时期发表的戏剧《玫瑰与春》③　中，苏雪林已经暗示了她婚姻存在的问题。评论家谈论最多的是《棘心》和《绿天》，对《玫瑰与春》却鲜有提及。原因在于后者提供了一个与前两者截然不同的结局，剧中的男女主人公最终以分手而告终，这种女性因男性的自私而走出家庭的情节模式更像是易卜生《玩偶之家》的翻版。这就让评论者所认定的苏雪林甘守于旧婚姻家庭具有封建主义倾向的论断，难以自圆其说。苏雪林后来提及写该剧时的思想状态："记得我写这个剧本时，心灵正为一种极大的痛苦所宰割，当痛苦至极之际，独自盘旋屋外草场。有如毒箭射伤的野兽，自觉脏腑涓涓流溢鲜血，这样煎熬了三日夜之后，方寸间灵光豁路，应该走的道路发现了，而灵感亦如潮而至，伏案疾书，不假思索，半日间便将这个小小剧本的轮廓写出。"④

　　那这究竟是一个怎样的故事，应该走的道路又是什么？春是剧中的女主人公，玫瑰是她的情人。春既爱玫瑰，但对其他的弱者也常常抱有同情心，这让自私的玫瑰非常不满。最后玫瑰让春在他和她所同情者之间做选择，春最后说："玫瑰，你究竟太自私，你不配作我理想的伴侣。去吧，永远去你的吧！…从此我是脱然无累，可以安心干我所要干的工作了。"

---

　　①　苏雪林：《中国二三十年代作家作品》，纯文学出版社1975年版，第251页。
　　②　苏雪林：《绿天》自序，载《苏雪林文集》（第二卷），安徽文艺出版社1996年版，第217页。
　　③　绿漪女士：《北新》1卷49、50期，1927年10月1日，载沈晖编《苏雪林文集》（第一卷），安徽文艺出版社1996年版，第335页。
　　④　苏雪林：《苏雪林文集》（第一卷），沈晖编，安徽文艺出版社1996年版，第219页。

尤其有意味的是，剧中还有两个角色，一个叫惠风，别名"同情"，一个叫春寒，别名"自私"，都是春的小友。作家形象化地告诉读者，这两个角色其实就是春内心的两个声音，一个把她拉出个人的情感世界，做自己想做的事，一个则希望她安稳于自己情感中的位置，做一个贤惠体贴的女性。春正是在自己内心两种声音的辩论中最终确认了自己真正的意识，选择了应该走的道路。如果说《绿天》里展现的是一对志趣相投、性格相衬的夫妻婚后甜蜜的生活，那《玫瑰与春》中的情侣，则性情迥异，无法调和。后来的事实证明后者才是苏雪林更真实的生活状态，前者只不过是一个"美丽的谎"①。

在苏雪林所评论过的作家中，她情感上最为亲近的是徐志摩，即便是徐的离婚及第二次结婚，她都替其解释为"也无非为了贯彻'人生美'追求的目的"②。遗憾的是，她自己却无徐志摩在现实中追寻人生美的勇气，只能用一个"美丽的谎"来粉饰早有裂痕的婚姻。或许西蒙·波娃（Beauvoir Simonede）的解释更为合理："女人的处境使她倾向于在文学和艺术中寻求解救。为了不使一种无意义的内在生活深陷虚无之中，为了表示反对在心中反抗却又必须忍受的女性特质，为了在其无法达到的世界之外另外创造一个世界，女性因需要表达而成为作家。"③

第二节　国民性批判：国民劣根性的挖掘
和微观的社会批评

学术界通常把1925年作为苏雪林思想的一个转折点，因为这一年她奉母命回国履行了旧婚约，《棘心》和《绿天》二书也是在此之后完成。如杨义就认为留法归来的苏雪林文学创作方向，从当初的"为人生"走向了"为艺术而艺术"，甚至"为自我而艺术"的轨道。④言下之意，她开始回避现实，偏离了五四启蒙文学的方向。

在我看来，之所以会造成这种认知，有两个根本原因：首先是对

① 苏雪林：《苏雪林文集》（第一卷），沈晖编，安徽文艺出版社1996年版，第217页。
② 苏雪林：《中国二三十年代作家作品》，纯文学出版社1975年版，第110页。
③ 参见［法］西蒙·波娃《第二性》第三卷，杨翠屏译，志文出版社1997年版，第121页。
④ 杨义：《中国现代小说史》，人民文学出版社1986年版，第290—291页。

《棘心》《绿天》的误读，这一点在上一节中已经做出了详细论述；其次是忽略了作家同时期的其他创作。就在回国的 1925 年 9 月和 10 月，苏雪林在《语丝》分别发表了《在海船上》和《归途》两篇文章，以归国见闻的形式延续了五四时期流行的国民性批判主题。此外，从 1928 年 4 月开始，她连续在《生活周刊》上发表了 33 篇文章，绝大多数是对社会时弊的针砭，这也从另一个向度丰富了她的国民性批判的写作。

一　国民劣根性的挖掘：《在海船上》和《归途》

现在说起谁对苏雪林影响最大，无疑都会首推胡适，原因不外乎他们之间曾经是师生，苏与《现代评论》的密切关系，苏终生奉胡为精神导师，苏写了大量怀念胡以及为胡辩诬的文章，等等，都足以说明这一点。其实就 20 年代而论，苏雪林作品中周作人、鲁迅的影子更明显，而她跟《语丝》的关系也常常为人所忽略。苏雪林于 1934 年发表的《周作人先生研究》一文有个前言，第一句话就是"周作人先生是现代作家中影响我最大的一个人"，《菜瓜蛇的故事》《鸟的故事二则》等作品，也是因周作人倡议收集神话传说民间故事而写。至于《秃的梧桐》《猫的悲剧》，尤其是《在海船上》《归途》等文章则明显能看出鲁迅散文和小说的影响，只是思想性远没后者深刻而已。《语丝》创刊于 1924 年 11 月，苏雪林仅 1925 年就在上面发表 8 篇文章，数量不算少。可以说，《语丝》为苏雪林回国后重新进入文坛提供了平台。

周作人在发刊辞中强调《语丝》的主张是"提倡自由思想，独立判断，和美的生活。"① 应该说，"自由思想，独立判断"和"美的生活"两点分别对应了后来《语丝》所出现的两类文章，前者是锐利活泼的杂文，后者是冲淡平和的小品文。鲁迅在《我和〈语丝〉的始终》一文中则突出刊物的思想性："任意而谈，无所顾忌，要催促新的产生，对于有害于新的旧物，则竭力加以排击。"② 他更倾向于让《语丝》成为思想启蒙的阵地。苏雪林的《在海船上》和《归途》正可以归入这一类写作。

---

① 周作人：《〈语丝〉发刊辞》，载杨扬编《周作人批评文集》，珠海出版社 1998 年版，第 191 页。

② 鲁迅：《我和〈语丝〉的始终》，载《鲁迅全集》（第四卷），人民文学出版社 2005 年版，第 171 页。

这两篇文章应该算作姊妹篇，前者讲述的是归国途中的所见所闻，后者则是作者归国后返乡途中的经历，两者合在一起恰恰完整地呈现了一个"海归"的返乡之旅。在这组文章中，苏雪林以一个受过西式教育、亲身体验过西方文明的知识分子的视角，审视一路走来所遇的人和事。但收入眼底的却是一个接一个的失望，于是她用不乏刻薄的笔调，记下了对中国国民性的种种发现：

一是不洁。这原本是陈独秀对中国人的总结。他曾说西洋人列举世界不洁之民族，印度、朝鲜和中国鼎足而三，华人足迹所至，无不倍受侮辱的原因，并不仅仅跟国势衰微有关，而是因不洁之习惯。"公共卫生，国无定制，痰唾无禁，粪秽载途……"① 阔别祖国三年多的苏雪林，发现自己的同胞依然没有改变。一个"裤脚管拖在胫上"的老先生跟他说话，据说还是前任参议员，没说到十句话，已经吐了七八口痰，而且都吐在甲板上。作者讽刺道："我很佩服他对于时间之经济。为的他和我说话时，脸是朝着我的，如果将痰向海里吐去，至少要半秒钟回头的时间，岂不是无益的糜费？"这样的人物还不止一位，一晚上整个三等舱中咳嗽和吐痰的声音"此唱彼和"，咳得淋漓尽致。②

二是卑怯。苏雪林多次借用鲁迅所说的"卑怯"一词来形容中国的国民性，"遇见强者不敢反抗，便以中庸这些话来以自慰，倘他有了权力别人奈何他不得时，则凶残横恣，宛然如一暴君，做事并不中庸"③。在《归途》一文中，"我"途经一个村子，村民们见是一个穿洋装的生人，于是纷纷发出议论，有说洋鬼子已经赶回国了，不曾杀到，如今要"斩草除根"；有感叹中国人为什么要进洋学堂，吃洋教，穿洋装，做洋人的奸细，大呼"真是卖国贼！秦桧！王氏！"还有人厉声恐吓："你们往哪去？让我来做了她！"在苏雪林看来，这就是卑怯的表现，真正的洋人不敢动，一旦看见落了单的穿洋装的中国人，心里的那点"爱国心"就被激发了，但同样只敢恐吓，不敢动手，因为这个时代"尚没有像白莲教，

---

① 陈独秀：《我之爱国主义》，载《陈独秀文章选编》（上册），生活·读书·新知三联书店 1984 年版，第 134—135 页。

② 苏雪林：《在海船上》，载沈晖编《苏雪林文集》（第二卷），安徽文艺出版社 1996 年版，第 161 页。

③ 苏雪林：《〈阿 Q 正传〉及鲁迅创作的艺术》，载沈晖编《苏雪林文集》（第三卷），安徽文艺出版社 1996 年版，第 275 页。

洪杨,庚子时期之扰乱,杀人可以不负责任……"① 如果不说这是谁写的,读者还以为是到了鲁迅笔下的未庄。

三是自私。苏雪林认为,要救中国,科学自然是当务之急,但其前提是先要讲究心灵的改造,讲究心灵的改造,"第一须得打破传统的自私自利人生观,注意道德的生活"②。自私自利是苏雪林对中国国民性的又一判断。《归途》中的表兄是受过新式教育的小商人,他痛感于外国一只铁甲舰就可以把中国打得落花流水,也对学生抵制日货五分钟的热度表示愤然,因为抵制一回反使日本人发一回财,旧的烧了,新的不免还要添置。但其实他对学生抵制日货不满的真正原因是因为他自己开的新昌店号正是卖洋货的受益者,他说:"我不是不爱国,只是国货销不出去。为的旧式的太粗陋,仿造的不坚牢,没人爱买。我不开店,总不能叫一家老小挨饿啊!"③

四是惰性。这是苏雪林对中国国民性的整体判断,只不过她用的词是"不变性"。表兄家的小巷口,一檐破厕,一个粪缸和一地污水,十一年前她和母亲来的时候是这样,如今依然是这样。她甚至觉得,如果有人对她说这巷口的破厕、粪缸、污水是从开辟时留下的,她会相信;如果说这种情状会保持到世界末日,她也相信。作家不禁感叹:"中国的空气或者含有一种的化学元素,否则在中国的东西,何以竟这般历久而不敝?想中国文明之所以能支持五千年之场面者,未尝不靠着这种'不变性'罢。"④ 这样的历史观来自周作人的影响,苏雪林曾经对周氏的"僵尸"论极为认同,认为历史是"过去曾如此,现在是如此,将来也要如此"⑤。

通过上述分析可以发现,苏雪林对中国国民性的批判并没有超出前辈思想家们的思考范围,只是用她亲身的经历和切身的体验加以重写。需要指出的是她在作品中写作视点的转换。《在海船上》一开篇从文明人到野蛮国度去旅行的经验谈起,作者认为文明人往往愿意看见其他地方落后

---

① 苏雪林:《归途》,载沈晖编《苏雪林文集》(第二卷),安徽文艺出版社1996年版,第164—165页。

② 绿漪女士(苏雪林):《棘心》,北新书局1929年版,第160页。

③ 苏雪林:《归途》,载沈晖编《苏雪林文集》(第二卷),安徽文艺出版社1996年版,第167—168页。

④ 同上书,第166页。

⑤ 详细论述参见苏雪林的《周作人先生研究》,载沈晖编《苏雪林文集》(第三卷),安徽文艺出版社1996年版,第240—242页。

的、野蛮的情形才觉得此行值得，而她自己从法国坐船途经博塞、锡兰、杰波底等阿拉伯和印度种族的根据地的时候，正是这种心态。她那时的视点是高高在上，以一种文明人的心态来看待阿拉伯妇人的面纱、工人的长烟袋、曳着污浊长裙的黑人、虫一般可憎的擦靴的小丐，觉得这一切颇为有趣。等到从新加坡、香港上来一班班中国人，作者依然保持这种高高在上的语气，似乎这跟看阿拉伯人和印度人没什么两样。一番嬉笑怒骂之后，作者觉得这些中国人的表现比杰波底泅在海面上抢钱的赤体孩子还有趣些，只是不知什么缘故，"这回我只觉得我的心肝在腔子里逐渐涨大而下沉，几乎使我气窒而死！"① 从批判者远距离的观照，到感情的逐步介入，"我"与"我"的批判对象合二为一，对方越不堪，"我"作为他们中之一员的价值也就越贬低。作为文明者的"我"的高高在上的心态轰然塌下，绝望感也就油然而生，其心态好似鲁迅笔下的狂人突然发现自己正是吃人者中的一员。

二　微观的社会批评：被忽略的《生活周刊》的写作

自1928年4月到1930年5月，苏雪林在《生活周刊》上共发表33篇文章，这些作品几乎没有进入研究者的视野之中，以致对苏雪林的文学风格造成相当程度的"误判"。《生活周刊》原是上海中华职业教育社的一份机关刊物，创办于1925年10月11日，由银行家王志莘主编，初衷是宣传和推广职业教育。到了1926年10月，改由邹韬奋接编，对刊物栏目和内容做了很大改进，刊物的宗旨逐渐明确为"暗示人生修养，唤起服务精神，力谋社会改造"。在总结《生活周刊》的办刊理念时，邹韬奋表示："我们不愿唱高调，也不愿随波逐流，我们只根据理性，根据正义，根据合于现代的正确思潮，常常站在社会的前一步，引着社会向着进步的路上走。"② 这其实是对五四启蒙运动的一种延续，只不过其路径是从当初"民主、科学"等主题的宏大阐述，进入当下社会现象的微观批评，着重在对不人道的、鄙陋的观念习俗作一项项细部的讨论和批判，希望藉此推动社会的进步，彻底摆脱落后的思想。正如研究者指出的：

---

① 苏雪林：《在海船上》，载沈晖编《苏雪林文集》（第二卷），安徽文艺出版社1996年版，第162页。

② 关于《生活周刊》的创刊情况和办刊宗旨，参见赵文《〈生活〉周刊（1925—1933）与城市平民文化》，上海三联书店2010年版，第36—47页。

"《生活》城市平民文化继承五四新文化'民主、科学'的精神，以城市中等阶级市民为对象，结合社会形势发展，从他们关注的现实利益和生活实际出发，继续深入进行'民主、科学'思想的宣传与启蒙。"①

应该说，苏雪林在《生活周刊》的 33 篇文章正是在此基础上展开的，大概可以分为以下几类。

国民体格的强弱与国家盛衰的关系。一个国家的气象跟国民的精神有莫大的关系，而健全的精神则寓于健全的身体之中，"身体不健全的人，精神萎顿，志趣卑陋，容易趋向堕落的道路"。这就是苏雪林的推论过程，她甚至认为："中国人之苟且、偷安、无恒，喜保守而惮改革，以及种种的不道德，虽与数千年习惯有关，恐怕身体不健却是最大原因。"② 当然这并不只是苏雪林这么认为，她说谭嗣同把中国人的形貌与西洋人作了比较后，慨叹道："但观其貌，亦有劫象焉！"所以苏雪林在《康健的美》《国民的体格与年龄》等文中都以这样的视角出发呼唤国民健全自身的体格。而最让她忧心的是同为东亚人种的日本人早已意识到这一点。在《回忆》一文中，她由观看上海日侨的运动会忆起七年前一件旧事：一个十六岁的日本人在中国的船上把一个茶房打得鼻青脸肿，同舱的中国青年学生虽然气愤，但自揣体力不敌，只有面面相觑，连一句不平的话都不敢说。苏雪林感叹道："日本人的体格一代一代的增高了，中国人的体格却一代一代的矮小而衰敝了，再过十余年，'东洋小鬼'将在我而不在他了。关心民族前途的人，应该觉悟啊！"③ 联想到后来的九一八事变和日本全面侵华，不能不说她的担忧着实有预见性。

监督政府与批评官员。"只见表弟那辆断烂的脚踏车黯然地斜倚窗下，似乎在无言的悲叹自己永远不能振兴的运命，那就好像是里面烂得一团糟的国家象征！"④ 如果根据以往研究者对苏雪林形象的描述，这样的语言很难想象是出自于她笔下。在苏雪林的写作生涯中，唯有这一时期表现出对批评政治的极大兴趣，这往往为研究者所忽略。当然，她并不具备

---

① 赵文：《〈生活〉周刊（1925—1933）与城市平民文化》，上海三联书店 2010 年版，第266 页。
② 苏雪林（雪林女士）：《康健的美》，载《生活周刊》4 卷 50 期，1929 年 11 月 10 日。
③ 苏雪林（雪林女士）：《回忆》，载《生活周刊》3 卷 26 期，1928 年 5 月 13 日。
④ 苏雪林（春雷女士）：《一辆锈的脚踏车》，载《生活周刊》4 卷 51 期，1929 年 11 月 17日。

专业的政治学素养，而是从生活的小事出发，以一种直观感性的形式提出个人对政府及官员的批评，发挥作为公民参与政治、监督政府的热情。《豺狼当道安问狐狸》一文，从电车售票员如何营私舞弊贪墨车资谈到政府官吏舞弊营私、贪赃枉法，提出要整顿社会廉洁之风，应当先从制裁贪官污吏下手。《有些变样了》从自己寄收信的经验谈起，批评中国的邮政事业正逐渐腐败，认为中国当创办一种新事业的时候，气象一新，办事人也兢业奉公，不敢稍懈，但不到多少时候，我们道德上的毛病便渐渐复发了，而且这恶毒的病症，一天一天地传染开来，不把一件辛苦经营的事业全部腐化不止。《高瑛案旁听感想》则针对旧金山副领事高瑛夫妇贩卖烟土和受贿一案，认为应严办，"可使那班贪官污吏触目惊心，从此少干些罪恶"①。值得注意的是，苏雪林在几篇文章提到"揩油"一词，实际上就是赚便宜，认为这是中国民族最可鄙可恨，而且最为普通的大毛病。而要解决这个问题，一方面要向西方国家学习对私权的重视，另一方面则提倡社会裁判的严厉，可以促进国民品性的善良，消灭许多罪恶。

对传统观念的反思。九一八事变前，《生活周刊》与胡适一直保持着良好关系，受后者影响，刊物积极倡导对五四科学理性精神的传承和弘扬。所谓科学理性的精神，"是一种客观的态度，我们要抛弃先入为主的旧观念；我们要打破向来对于风俗习惯宗教道德的一切成见；我们要重新研究，重新考察，重新为它们估定一个新价值……"② 以胡适学生自居的苏雪林自然也拿起科学理性的武器对种种传统观念进行了反思。如对天才观，她从对梁启超和雨果葬礼的冷热对比，批判中国人不重视自己民族的天才，认为"忘恩负义的民族，绝不能产出伟大的天才"③。对应酬观，她说的是喝茶，谈得却是应酬，认为中国是以应酬为最重要的国家，而且百分之九十九的应酬都是无谓。应酬太紧，不能维持生活，不免要于正当收入之外想其他办法。中国官吏寡廉鲜耻、祸国殃民之种种，不能说与应酬无关。④ 对恕道观，她写道，"中国人恕而不忠，西洋人忠而不恕"。中

---

① 苏雪林（雪林女士）：《高瑛案旁听感想》，载《生活周刊》5 卷 9 期，1930 年 1 月 26 日。

② 毕云程：《我们的根本信念》，载《生活周刊》4 卷 4 期，1928 年 12 月 9 日。

③ 苏雪林（春雷女士）：《由梁任公的追悼会而联想到嚣俄的葬仪》，载《生活周刊》4 卷 14 期，1929 年 5 月 12 日。

④ 苏雪林（雪林女士）：《喝茶》，载《生活周刊》3 卷 32 期，1928 年 6 月 24 日。

国人禀性软弱,待人办事不能忠,只有希望人家之恕。恕道本不可少,但过于宽恕,会养成恶人怙过的习惯,便成姑息了。① 对生殖观,苏雪林尖锐地指出,中国民族生殖力之强可居世界首席,然而无限制产儿的结果,只摧残了母亲的健康,增加了家庭的不幸。再者,人口增殖过速,物产不能随之加增,便要酿成社会上种种罪恶。②

如果说之前的《在海船上》和《归途》着眼的是从民族根性上来观察中国积贫积弱的根源所在,那么如今《生活周刊》的写作则把眼光收回到社会生活的细部,希望通过一个个案例的探讨来推动社会一点一滴的进步。这些案例有些大到国家官员的腐败、政府机构的低效,有些则小到学校图书馆被偷的一部书,自己被顺手牵羊的一双袜子,芸芸众生,社会万象,作者都要检视一番。这些言论也许不够深刻,甚至在某些方面还可以见出男权主义在她身上的无意识留痕,但其文中所透露出的对国家前途命运的忧虑,对社会现状的种种不满,以及对同胞"哀其不幸,怒其不争"的复杂情绪都流于笔端,其批判之尖刻锐利,让你无论如何也无法把她归入保守的闺秀派作家的行列。

一方面是残酷地对内开掘,另一方面是冷峻地对外批判,20 年代的苏雪林从这两个向度呈现了她作为五四之子的启蒙色彩。随着 20 年代末和 30 年代初中国知识界的分化,苏雪林也面临着从"启蒙书写"向"道德批评"的转变。

---

① 苏雪林(雪林女士):《忠恕》,载《生活周刊》3 卷 33 期,1928 年 7 月 1 日。
② 苏雪林(雪林女士):《无限制产儿的结果》,载《生活周刊》5 卷 6 期,1930 年 1 月 5 日。

第三章

道德批评：新人文主义立场和人格论批评模式的确立

> 新的以为旧，旧的以为新，他们都是悲剧里的人物。
>
> ——周作人

如前章所述，1925 年，苏雪林把她从欧洲坐船回国的经历写成《在海船上》一文发表于《语丝》上。也许是恨之深，责之切，她笔下中国人的分类竟然是"男的，女的，老的，少的，蠢的"，勉强想从中挑选出几个俏的，"然而不知我的眼界过高，或者是乍从洋鬼子窠里跑回的人，对于我们所谓轩黄贵胄，看不顺眼的缘故，总挑不出略为俊秀一点的，所以所谓俏的一类只有暂时让他缺略"①。这近乎刻薄的口吻，归因于其"哀其不幸，怒其不争"的启蒙者心态，以及渴慕在中国的土地上尽快实现现代性的迫切愿望。无独有偶，十年后的苏雪林竟又写了一篇《在海船上》的同题文章，发表在《武汉日报》副刊《现代文艺》上，是她与丈夫同游青岛后所写系列游记《岛居漫兴》中的一篇。但这时的苏雪林已无暇见缝插针似的对自己的同胞品头论足，而是以一种更纯粹的游人心态享受旅游的快乐。但即便是"跑野马"式的夹叙夹议，也是拿她曾经引为文明标准的西方人来戏谑一番："西洋人在认为他们的殖民地的中国等处，照例要整其衣冠，正其瞻视，摆起高等民族的架子。自从不景气潮流席卷欧美，他们也露出穷相来了。人要衣装，佛要金装，我从前见了西洋人觉得他们都是仪表堂堂，举止温文尔雅，不愧为文明优秀的国民，现在则觉得不过尔尔。而且看了他们那头黄松松的发，那对碧蓝的眼，那一

---

① 苏雪林：《在海船上》，载沈晖编《苏雪林文集》（第二卷），安徽文艺出版社 1996 年版，第 159 页。

脸的横肉和浑身髭髭的毛，大有脱离猩猩阶级未久之感。虽说西洋民族所以称为强壮的，就在这点儿兽性，不过拿中国传统审美眼光来评判，总缺乏一点风雅。"①

20 年代的苏雪林曾在多篇文章里提到国民体格对国力的影响，在鼓吹西方制度文明的同时，也希望国民能够像西洋人一样锻造出强健的体格。而如今的口气却是对此不以为然。这自然不是因为十年间的中国起了如何翻天覆地的变化，而是作者的心态悄然在改变。如果说从前一篇《在海船上》，可以找寻到鲁迅杂文的蛛丝马迹，那后一篇则更接近梁启超《欧游心影录》中看西方也"不过尔尔"的心态。

因此，我把 1931 年开始执教于武大到抗日战争爆发这一时期，作为苏雪林文学活动的第二阶段。她从 20 年代对内审视自我、对外批判国民性的启蒙立场，转向近似于新人文主义的立场，期望以道德之维重塑健康的国民心态。这一阶段，她除少许的文学创作之外，还发表了大量的作家作品评论，形成了以"人格论"为前提的新文学批评模式。而她在鲁迅去世后立马举起"反鲁"大旗，与其解读为企图趁文坛混乱"浑水摸鱼"的投机之举，毋宁说是她的以"人格论"为前提的道德化批评发展到极端的逻辑结果。

第一节   苏雪林文学思想的古典主义倾向

苏雪林与新月派的关系并非没有人注意到，徐传礼教授就认为其创作和理论属于广义新月派的："在创作上，她接近徐志摩，在理论上，她类似梁实秋。"② 而另一研究者吕若涵指出："苏雪林的评价标准，夹杂着对传统文章正大、严谨的遵从，又隐约可见新月派理性、秩序的新古典主义文学观念的影响痕迹……"③ 不管是因为受新月派诸君的影响，还是原本就心有戚戚，苏雪林这一阶段的批评和创作表现出鲜明的新人文主义色彩

---

① 苏雪林：《岛居漫兴》之《二、在海船上》，载沈晖编《苏雪林文集》（第一卷），安徽文艺出版社 1996 年版，第 268—269 页。

② 徐传礼：《读解苏雪林重要文学史——从苏雪林说起，从世界性思潮流派的视角鸟瞰 20 世纪中国文学史和大文化史》，载《海峡两岸苏雪林教授学术研讨会论文集》（上），杜英贤主编，亚太综合研究院 2000 年版，第 240—241 页。

③ 吕若涵：《论苏雪林的散文批评》，《海南师范大学学报》（社会科学版）2011 年第 1 期。

和古典主义倾向。她反对把道德从文学中剥离，认为文学应追求一种理想主义；相信文学是对最基本的人性的表现，具有"永久的兴味"；批评因想象力或情感的泛滥导致文学形式的失范，强调理性的节制。下面我将从四个方面，分析苏雪林新人文主义思想形成的原因和表现。

一　苏雪林与梁实秋的精神契合

苏雪林没有系统阐释过自己的文学思想，也很少像胡适之于杜威、梁实秋之于白璧德一样明确表示自己服膺某某理论家的思想体系，她津津乐道的是自称为"横通"的研究方法。"横通"原是为清代大学者章学诚所嘲笑的一类人，即善于贩书的老贾、富于藏书的旧家、勇于刻书的好事者。这类人"皆道听途说，根底浅陋，唯以所业及所为，其所见所闻，有时博雅名流反有所不及，非向他们请教不可"。但他们的学问也只有这一点点，再请教便底里尽露。所以这类人也可说是通，无奈只能名之为"横通"。

苏雪林以"横通"自嘲，但她觉得"横通"亦未可厚非，若通得好，比"直通"更为有用。她举个例子，所谓研究学问不过在探求其一目标的事理，例如，这里有根竹竿，我们所探求的目标物，藏于竹竿顶端的某一节，直通者像一个蛀虫，它从竹竿下部逐节向上钻通，不知要费多少时间，才能钻到那藏宝的一节。宝物是到手了，它的一生也完了。而横通者则不然，他更像个铁喙蜂，一飞近竹竿，端详一下，便知道宝物藏在哪一节，铁喙一钻，便钻成一洞，直取目标物，满载而归了。① 所以在她的文章中，你既可以见到丹纳、布封的观点，也可以见到弗洛伊德、柏格森的引言，还可以见到居友、辛克莱、厨川白村的论述，但如果你真要按图索骥，以此来推溯苏雪林的思想脉络，却往往徒劳而返，因为她不过是用别人的一句话或一个观点，至于此人何门何派，其主要思想与自己的整体观点有无冲突都不是她关心的内容。所以，即便她说自己曾受过周作人和胡适的影响，也只是强调某一方面。

但在30年代，她和梁实秋之间的思想渊源却耐人寻味，我认为用"精神契合"一说描述二者的关系更为恰当。苏雪林在悼念梁实秋的文章中写道："我对梁实秋先生的倾慕之情及与他精神上的契合，并不始于今

---

① 苏雪林：《关于我写作和研究的经验》，载《苏雪林文集》（第三卷），安徽文艺出版社1996年版，第66—67页。

日,可说差不多有一甲子之久。"① 比梁实秋年长6岁的苏雪林通篇文章的语气隐然以学生辈自居,"精神上的契合"更是一语道破她与梁实秋在古典主义立场上的异驾同驱。

在20世纪30年代,梁实秋与鲁迅之间发生过一场关于人性与阶级性的论争。从最早在卢梭问题上的针锋相对,到"硬译"一事再起波澜,最后在人性与阶级性问题上来回交锋,双方笔战了好几年。论战的策略都是将对方的逻辑推到极致,然后再给予致命一击。其实,若平心静气而论,双方的观点都没有那么极端,也未到非此即彼的地步。鲁迅在给李恺良的回信中认为,对阶级性一词的修饰应是"都带",而并非"只有"②,文学应该兼具阶级性和人性。只不过他在梁实秋等自由知识分子貌似中立的立场上,看到其为政府所用的倾向,所以才有《"丧家的"资本家的"乏"走狗》这样的"诛心"之作。梁实秋也并非认为文学只有描写人性而无其他,只是不愿看到左翼文人以阶级性的名义借文学鼓吹革命,从而使文学丧失了自身的独立性。

我无意重释二人的论争,而是想指出在这场充满火药味的笔战中有另一个人也以自己的方式参与进来,只不过缺乏前两者的理论底气、话语能力及文坛地位,其声音被历史所湮没。这就是苏雪林。多年以后她回忆道:"拜读梁先生这篇大文(笔者注:《文学是有阶级性的吗?》)以后,我也写了篇《文学有否阶级性的讨论》,其中多引梁氏的警句,敷衍为数万字的长文,文成无处可以发表,后来才在武汉大学学生所办的一个刊物上刊出,现收于我的《风雨鸡鸣》的集子里。"③我并不是指该文能给当年人性与阶级性的论争带来多少新鲜的观点,而是试图通过这篇不被研究者所关注的长文,来论证苏雪林与梁实秋在新人文主义立场上的契合。

在《文学有否阶级性的讨论》一文中,苏雪林先是从左翼作家的立场出发,为普罗文学的成立假想了三条根据,然后再逐一击破。这三条根据是:第一,平民文学都是好的,如"诗三百"、十五"国风"都是田间

---

① 苏雪林:《悼梁实秋先生》,载《苏雪林作品集·短篇文学卷(3)》,台湾成大中文系2007年版,第149页。

② 鲁迅:《文学的阶级性》,载《鲁迅全集》(第四卷),人民文学出版社2005年版,第128页。

③ 苏雪林:《悼梁实秋先生》,载《苏雪林作品集·短篇文学卷(3)》,台湾成大中文系2007年版,第151页。

村夫的抒情诗歌，而普罗文学是平民文学，当然也是好的，当然可以成为将来全世界文学之正宗；第二，文学最可贵之处是表同情于不幸的人，而贫穷是最大的不幸，普罗文学主张描写无产阶级的生活和表同情于他们，正与这一点相吻合；第三，文学以多数人看得懂为上品，普罗文学追求的正是这种大众性。这三点根据的内在逻辑其实就是"谁在写—写什么—写给谁"：普罗文学由无产阶级所写，表现的是无产阶级的生活，然后用通俗的形式呈现给无产阶级看。

那苏雪林是如何一一反驳的呢？首先，她认为，就"谁在写"而言，回溯历史，终究还是文人阶级所创造的优秀作品居多；其次，至于"写什么"，虽然各人痛苦的原因多样，但贫富阶级对痛苦的感受并无二致，没必要专注于表现某个阶级的情感；最后，就"写给谁"来说，她认为，真正的好作品必然曲高和寡，人人都欢迎的未必是好文学，所以不需要以人人都能看懂为目标。因为缺乏强大的理论支撑，苏雪林的论述远不如梁实秋清晰和缜密，但并不妨碍她借力打力，最终以梁实秋的话向梁实秋致敬："'文学就是表现最基本的人性的艺术'，'文学是属于全人类的'，这两句话足以概括我前面三项辨论而有余了"①。这种理论上的契合并不是孤例，在此后的批评实践中，两人在"反鲁"和"反郁"的问题上都表现出高度的一致。

可见，苏雪林受到梁实秋的影响是颇深的。这还表现在她对新人文主义的理论的接受上。在一篇文章中，她引用过白璧德对中国文学的看法："白璧德教授也曾说中国之所以未能产生堪与西方媲美的伟大悲剧与史诗，大抵应该归咎中国儒家未能认识'想像'在文艺中地位之重要。"②可见她对白璧德的著作是有所涉猎的。

更值得注意的是，在《中国二三十年代作家》一文中，她写道："梁氏留学美国，与吴宓、梅光迪、胡先骕等从白璧德（I. Babbitt）游。白氏倡导人文主义（Humanism）这是一种研究古代文明而教养人生，尊重文学的纪律：吴、梅、胡三人对新文学变成顽固的反对党，梁氏的头脑则较为开明。他对五四后的新文学能知其好处所在，对藉思想自由而逞其偏宕

---

① 苏雪林：《文学有否阶级性的讨论》，载《风雨鸡鸣》，源成文化图书供应社 1977 年版，第 3—12 页。

② 苏雪林：《神话与文学》，载《苏雪林作品集·短篇文学卷（3）》，台湾成大中文系 2007 年版，第 83 页。

流荡笔调,贻害世道人心之流,则反对甚烈。他们老师白璧德反对法国卢梭,梁实秋则反对郁达夫及其同派。"① 这一段话简要而精准地概述了新人文主义在中国的遭遇。首先,她准确地指出白璧德的新人文主义的理论核心,然后说明吴宓、梅光迪、胡先骕三人因对新文化运动的全盘否定而走向了历史的反面,而梁实秋则容易让人接受,因为他实际上是站在新文学的阵营里对新文学进行反思,而不是其对立面。如果不是对新人文主义理论有着深入的研究,是不可能做出如此精准的判断。

应该说,在梁实秋的同时代人当中,苏雪林是少有的能够准确理解他的理论并与他持相近立场的作家。从启蒙主义转向新人文主义,理论基点上的分歧,也就埋下了苏雪林后来"反鲁"的隐线和伏笔,这是本文所应着重指出的。

二　文学与道德

早在 20 年代,苏雪林就不加掩饰地表达对古典主义文学的喜爱:"我爱古典派,因为它所写的情感,注重于伟大崇高的方面;它常将宗教的虔洁,爱国的热忱,美人的节操,英雄的气概和一种关系生命的情感,相对抗,相肉搏,结果书中的主人公每于尸横血溅之中,牺牲了私情,护住了公义,舍弃了小我,成就了大我,这虽然中了礼教的毒,但对于人生态度的庄严,实教人赞美崇拜。"② 虽然她不忘用当时典型的启蒙口吻指出这些男英女烈崇高行举后面有着中礼教之毒的动因,但依然为这些作品所散发的道德理想主义色彩所迷醉。尽管这一时期的苏雪林已经散发出文学判断道德化的气息,毕竟启蒙仍是其思考的主向。

进入 30 年代后,文坛进一步分化,种种"贻害世道人心之流"促使她继续思考文学与道德的关系。当时,能像苏雪林这样反复作出关于"世纪病"判断的,尚不多见:

> 西方自十九世纪末,科学成为万能,物质极大丰富,而宗教信
> 仰,道德信条,亦被自然科学破坏无余,现代人终日为物质所奋斗,

---

① 苏雪林:《中国二三十年代作家》,纯文学出版社 1986 年版,第 594 页。

② 苏雪林:《〈蝉之曲〉序》,原载《北新》,1928 年 5 月,第 2 卷第 13 号,载《苏雪林选集》,安徽文艺出版社 1989 年版,第 541 页。

心灵上遂失安身立命之地，于是"不安"、"动摇"为这一时代普遍的情调，一面发出悲观厌世的呼声，一面怀疑苦闷。此种倾向，人称之为"世纪病"。自然科学传入中国之后，中国人也传染了这种"世纪病"，加之国势之凌夷，社会之紊乱，民生之憔悴困苦，愈使人汲汲皇皇，不可终日，遂相率而趋于厌世思想。"这就是现代人的悲哀啊！是科学的流弊么？物质主义的余毒么？但又谁敢这样说，说了你就要得到群众对于你的严厉的教训！"①

"世纪病"的出现在某种意义上来说是源于对现代性的反思。启蒙现代性的发生把西方社会从农业文明带入工业文明，科技高速发展，生产力迅速提高，物质极大丰富，城市化进程加速。与此同时，其负面影响逐渐滋生，自然被破坏，神明被驱逐，人性被扭曲，生活被全面异化，于是各种现代性的反思和批判应运而生。自鸦片战争到五四运动，中国由被动变主动地接受西方传来的现代性，从器物更新到制度变革，再引入科学精神，传播民主思想。由于争取现代性的同时也肩负着争取现代民族国家的任务，后者常常压倒甚至打断前者，所以现代性自引入中国开始便没有得到充分发育。尽管如此，现代性在西方引起的负值反应还是经由一些学者的介绍影响到中国学界，如梁启超的《欧游心影录》就认为欧洲人由于过分崇信"科学万能"，"托庇科学宇下建立一种纯物质的纯机械的人生观，把一切内部生活外部生活，都归到物质运动的'必然法则'之下"，当这种幻梦破灭，信仰出现真空之际，人们顿失安心立命之所"②。

正是在此背景下，苏雪林认为中国社会也沾染了西方民众的"世纪末"心态。反映在文坛上则出现两种倾向：一类是"专事描写丑恶的兽性"的颓废文学，如郁达夫等，好写性的苦闷、鸦片、酒精、麻雀牌、燕子窠、下等娼妓、偷窃、诈骗等，以及描述各种堕落行径，以颓废之风迎合读者心理；另一类是以揭露"社会的黑暗面"为能事的过激文学，如太阳社、后期创造社等左翼文学社团，欲以文字激起民众的愤怒，鼓吹革命的需求。在她看来，一味迎合只能让读者更空虚，而一味煽动则易引

① 参见《棘心》（北新书局发行，1929年版）、《文学写作的修养》《作家论》《冰心及其〈超人〉等小说》《王统照与落华生的小说》等（均载沈晖编《苏雪林文集》（第三卷），安徽文艺出版社1996年版）。

② 梁启超：《梁启超文选》，夏晓虹编，中国广播电视出版社1992年版，第407—408页。

发社会的动乱。针对这种迎合与煽动的文学，苏雪林给予了一个统一的称谓：病态文学。她说：

> 我们可以叫那些满足官能、刺激色情的、肉麻淫猥的小说为病态文学；我们可以叫那些动以天才自居歌德自命的以夸大自尊狂示范青年的诗文为病态文学。我们可以叫那些描写恐怖的残杀、疯狂地暴动、无理由的反抗、挑拨青年野蛮天性、酝酿将来惨酷劫运的文字为病态文学；我们也可以叫那些专门刺探人家隐事、攻讦人家隐私，甚至描头画脚，拿刻划当代人物来开心的身边故事为病态文学。①

所以在当时的批评实践中，她可谓是"左右开弓"，一方面对创造社诸人不留任何颜面："夸大狂和领袖欲发达的郭沫若，为一般知识浅薄的中学生所崇拜；善写多角恋爱的张资平，为供奉电影明星玉照，捧女校皇后的摩登青年所醉心，而赤裸裸描写色情与性的烦闷的郁达夫，则为荒唐颓废的现代中国人所欢迎。"② 另一方面则把对左翼文坛不满的情绪在鲁迅去世后集中爆发在死者身上，高举"反鲁"大旗，而不惜得罪了整个左翼文坛。

暂不论她这一类带有情绪化的批评中的偏执倾向，就其立场而言，倒是与梁实秋如出一辙。值得注意的是，她对这些作家的批评最后多归结于道德之因，认为他们作品的病态都是其不健全人格的体现。

自五四以后，"文以载道"的观念受到批判，于是作家们在处理文学与道德的关系上非常谨慎，没有人愿意被当成文学的功利主义者和道德的说教者，即便是梁实秋也不得不承认："现代批评的意见，全是要把道德与文艺分开，这是很正当的……文学成为道德的，这是无谓……"③ 苏雪林也指出："对于文以载道……我的结论是：文学的使命，并不在发现真理，至于狭义的真理，如孔子之道，当然更不成问题。"④ 所以她很少直

---

① 苏雪林：《现代文艺发刊词》，载苏雪林《青鸟集》，商务印书馆1938年版，第93—94页。

② 苏雪林：《郁达夫及其作品》，载沈晖编《苏雪林文集》（第三卷），安徽文艺出版社1996年版，第319页。

③ 梁实秋：《王尔德的唯美主义》，载《梁实秋论文学》，时代文化出版社事业有限公司1981年版，第145页。

④ 苏雪林：《文以载道》，载《蠹鱼集》，商务印书馆1938年版，第288页。

接提及文学的道德性，而是换一种说法，认为一个好的作家必须拥有一个高尚的人格。

在她看来，真正的文学应该像《新月月刊》发刊辞中所提出的："要从恶浊的底里解放圣洁的泉源，从时代的破烂里规复人生的尊严。"她认为这是徐志摩的"理想主义"，即便现实丑陋，也要从中寻找人生的美。① 而能否做到这一点，跟作家的人格有很大关系。上述的逻辑导致她在从事文学批评的时候，先在地确立了一个人格判断的标准。但这往往让她陷入吊诡的循环论证：一个作品的不道德必然是作家的人格有问题，一个作家的人格不健全那作品也注定不道德。只是她忽略了，所谓的道德与否、人格健全与否，往往都不可避免地掺杂了个人的主观判断或情绪的随意性。

为了不让人把她看成是功利派的批评家，苏雪林强调："作家对于丑恶的题材，本非不能采取，不过紧要的是能将它加以艺术化，使读者于享乐之中不至引起实际情感。"我们瞻仰希腊裸体雕像时的感觉，与阅览春画时的感觉不同，即因为我们的情感已被优美的艺术净化了。② 这一点梁实秋也有过相似的说法，他说文学并非不可把变态的人物做题材，关键在于作者的态度。他同样以希腊艺术为例，希腊悲剧里的母子媾婚、父被子弑都是骇人听闻的勾当，但作家站在一个"常态的位置"保持"冷静的态度"来处理，因此并不会妨碍"作品的质地"。③ 虽然苏梁二人在处理不道德题材上的方式不尽相同，前者是要求以艺术化来转移读者的视点，后者则是要求作家以伦理的态度来处理不伦理的故事，但共同点都认为不能因题材的不道德性而引起读者的不道德反应，亦即通过美学上"化丑为美"的手法，提升艺术美的品位。

因此，苏雪林在其文学批评中认为，李金发、邵洵美的诗，虽然颓废色彩浓厚，但他们懂得艺术美化，因而读者仍然觉得清新有味；而郁达夫则缺乏艺术手腕，不过利用那些与传统思想和固有道德相冲突的思想，激动读者神经，以此获得人的注意而已。④ 说到底，苏雪林还是强调作家不能表现非道德、反伦理的题材，即使要采用，也要以艺术技巧化融之，从

---

① 苏雪林：《中国二三十年代作家》，纯文学出版社1986年版，第560页。
② 同上书，第320页。
③ 梁实秋：《文学的纪律》，载徐静波编《梁实秋批评文集》，珠海出版社1998年版，第107页。
④ 苏雪林：《中国二三十年代作家》，纯文学出版社1986年版，第320页。

而不引起读者不道德的反应。但所谓艺术标准并非定于一尊，人言人殊，说郁达夫艺术手腕不如李金发、邵洵美，虽然有些偏激，其内里不过是苏雪林个人先入为主的人格判断在起作用。

三　文学贵在表现人类"基本的情绪"和不变的"人间性"

苏雪林在《现代文艺发刊词》一文中，曾公开宣布：

> 我们以为文艺的任务在于表现那永久的普遍的人性，时代潮流日异而月不同，文艺的本质，却不能随之变化，你能将这不变的人性充分表现出来，你的大作自会博得不朽的声誉，否则无论你怎样跟着时代跑，将来的文学史决不会有你的位置。①

显然，这一对文艺宗旨的定位是来自梁实秋的，在人性论这一点上她与梁实秋息息相通。不过苏雪林人性论的形成相对复杂，在此过程中，美国威司莱尼安大学英文教授文却斯德（C. T. Winchester）的影响不可忽略。

文却斯德著有一本概论性质的文学教材《文学批评原理》（*Some Principles of Literary Criticism*），现在几乎被人遗忘，但在当时，他的理论被不同倾向的作家所介绍和吸收。1920 年，创造社成员田汉首次翻译了该书的"诗论"部分；次年 8 月，文学研究会成员郑振铎所写《文齐斯德〈文学批评原理〉》一文开始在《时事新报·学灯》上连载。而该书的完整版却是由"学衡派"成员所译介的。1923 年，商务印书馆出版该书，书名译为《文学评论之原理》，作者温切斯特，由景昌极、钱堃新翻译，梅光迪校对。三派持不同文学主张的作家都不约而同地重视同一理论著作，这实在是一个有趣的文学现象。杨晓帆在《重识郑振铎早期文学观中的情感论——对文齐斯德〈文学批评原理〉的译介与误读》一文中，谈到这一有趣现象时说："《文学批评原理》实际上是一种打了折扣的'浪漫主义'，19 世纪早期原本反叛的、精力旺盛的浪漫主义在维多利亚时代被阿诺德式追求'美好与光明'的道德理想主义所调和'，而这种混

---

① 苏雪林:《现代文艺发刊词》，载苏雪林《青鸟集》，商务印书馆 1938 年版，第 91—92 页。

杂性的存在，也使得文学主张上意见分歧的接受者难免在译介文著时'六经注我'，对文齐斯德的文学情感论作出不同的筛选与改造。"但他依然指出，若用白璧德的理论来论，文却斯德就是一个典型的人文主义者，而郑振铎则是对其进行"人道主义"的误读。①

阿诺德、白璧德都是梁实秋所推崇的新人文主义理论的代表人物。也就是说，苏雪林对文却斯德的接受，正是因为后者身上的新人文主义倾向吸引了她。但苏雪林对文却斯德的接受却不是通过上述三家的译介，而是来自本间久雄的《文学概论》。

苏雪林在批评郁达夫的文章中曾写到，郁氏小说人物的"色情狂"倾向其实是他自己的写照，并不是一般青年人的特征，"小说贵能写出人类'基本的情绪'和不变的'人间性'，伟大作品中人物的性格虽历千百年，尚可与读者心灵起共鸣作用，郁达夫作品中人物虽与读者同一时代，却使读者大感隔膜，岂非他艺术上的大失败?"② 其中"基本的情绪"和"人间性"正是本间久雄在其《文学概论》中介绍文却斯德观点时常用的术语。文却斯德举出文学有四要素：情绪（emotion）、想象（imagination）、思想（thought）和形式（form）。其实文却斯德所说的"情绪"跟创作社成员们推崇的个性化的情感，有明显的不同。文却斯德认为，各个的情绪虽然是瞬间的、个性的，但人间一般的感情、情绪却是永久的、共通的、不变的，"连续的各感情的波浪，虽然在一寸之间倏起倏灭，但波浪的大洋，却历几世几代不绝地波动着"。所以说荷马时代的学问虽然已废，但荷马却不废，就是因为荷马是诉诸于人间不灭的情绪的缘故。如果没有这种不变的情绪，就绝不会产生出优美的文学。③

我们惊讶地发现，文却斯德被田汉推崇的"情绪"，其实更近似于梁实秋所说的人性："（一个资本家和一个劳动者）他们的人性并没有两样，他们都感到生老病死的无常，他们都有爱的要求，他们都有怜悯和恐怖的情绪，他们都有伦常的观念，他们都企求身心的愉快。文学就是表现这最

---

① 杨晓帆：《重识郑振铎早期文学观中的情感论——对文齐斯德〈文学批评原理〉的译介与误读》，载《河北学刊》，2010年9月第30卷第9期。

② 苏雪林：《郁达夫及其作品》，载沈晖编《苏雪林文集》（第三卷），安徽文艺出版社1996年版，第320页。

③ ［日］本间久雄：《文学概论》，章锡琛译，开明书店1930年初版，1933年第五版，第23—24页。

基本的人性的艺术。"① 所以，苏雪林在文章中呼应梁实秋时，才会多次引用文却斯德的话，她正是经由文却斯德"基本的情绪"说，而抵达梁实秋的"基本的人性"说。既然基本的情绪和人性是不变的，那能够表现不变的情绪和基本的人性之文学，自然也含有永久性和普遍性，用文却斯德的话说就是含有"永久的兴味"（permanent interest）。②

在具体的批评实践中，苏雪林常用文学有无表现人类"基本的情绪"和不变的"人间性"来衡量作品价值的高低。比如她指出，许多作家的作品虽"喧赫一时"，不久都烟消火灭，被时代所遗忘，而冰心的作品却如"一方光荣的纪念碑，巍巍然永远立在人们的记忆里"，其原因是她以"爱的哲学"为起点，写母亲的爱、小孩的爱、自然的爱这一类有超越时代界限的情感，其实也就是指"基本的情绪"，或者"不变的人性"。苏雪林把冰心的作品比作大米饭，认为："在举世欢迎大黄硝朴的时代，大米饭只好冷搁一边，但是等到病人的元气略为恢复，又非用它不可了。文却斯德（C. T. Winchester）说文学须含有'永久的兴味'，我说冰心的作品就是具有这样'永久'性的。"③ 在苏雪林那里，所谓"基本的情绪"和"不变的人性"是同一层面的概念，它们共同指向的是文学的"永久的兴味"。

四　理性的节制

研究者在谈到梁实秋的文学观总会提到"以理节情"的说法，理性与情感不言而喻是一组对立的概念，但应该说这是一个不大准确的说法。在梁实秋那里，首先并不反对文学应该表现情感，"情感不是一定该被诅咒的"；其次，理性与情感不是对等的范畴，而是把理性作为最高的节制机关。也就是说，情感、想象都是文学的必需要素，但都要在理性的指导下运用，理性并不仅仅节情，也节制想象："文学的态度之严重，情感想像的理性的制裁，这全是文学最根本的纪律。"此外，理性对形式也有要

---

① 梁实秋：《文学是有阶级性的吗？》，载徐静波编《梁实秋批评文集》，珠海出版社1998年版，第141页。

② ［日］本间久雄：《文学概论》，章锡琛译，开明书店1930年初版，1933年第五版，第19页。

③ 苏雪林：《冰心及其〈超人〉等小说》，载沈晖编《苏雪林文集》（第三卷），安徽文艺出版社1996年版，第230—234页。

求。梁实秋认为形式虽然是限制，但唯有"在限制之内才有自由可言"。当然，形式的意义不在于"字句的雕饰，语调的整肃，段落的均匀"，"我们注意的是在单一，是在免除枝节，是在完整，是在免除冗赘"①。

苏雪林没有像梁实秋那样完整表述过理性在文学中的作用，但上述观点却处处体现于她的批评实践当中。或者说，相对于梁实秋的重理论而轻实践，她倒更像是一个"名副其实"的古典主义批评家。

苏雪林从没有轻视过想象与情感之于文学的作用。比如她的老师胡适评价杜甫的"江天漠漠鸟双去，风雨时时龙一吟"，认为上句写景很美，下句便坏了，原因是龙是兴云作雨的神物，是虚幻的东西，写在诗里不合事实。她却认为以"想象"来凭空创造和补足是诗人的特权，否则屈原、但丁和歌德等都不能在文学占一席之地。② 至于情感，多情的徐志摩便是她最为喜欢的诗人之一。不过，一旦情感或想象的使用趋于泛滥的程度，她便毫无客气地给予批评，"徐志摩的作品，有时为过于繁复的辞藻所累，使诗的形式缺少一种'明净'风光，有时也为作者那抑制不住的热情——所谓初期汹涌性——所累，使诗的内容略欠一种严肃的气氛。"③对一些文坛前辈之作，如朱自清和俞平伯的同题散文《桨声灯影里的秦淮河》曾成为文坛佳话，苏雪林却直言不讳，说朱自清"把那'一沟臭水'点染得像意大利威尼斯一样"，是"描写力"的滥用。④ 这"描写力"自然也包括想象力。

所以说，情感和想象固不可少，但都必须在理性的制约下合理地使用。对于巴金小说中的热情无节制，苏雪林就指出："伟大作品需要多量的感情，也需要多量的理智。感情用来克服你，理智却用来说服你了。受感情的克服，效果是暂时的，受理智的说服，才是永久的。"⑤ 当然，巴金在她眼中终究还是个可爱的作家，他的情感虽然过于汹涌，但毕竟还真诚、纯正。而对郁达夫和郭沫若，苏雪林则素无好评，因为她坚持认为这二人情

①　梁实秋：《文学的纪律》，载徐静波编《梁实秋批评文集》，珠海出版社1998年版，第103—108页。

②　苏雪林：《中国二三十年代作家》，纯文学出版社1986年版，第47—48页。

③　苏雪林：《闻一多的诗》，原载《现代》，1934年1月第4卷第3期，载沈晖编《苏雪林文集》（第三卷），安徽文艺出版社1996年版，第174页。

④　苏雪林：《俞平伯和他几个朋友的散文》，原载《青年界》，1935年3月第7卷第1号，载沈晖编《苏雪林文集》（第三卷），安徽文艺出版社1996年版，第210—211页。

⑤　苏雪林：《中国二三十年代作家》，纯文学出版社1986年版，第415页。

感的不"道德"性，所以前者小说中无休止的"自怨自艾"和后者诗歌中无节制的"大喊大叫"，她也就无法忍受。这正如梁实秋所认为的，理性不仅要节制情感与想象，使之不至于过于泛滥，也要辨别其质地的纯正与否。

那如何在理性的约束下使情感和想象得到合理的发挥，苏雪林喜欢用到一个词：力量。她拿丁玲与凌叔华作"力量"的对比，按说应该是前者的文字魄力更具磅礴之势，后者却常被人看作"闺秀作家"。但苏雪林不这样认为，她说"（丁玲的）力量用在外边，很容易教人看出"，凌叔华的力量则深蕴于文字之内，"而且调子是平静的"。她举《杨妈》一文来阐释。温恭善良的杨妈为了一个不成材的儿子的失去，割肚牵肠，到头将一条老命牺牲在对儿子的寻访上，读者谁不为她可惜？但作者描写这个"日常悲剧"，只用一种冷静闲淡的笔调平平叙去，"没有一滴泪，一丝同情，一句呜呼噫嘻的话头，却自然教你深切地感动，自然教你在脑海里留下一副永不泯灭的悲惨印象，试问这力量是何等的力量？"① 在苏雪林的心目中，因节制而带来的力量远比放纵的力量更能打动人心。或许用梁实秋的话来表达更为恰当："伟大的文学家，不在乎能写多少，而在乎能把多少不写出来。"②

按这种标准去评价诗歌，苏雪林发现，虽然她从情感上来说更亲近徐志摩，但不得不承认闻一多在艺术上更成熟，因为他的每首诗都看出是用异常的气力做成的，"这种用气力做诗，成为新诗的趋向"③。她所说的"用气力做诗"，其实就是指在理性的约束下运用情感和想象，精炼诗歌的形式，即所谓"带着镣铐跳舞"。因而，她认为，《红烛》当然是好的，而且一开始便表现了"精炼"的作风，但《死水》更为"淡远"，接近于炉火纯青。这种"淡"，不是淡而无味的淡，而是把色都"收敛到里面去了"。

第二节　苏雪林新文学批评的特点

上海文学出版社在 1936 年推出了一本文学评论集《作家论》，里面

---

① 苏雪林：《凌叔华的〈花之寺〉与〈女人〉》，原载《新北辰》，1936 年 5 月第 2 卷第 5 期，载沈晖编《苏雪林文集》（第三卷），安徽文艺出版社 1996 年版，第 227 页。

② 梁实秋：《"艺术就是选择"说》，载《文学的纪律》，新月书店 1931 年版，第 76 页。

③ 苏雪林：《闻一多的诗》，原载《现代》，1934 年 1 月第 4 卷第 3 期，载沈晖编《苏雪林文集》（第三卷），安徽文艺出版社 1996 年版，第 175 页。

收录了茅盾、穆木天、许杰、胡风及苏雪林五人共 10 篇对新文学作家的批评。其中苏雪林是以《沈从文论》一文入选。此后，对苏雪林新文学批评的研究，常常是在"作家论"研究的大框架下进行的。虽然苏雪林的"作家论"受到茅盾批评文体的一定影响，但从总体上而言，无论思想倾向还是文体特点，她都与前四位有较大差别。因为苏雪林的批评文章大多来自她的教学讲义，因面对学生常常需要对作家作品作面面俱到的解读，所以苏雪林的新文学批评更像一种杂糅体，把众多批评家的特点熔于一炉。

其中，既有中国传统文学批评的"知人论世"的特点，即把人格标准置入对作家的整体评价之中；同时，受茅盾的影响，重视对作家创作时代背景的分析；也遵循梁实秋对批评家的要求，在批评中敢于下判断；又不忘面对作品的感性体悟，认同李健吾式的"同情"，与所论者多处于同一处境，寻求心灵的呼应。

下面笔者从以下三个方面逐一分析苏雪林新文学批评的特点。

一　作为双刃剑的人格论

梁实秋曾经谈到美国批评家斯冈的一个有趣的比喻，说我们读一个作家的作品，犹如吃一个厨师做的菜，常常只会问菜是否可口，绝不会去追问那厨师的人品如何，性格怎样，是否爱说谎，有没有偷过女人，等等。当然，他是在反面意义上举这个譬喻的，他认为，烹调的艺术与文学的艺术并不在一个水准上，烹调求其可口，对文学，我们则"不仅欣赏其文学的声调音韵之美，结构的波澜起伏之妙，描写的细腻绚烂之致；我们还要体味其中的情感、想像、意境；我们还要接受其中的煽动、暗示、启发；我们还要了解其中的无法不涉及作者的为人处世的态度。"①

将文学与伦理学联系在一起，是苏雪林与梁实秋等新人文主义者们共同的特点，人格成为苏雪林进行文学批评的一个关键词。比如她推崇冰心，是因为"读冰心文字，每觉其尊严庄重的人格，映显字里行间，如一位仪态万方的闺秀，虽谈笑风流而神情肃穆，自然使你生敬重心"②。

---

①　梁实秋：《诗与诗人》，载徐静波编《梁实秋批评文集》，珠海出版社 1998 年版，第 244 页。

②　苏雪林：《中国二三十年代作家》，纯文学出版社 1986 年版，第 80 页。

贬抑张资平,则是因为其"作品中常有作家不良人格的映射"①。她情绪的两端——对一个作家的喜欢和对一个作家的反感——常常源自于对该作家的人格判断。

她笃信法国作家布封的名言"风格即人",认为"粪土里生不出美丽的花,下流淫猥的脑筋里,也产不出高尚纯洁的文学,所以文学家的品格不能不注意培养了"②。其实她对布封的说法有着一定的误解。布封提出"风格即人"是启蒙运动的结果,他以强调艺术家的主体性和个性来解脱神学对艺术的束缚,正如卢那察尔斯基所说:"法国人说:'风格有如其人',他们相当正确的断言,每一位作家,只要是无愧于自己的称号的,都有自己独树一帜的风格。"③ 而苏雪林将之进行伦理学改造,为人的主体性注入大量道德成分。这一方面固然是受新人文主义的影响,文学应表现常态的人性,而作品受作家的个性影响,那作家自然应该具备健全的人格。与此相近,中国传统文学批评"知人论世"的影响也潜伏其中。

人格论成为苏雪林批评生涯中的双刃剑,当她能够准确抓住作家人格特性,对作家与作品进行互文性解读时,她的文字往往能够鞭辟入里,发人所未发;一旦遭遇其所无法理解的人格类型,好比深刻如鲁迅者,性情如郁达夫者,她就方寸大乱,走向极端。人格论沦为道德的大棒,大棒挥过,留下的往往只能是处处批评的硬伤。

正面的例子是评论徐志摩。苏雪林一向喜欢徐志摩,在《论徐志摩的诗》一篇里,她从形式和精神两个角度观察徐氏的诗歌世界,虽然评论形式乏善可陈,但探讨精神这一面却笔底生花,因为她真切地触摸到了作者的精神内核。她首先为徐志摩推掉了"唯美派"的帽子,认为他其实是理想派,因为唯美派的文人常常把自己深藏于象牙塔里,或高坐于艺术宫殿上,除醉心于古希腊或异国文艺之外,与现实世界非常隔膜。理想主义者则不然,"他们看定了人生固然丑陋,但其中也有美丽;宇宙固然是机械,而亦未尝无情。况且他们又认识人类'心灵力'可以创造一切。

---

① 苏雪林:《多角恋爱小说家张资平》,载沈晖编《苏雪林文集》(第三卷),安徽文艺出版社 1996 年版,第 315—316 页。

② 苏雪林说:"我信法国蒲封(Buffon 1707—1788)'作品即人'(Le Style est homme)的话。"载苏雪林《中国二三十年代作家》,纯文学出版社 1986 年版,第 38 页。

③ 北京师范大学文学理论教研室编:《文学理论学习参考资料》,春风文艺出版社 1982 年版,第 634 页。

宇宙是个舞台，人类是这舞台上的表演者，我们固可以排演出许多毫无精彩恹恹欲绝的戏剧，我们也可以表现出许多声容荼火，可歌可泣的戏剧，只看我们肯不肯卖力罢了"。徐志摩当然是卖力者，他所执念于心的是呈现人生美好的一面，即对人生美的追求，而这追求不仅仅是为了安慰自己，更想借此改善人生。

苏雪林打破常人认为徐志摩专注于爱情书写的固有印象，说他既写明月、星群、晴霞、山岭的高亢、流水的光华、朝雾里轻含闪亮珍珠的小花草、像古圣人祈祷凝成"冻乐"似的五老峰，也写雪中哭子的妇人、垃圾桶边捡煤屑的穷人、深夜拉车过僻巷的老车夫、跟着钢丝轮讨钱的乞儿、沪杭车中的老妇、蠢笨污秽的兵士。无论是前者还是后者，都是他寻求人生美的表现，因为"贫穷不是卑贱，老衰中有无限庄严"。

苏雪林认为，徐志摩上述理想主义的追求正是他真诗人人格的表现。她是这样给诗人人格下定义的："第一，诗人宜具热情，第二，诗人宜有宽大的度量。"热情的徐志摩永远像"春光、火焰、爱情"，永远"是热，是一团燃烧似的热"，他"燃烧自己的诗歌发出金色的神异光，燃烧中国人的心，从冰冷转到温暖，如一阵和风，一片阳光，溶解北极高峰的冰雪，但是可怜的是最后燃烧了他自己的形体，竟如他所说的像一只夜蝶飞出天外，在星的烈焰里变了灰"。而心胸博大的徐志摩在谩骂之风蔓延的新文学界始终"持保他博大的同情，即受人无理谩骂，亦不肯同骂"①。苏雪林正是用这样诗般的语言为诗人立此存照，如果不是和诗人灵魂相通、精神相投，何以有这样的感情喷发？

也许是过于偏爱徐志摩，连他与张幼仪离婚再娶陆小曼一事，都被解读为是其"人生美"追求在现实中的贯彻。最后她把徐志摩定位为新诗界的李后主，这种精准的审美眼光，在几十年后得到了另外一位批评家的呼应："假如徐志摩没有意外夭折，而像李后主那样经历一番沧桑和磨难，其诗歌成就完全有可能青出于蓝。后主落难之前的词境，远不如徐志摩这般空灵。"② 顺便一提的是，她对诗人人格的两条定义，与梁实秋在《诗与诗人》一文中所说，诗人在修养上需要具备的三个条件中的前两条不谋而合：梁氏认为诗人对于人生要有浓厚的兴趣，苏雪林则认为"诗

---

① 苏雪林：《中国二三十年代作家》，纯文学出版社1986年版，第108—113页。
② 李劼：《百年风雨》，台湾允晨出版社2011年版，第337页。

人宜具热情";梁氏认为诗人要摒弃名利观念,苏雪林则认为"诗人宜有宽大的度量"①。

反面的例子则是对鲁迅人格的全面否定,以及对创造社诸君的道德评判。这里仅以其评郁达夫为例,"反鲁"一事留待下节专论。郁达夫是五四新文学中非常重要的作家,他以卢梭似的真诚自剖,呈现出那一代知识青年内心的欲望、纷扰与苦闷。由于这种苦闷常以性的形式体现,所以屡遭批评家的诟病,苏雪林正是诟病者之一。与其他人不同的是,她对郁达夫的批评是以从内容到形式全盘否定的态度出现。

苏雪林认为,郁达夫常在小说中表现性苦闷,实际上是"色情狂"的倾向,也正是他自己的真实写照。郁氏的作品多为自叙传性质,主人公大多有着他自己的气质和经历,并宣称"文学作品都是作家的自叙传"。苏雪林对此不以为然,说他这样宣称,无非是因为艺术手腕过于拙劣,"除了自己经历的事件便无法想象而写不出罢了"。这里她忘了自己在20年代所写的《棘心》《绿天》等作品,其实也可以算是自叙传。

她批评郁达夫的小说艺术有三大缺陷:一是不知注重结构,全为"生活的断片";二是句法单调;三是人物的行动没有心理学上的根据。她质疑《沉沦》的结尾道:"我们实在不知道那堕落青年的自杀,到底受了祖国什么害?他这样自杀与中国的不富不强,有什么关系?"只是她又忘了自己在《棘心》中对祖国军阀横行的大段控诉,其直白的程度和呼告的惨烈有过之而无不及。她认为郁氏的作品毫无力量,"他叫喊得越厉害,读者愈觉得这不过是小丑在台上跳来跳去扮丑脸罢了,何尝能得到一丝一毫真实的感想?"②

对郁达夫某些作品散漫、单调的缺点,苏雪林说得不无道理,但对这样一个重要作家以如此严厉的语气一棍打死,则让人对其批评的客观性产生怀疑,难怪有人认为她所采用的"人格"标准背后,隐藏的是小团体倾向:"难道在苏雪林看来,提倡纵欲的邵洵美的人品比描写性苦闷的郁达夫要高?恐怕未必。苏雪林之所以对邵洵美诗歌并不反感,实在是因为邵氏和新月派诸人关系密切,在新月派刊物上发表诗歌,当然就是苏雪林

---

① 梁实秋:《诗与诗人》,载徐静波编《梁实秋批评文集》,珠海出版社1998年版,第245—247页。

② 苏雪林:《中国二三十年代作家》,纯文学出版社1986年版,第316—325页。

的'自己人'了。在这个时候，人情关系显得比意识形态更重要。"① 这样的说法虽然尖刻，但一针见血地指出了"人格"一词可能存在双重标准的倾向。

不过，我觉得最根本的原因还是她对人格概念理解的道德隘化，使之无法接受郁达夫这种与传统士大夫迥异、敢于赤裸裸解剖自我内心的真诚人格。其实，徐志摩和郁达夫的文学表达都是真诚的，只不过一个是以爱的形式对外作感情的进射，一个则是以恨的形式对内作自我意识的开掘。苏雪林对前者表示欣赏，对后者却很难接受，正是因为后者不是她所能理解的人格类型。而这种对作家人格的不相容，进而影响到她对其作品艺术水准高低的评估。所以说，人格论是一把双刃剑，用不好就可能会损害自己的审美感知。

二 敢下判断的批评

读过苏雪林发表于30年代的新文学批评，很多人都会惊讶于她的敢下判断。比如当别人都还在对李金发诗歌的晦涩难懂表现出茫然的时候，她就总结出李氏诗歌有"朦胧恍惚意义骤难了解"、"神经的艺术"、"感伤的情调"、"颓废的色彩"和"异国的情调"等特点，并指出其诗歌艺术特征是"观念联络的奇特"、"善于用拟人法"和"省略法"。② 这些判断在今天看来对解读李诗依然有效。

但她成功的判断并不是空中楼阁，而是建立在大量文本细读的基础之上。如果用梁实秋对批评和批评家的界定来衡量苏雪林，她应该算是一个真正意义上的批评家，因为"批评就是判断，批评家就是判断者"③。总体来说，她的敢下判断体现在以下两个方面。

其一是确定价值。梁实秋反感文学批评沦落为"文学作品的注解"，认为文学批评的任务应该是"在确定作品的价值，而不在说明文学作品的内容与外界之关系"④。苏雪林受梁实秋的影响颇深，后者对文学批评的界定往往可以用来对前者的批评实践进行互文性解读。因为作家的表现

① 张传敏：《民国时期的大学新文学课程研究》，人民出版社2010年版，第122—123页。
② 苏雪林：《中国二三十年代作家》，纯文学出版社1986年版，第161—168页。
③ 梁实秋：《论批评的态度》，载《新月》第2卷第5号。
④ 梁实秋：《文学批评辨》，载徐静波编《梁实秋批评文集》，珠海出版社1998年版，第91页。

对象是人生或者人性，苏雪林由此确定作家或作品的价值主要通过总结作者的人生观或"理想"来实现。

在 30 年代初，沈从文作品还没有引起评论家足够重视的时候，她就一针见血地指出，沈氏作品的理想是"想借文字的力量，把野蛮人的血液注射到老态龙钟、颓废腐败的中华身体里去，使他兴奋起来，年青起来，好在 20 世纪舞台上与别个民族争生存权利"①。苏雪林的这一判断及时、精准，也得到后来研究者的认同，成为沈从文研究中引用频率非常高的文献。比如俞兆平说："这点在当时非常难得，似乎只有苏雪林算是真正读懂了沈从文。"因为"以文字的力量，把新的生命之血注入衰老的机体；以野蛮气质为火炬，引燃民族青春之焰，这就是沈从文的创作动机与作品的功能、意义之所在"②。由钱理群、温儒敏、吴福辉等合著，被认为是中国现代文学领域最权威的高校教材《中国现代文学三十年》也引用了苏雪林这一观点。

苏雪林还善于从作品的内在冲突来发掘作家思想的矛盾之处。比如她认为王统照的《一叶》《黄昏》等小说是以决定论（determinism）和宿命论（fatalism）为思想骨干，但不彻底，人物"一面拜倒于命运的无上威权，一面也相信人类心灵神奇的能力"，所以他虽然认为命运必给人带来痛苦，但又试图以"爱"和"美"来消弭命运所带来的痛苦。③ 对于这种矛盾性，她在叶绍钧身上也发现了。苏雪林认为叶氏小说呈现出作者乐观与悲观共存的双重人格，他既"借着美丽的幻想，来美化丑恶的人生"，又"以写实作风刻划社会黑暗真相"。一开始这悲观与乐观的分量在叶绍钧内心的天平还是比较均衡，但随着中国社会各方面状况的江河日下，民众生活贫困日甚一日，"悲观这一头秤盘好像加多几个砝码，渐渐沉重起来而向下坠……"④ 应该说，苏雪林的这些判断基本符合上述作家作品的本相。

其二是直言褒贬。夏志清曾经直言不讳地指出："现在的批评家都不敢论断作品的好坏，但是文学批评如果不能区分好坏的话，那又有什么作

---

① 苏雪林:《沈从文论》，载沈晖编《苏雪林文集》（第三卷），安徽文艺出版社 1996 年版，第 300 页。

② 俞兆平:《浪漫主义在中国的四种范式》，广西师范大学出版社 2011 年版，第 65 页。

③ 苏雪林:《中国二三十年代作家》，纯文学出版社 1986 年版，第 306—314 页。

④ 同上书，第 299—306 页。

用呢？这应该才是最基本的功夫。"① 说到底，敢于直言作品的好坏除了需要良好的审美判断力之外，还跟批评家的勇气有关。在这一点上，苏雪林算是一个出言无忌的批评家。

她掩饰不住对徐志摩的钦慕和喜欢，认为他是新诗界的李后主；对冰心也大加推崇，说冰心的作品有永久的价值；在散文方面，则认为叶绍钧的文章结构严谨、针缕绵密，文字则无一懈笔、无一冗词，"沉着痛快，惬心贵当，既不是旧有白话文的调子，也不是欧化文学调子，却是一种特创的风格，一见便知道是由一个斫轮老手笔下写出来的"。她甚至认为就散文艺术本身而论，叶氏要超过以思想见长的周作人，"这实在是散文中最高的典型，创作最正当的轨范，岂惟俞平伯万不及他，新文坛尚少敌手呢……"② 艺术评判标准因人而异，也许有人未必赞成其观点。但至少这绝不会是苏雪林的阿谀之赞，因为就文坛地位而言，叶绍钧远不如周作人。

对批评对象的优点不吝溢美之词，而说起缺点她便换了一副严厉的面相。苏雪林虽然惊叹于沈从文的才气，但对其创作中的问题也直言不讳，认为其缺点是过于随笔化和描写繁冗拖沓。尤其后一点，她连着用了好几个比喻来说明，说其有似老妪谈家常，叨叨絮絮，说了半天别人听着却茫然不知其命意所在；又说好像用软绵绵的拳头去打胖子，打不到他的痛处；然后把沈从文跟王统照捆绑在一起作靶子："世上如真有'文章病院'的话，王统照的文字应该割去二三十斤的脂肪，沈从文的文字则应当抽去十几条使它全身松懈的懒筋。"她对沈从文爱玩手法也不以为然，认为他之所以不能如鲁迅、茅盾、叶绍钧、丁玲等人一样成为一流作家，就是因为这"玩手法"三个字决定的。③ 现在来看，这样的定位显然有失公允，尤其随着启蒙现代性所带来的负值影响越来越明显，沈从文以自然人性对抗现代文明的价值也愈加凸显，已然超越叶绍钧、丁玲等人，甚至茅盾，而和鲁迅一起跻身于第一流作家的行列。但就当时的语境来说，苏雪林的判断也并非完全说不过去。

对年轻作家直陈褒贬，对资深作家她也丝毫不顾情面。比如对朱自清的批评就近乎严苛，认为其文字表面虽华赡，而内容殊显空洞；把朱比喻

---

① 郝誉翔：《在秋日的纽约见到夏志清先生》，载《联合文学》2002 年第 6 期。

② 苏雪林：《俞平伯和他几个朋友的散文》，原载《青年界》，1935 年 3 月第 7 卷第 1 号，载沈晖编《苏雪林文集》（第三卷），安徽文艺出版社 1996 年版，第 213 页。

③ 苏雪林：《沈从文论》，原载《文学》，1934 年 9 月第 3 卷第 3 号，载沈晖编《苏雪林文集》（第三卷），安徽文艺出版社 1996 年版，第 303—304 页。

为"乡间孩子初入城市，接于耳目，尽觉新奇，遂不免憨态可掬"。她甚至拈出《仙岩梅雨潭的绿》中一段关于"女儿绿"的文字，认为这是"最可厌的滥调"，是"近人所讥笑的洋八股"。① 进行文学批评时候的苏雪林犹如安徒生笔下的孩子，不考虑被批评者的感受，只顾说着内心的真话，有时候出语难免刻薄。难怪一直到晚年沈从文还对《沈从文论》耿耿于怀，无法原谅她。②

无论如何，苏雪林是一个独立思考、敢于发言的批评家。有学者就敏锐地指出："苏雪林的批评是一种阐释与判断相济的批评，冷静的理性是其运思的基础。"③ 当然，前提是冷静的理性，一旦她批评的笔触越过了理性的边界，就有可能走向偏执，甚至沦于粗暴。这一点在"反鲁"和"反郁"等问题上就表现得非常明显。

三　与所论者处于同一境界

陈寅恪在《冯友兰中国哲学史上册审查报告》中写道："所谓了解者，必神游冥想，与立说之古人，处于同一境界……"④ 虽谈治史，用于文学批评未尝不可。苏雪林曾有《论"将军的头"》一文，说到施蛰存以梦暗喻人物潜意识，举《狮子座流星》为例，把卓佩珊夫人想生儿子的梦绘声绘色解读了一番："卓佩珊夫人想生儿子的欲望，正在脑筋里闹得不可开交，听了狮子座流星出现的新闻和巡警戏言，同旧日所闻的日月入怀主生贵子的传说和射在眼皮上的朝阳，丈夫牙梳的落地声，连结一片，成此一梦。"⑤ 李劼认为此番读解可谓"洞幽烛微"，其审美眼光"担当得起陈寅恪所说的与所论者处于同一境界的褒奖"⑥。用史学大家谈治学

---

① 苏雪林：《俞平伯和他几个朋友的散文》，原载《青年界》，1935 年 3 月第 7 卷第 1 号，载沈晖编《苏雪林文集》（第三卷），安徽文艺出版社 1996 年版，第 209—212 页。

② 晚年的沈从文在个人信件和访谈中多次提到苏雪林的《沈从文论》，认为这是"一个立法委员的判决书"，不满情绪非常浓郁。参见《沈从文全集》（第 26 卷），北岳文艺出版社 2002 年版，第 7—8 页；《沈从文晚年口述》，王亚蓉编，陕西师范大学出版社 2003 年版，第 170 页。在本书附录中的《两种美学立场的冲突——论苏雪林〈沈从文论〉及沈从文的反批评》一文里，论者专门讨论了两人间的这一段公案。

③ 许道明：《中国现代文学批评史》，江苏文艺出版社 1995 年版，第 376 页。

④ 陈寅恪：《冯友兰中国哲学史上册审查报告》，载《陈寅恪史学论文选集》，上海古籍出版社 1992 年版，第 507 页。

⑤ 苏雪林：《中国二三十年代作家》，纯文学出版社 1986 年版，第 384 页。

⑥ 李劼：《百年风雨》，台湾允晨出版社 2011 年版，第 349 页。

境界之语，套在一个新文学批评家头上，似乎有牛刀小用之嫌，但"与所论者处于同一境界"几个字的确形象地概括出，文学批评家经由"角色代入"与作者发生共鸣的感性状态。苏雪林本身是个作家，她对作家的创作心态有真切的感受和认识。所以，当她进行文学批评时，往往会自觉把自己置于作品所营造的自足世界之中，从而触摸到作家渗入其中的思想和情感。

　　身为女性作家，她对同性作家的作品有着更细腻的感悟力。凌叔华有一篇小说《李先生》，写某校一位名叫李志清的舍监，被学生刻薄地称为"脸皮打折老姑娘"，因而引起一腔新愁旧恨。苏雪林发现，整篇小说没有一笔涉及"性的苦闷"，读者却能从人物举手投足间的种种细节感受到这位老姑娘的"性的苦闷"，如李志清"厌见女学生们的华装艳服，厌听她们娇媚的笑声，懒得拆阅她们的情书；对镜自伤迟暮；歪在床上回忆过去为什么不肯结婚的原因；想到现在兄嫂间虚伪的周旋，因而悲凉自己孤独的身世"①。苏雪林本人未必有此经历，但她对李志清行为、心理的精彩解读却绝对置入了自己的个人体验，否则无法做到如此细致入微的品评。

　　而对另外一位女作家袁昌英的戏剧《孔雀东南飞》，她也有不同的发现。作为中国文学史上经典的叙事诗，《孔雀东南飞》在五四新文学运动初期曾被改写为当时流行的问题剧，通过强化焦母对刘兰芝的种种刁难以控诉封建旧礼教对女性的迫害。而苏雪林指出，袁剧是一次更为成功的改写，因为她把控诉礼教的主题推到其次，着重于普通人性的表现和人物复杂心理的表达，把婆婆对媳妇单方面的戕害转变为两个女性争夺一个共同的男人的故事。她发现，这时的焦母不再那么高高在上，充满了礼教的威严和虚伪，其疯狂只是因为感受到失去儿子的危险。苏雪林分析到，焦母之所以不容兰芝，固可以说是她性格上的缺陷，但假如她早年不死丈夫，爱情有所寄托，则不至于吃媳妇的醋；再进一步，假如兰芝相貌不美丽，性情不贤淑，才艺不优长，不能得仲卿的爱恋，也不至于有情死的结果。"母亲对儿子的爱，是这么坚强，这么不能让步；儿子对于妻子的爱又是这么坚强，这么不能让步，两者冲突起来，如何不发生悲剧？命运像一座铜墙铁壁，把一群怨女痴男陷在中间，无论他们怎么左冲右突，总是杀不

---

　　①　苏雪林：《凌叔华的〈花之寺〉与〈女人〉》，原载《新北辰》，1936年5月第2卷第5期，载《苏雪林文集》（第三卷），安徽文艺出版社1996年版，第226页。

出来，结果是焦头烂额，同归于尽，这也真是'无可奈何天'的凄惨了。"① 把人物悲剧命运的原因分析得如此丝丝入扣，固然与作品本身改写的成功不无关系，但批评家设身处地的感受方式自是功不可没。

不过，真要做到与所论者处于同一境界，并不是一件容易的事，批评家与批评对象因为身份不同，性格各异，各自拥有的人生经验也往往不对等，这种矛盾常常会引起批评的隔阂，身为批评家的李健吾就曾经谈到这种尴尬状态："……作者的经验和书（表现）已然形成一种龃龉，二者之间，进而做成一种不可挽救的参差，只得各人自是其是，自是其非，谁也不能强谁屈就。" 所以他认为，当一个批评家用自己的经验去裁判另一个人的经验的时候，必须保持必要的"同情"。② 当然，在这一点上，苏雪林自身作为作家，在评论她同时代作家（其中很多还有过或亲或疏的交往）就有了别人不具备的优势。杨健民在研究中国现代作家论时发现，这些兼具作家身份的批评家"如此近距离地观察自己熟悉的作家，这就必然带着他们个人喜好中的许多印痕。这些印痕大部分是感性的，然而它们却包含着许多独特的美学发现"③。在苏雪林一批优秀的批评文章中，就存在不少这样的感性"印痕"。

苏雪林曾与新月派诗人朱湘在安徽大学共事，在论及后者诗歌特点之"音节的调协"时，她谈起曾亲听作者朗诵《摇篮歌》一诗的体验："其音节温柔飘忽，有说不出的甜美与和谐，你的灵魂在那弹簧似的音调上轻轻簸着摇着，也恍恍惚惚要飞入梦乡了。"④ 这样的发现未必多深刻，但其因亲身经历而得来的特殊美感，是很多职业批评家所无法体验的。而评论另外一位早夭的诗人白采，苏雪林则从赵景深对她所讲的一事谈起，说白采常在自己的书案上放置一具人的头骨，黑洞洞的眼窟和白森森的牙齿让来访的客人感到毛骨悚然。时时面对骷髅，意味着现实生活中的白采，面对死亡的态度已经很坦然，至少他是思考过死亡的。当带着这种对作者的了解进入作品，苏雪林在《羸疾者的爱》一诗中发现了尼采思想。尼

① 苏雪林:《中国二三十年代作家》，纯文学出版社1986年版，第511页。
② 李健吾:《答巴金先生的自白》，载《咀华集·咀华二集》，复旦大学出版社2005年版，第17页。
③ 杨健民:《批评的批评——中国现代作家论研究》，海峡文艺出版社2004年版，第90页。
④ 苏雪林:《论朱湘的诗》，原载《我们诗》第一卷，1933年武汉大学荒村诗社出版，载《苏雪林文集》（第三卷），安徽文艺出版社1996年版，第145—146页。

采的"超人"，比现代人更强壮，更聪慧，更有能力，"措置世界万事，使文化进步一日千里，呈现庄严璀璨之壮观"。但作品中的诗人却患了不治之症，生理心理均呈病态，遂自惭形秽，无论如何不肯接受那女郎的爱，并劝其找武士一般壮硕的人结婚，好改良我们这积弱的民族。①

当然，这样的批评方式既要能入乎其内，也要能出乎其外，否则，如果仅仅只能根据自己的感性经验解读作品，当遭遇与自己经验格格不入的文本时，必然会产生批评的偏执。正如苏雪林就无法理解郁达夫的小说《迟桂花》，她质问道："我要问一个小村长大，仅识之无的中等阶级的少年寡妇，是否肯单独陪伴一个男子去游山？游山的时候，是否能在最短时期里与男子恋爱？"自小在县衙长大、颇受男女之防教育的她，当然无法理解一个完全成长于大山间、毫无心机的纯朴姑娘的行为和想法。

第三节　"反鲁"：道德化批评的逻辑结果

苏雪林是一个优秀的作家与批评家，但在很长一段时间里，都没有得到足够的认可，其中一个重要原因是，她在鲁迅逝世后不久即以"鞭尸"的形式举起"反鲁"大旗，引起几乎整个文坛的反感，甚至包括一些原本与她属同一阵营的自由主义知识分子。从之前对鲁迅小说的高度评价，到后来对鲁迅人格"泼妇骂街"式的批评，两者间巨大的反差遮蔽了苏雪林在其他批评文章中的诸多洞见和业绩，成为她批评生涯的一个"硬伤"和"污点"。苏雪林的突然"变脸"让很多人百思不得其解，为寻找答案花费了不少研究者的笔墨。笔者认为，"反鲁"是她以人格为起点的新人文主义道德化批评的逻辑结果。以道德的名义做出不道德的批评，打着理性的旗帜进行非理性的人身攻击，这样的悖论恰恰出现在苏雪林这位优秀的文学批评家身上，其思想与心理动因值得探究。

一　事件始末

在对这一事件的寻解过程中，材料判断的失当常常会造成研究的盲点，所以对其始末的回放很有必要。根据已有材料显示，在鲁迅生前，二

---

① 苏雪林：《中国二三十年代作家》，纯文学出版社 1986 年版，第 143—152 页。

人的正式会面只有一次①，即 1928 年 7 月 7 日由北新书局老板李小峰牵头组织的酒席上。鲁迅、苏雪林，还有同席的郁达夫都从不同角度记录了这一次聚会。鲁迅的日记向来简单，只记录事实，不发表任何议论："午得小峰柬招饮于悦宾楼，同席矛尘、钦文、苏梅、达夫、映霞、玉堂及其夫人并女及侄、小峰及其夫人并侄等。"② 郁达夫则在日记中对苏雪林做了一番褒扬："中午北新书局宴客，有杭州来之许钦文、川岛等及鲁迅、林语堂夫妇。席间遇绿漪女士，新自法国回来，是一本小品文的著者，文思清新，大有冰心女士小品文的风趣。"③

苏雪林的回忆却没有这么愉快，她在晚年的自传中提到：

> 我在上海也曾晤及鲁迅。那是北新书局老板李小峰在一家酒楼办了一席，请凡在他书店出过书的人。北新是当时印行五四后新文艺唯一的书局。因我曾在书店出了三本书，故亦在被邀之列。林语堂、郁达夫、章依萍都在座。鲁迅对我神情傲慢，我也仅对他点了一下头，并未说一句话。鲁迅之所以恨我缘故，我知道。他在北京闹女师大风潮，被教育部长革去他那并不区区佥事之职，南下到广州及厦门大学转了一遭，因我曾在《现代评论》发表过文章，又与留英袁昌英等友好。鲁迅因陈源写给徐志摩一封信，恨陈源连带恨《现代评论》，恨《现代评论》连带恨曾在《现代评论》上写文的我，遂有那天的局面出现。④

很多研究者在面对这段材料的时候，自然而然地把鲁迅的傲慢当成苏雪林日后"反鲁"的最初动因，认为鲁迅也许没恶意，但苏雪林却在心里埋下了怨恨的种子，因为她的自尊心受到了伤害。如果上述材料属实，那这样的推论自然不无道理。不过，对于这段间隔 70 余年的回忆，其细节的真伪值得推敲。其一，苏雪林说鲁迅对她神情傲慢，她也只是点了一下头。

---

① 在 1928 年 3 月 14 日致章廷谦的信中，鲁迅提到："该女士（指苏雪林）我大约见过一回，该即将出'结婚纪念册'者欤？"（载《鲁迅全集》第 12 卷，人民文学出版社 2005 年版，第 109 页）但鲁迅也只是说"大约"，苏雪林没提过此事，即使见面也未必是正式会面。

② 鲁迅：《鲁迅全集》（第 16 卷），人民文学出版社 2005 年版，第 87 页。

③ 郁达夫：《郁达夫全集》（第 5 卷），浙江大学出版社 2007 年版，第 250 页。

④ 苏雪林：《苏雪林自传》，江苏文艺出版社 1996 年版，第 74 页。

鲁迅的反应当属正常，他日常的性格本就一贯冷峻。所以，说他傲慢不无可能，但绝对谈不上恨苏雪林。更何况，以鲁迅的性格，对头次见面的女性作家过于热情反倒是不正常的表现。那苏雪林是否真按她自己说只是冷淡回应呢？这又是未必。在北京鲁迅博物馆中存有一本作者亲笔签赠的《绿天》，扉页上写着："鲁迅先生教正学生苏雪林谨赠，7.4.1928"。以两人之前的关系无私下邮书的可能，在鲁迅日记中也未曾提及。从扉页上7月4日题赠时间推断，应该是苏雪林预先知道鲁迅将会赴7月8日之宴，所以提前准备好的。既有赠书之事，怎么可能只是点了一下头，何况赠书的语气以学生自居，如此恭敬。其二，苏雪林认为，鲁迅之所以恨她是因为她在《现代评论》上发文章的缘故。翻看史料，她的确于1928年在《现代评论》上分三次连载了一篇关于楚辞研究的论文以及一篇题为《文以载道的问题》的文章，但时间均在此次宴会之后。① 因此何来"恨《现代评论》连带恨曾在《现代评论》上写文的我"之说？苏雪林之所以有此回忆，除可能因年代久远细节模糊外，更主要的原因是恐怕想借此渲染鲁迅的心胸狭隘，和突出自己一贯"反鲁"的形象。

其实这一时期的苏雪林非但没有"反鲁"的迹象，而且在文学风格上深受鲁迅的影响。1925年她在《语丝》上发表的《在海船上》和《归途》明显是鲁迅一派的杂文风格；1927年创作的《我们的秋天》中最后一篇《颓的梧桐》则极似鲁迅《野草》集中的《秋夜》。而在发表于1929年的《烦闷的时候》里则直接坦陈："不知为什么缘故，这几年来写信给朋友，报告近况时，总有这样一句话：'我近来只是烦闷，烦闷恰似大毒蛇缠住我的灵魂。'这句话的出典好像是在鲁迅先生《呐喊》的序文里，我很爱引用。"② 丝毫不像刚从"鲁迅先生"那里受了"傲慢"的冷脸的样子。

真正的转变应该是在30年代，这一时期的苏雪林跟陈西滢、凌叔华、袁昌英等新月派圈子里的人物走得很近，想必听了不少关于对鲁迅有异议的种种传闻和评价；更重要的，是她受到梁实秋文学观念的影响确立了自己的新人文主义立场。《文学有否阶级性的讨论》一文虽未点名道姓直接

---

① 载《现代评论》第八卷，第206、207、208期合刊，1928年12月22日。岳麓书社影印1999年版。

② 苏雪林：《烦闷的时候》，原载《真善美》"女作家专号"，1929年2月2日，载沈晖编《苏雪林选集》，安徽文艺出版社1989年版，第225页。

针对鲁迅，但其文的立场则是旗帜鲜明地站在鲁迅对立面。一些人之所以觉得苏雪林对鲁迅的发难显得突兀，是因为 1934 年 11 月她刚发表了一篇题为《〈阿 Q 正传〉及鲁迅创作的艺术》的评论文章，用大量篇幅归纳鲁迅小说的思想和艺术，认为仅凭《呐喊》与《彷徨》就足以"使他在将来中国文学史占到永久的地位了"①。但仅仅两年之后就翻脸不认人了。其实这并不奇怪，例如，即便是鲁迅的论敌陈西滢，在私下也认为中国现代第一流作家只有鲁迅勉强可算，此外则推沈从文了。② 应该说，在新月派的圈子里，对鲁迅的艺术和人品是分开来评价的。也就是说，此时的苏雪林虽然对鲁迅的小说依然推崇，但对他思想与人格的不满已经滋生。在这一问题上，很多人忽略了她在几乎同时期发表的《周作人先生研究》中的一段话：

> 他与乃兄鲁迅在过去时代同称为"思想界的权威"。现在因为他的革命性被他的隐逸性所遮掩，情形已比鲁迅冷落了。但他不愿做前面挑着一筐子马克思，后面担着一口袋尼采的"伟大说谎者"，而宁愿做一个坐在寒斋里吃苦茶的寂寞"隐士"，他态度的诚实，究竟比较可爱。③

很明显，她认为周作人究竟诚实可爱是因为其隐逸不张扬，为人诚实，那言外之意就是鲁迅有哗众取宠之嫌，什么时髦便宣扬什么，毕竟尼采和马克思都是容易受青年所热捧的人物，而且前面挑筐、后面挑担的比喻着实无法让人往褒义的层面想。

从认同梁实秋新人文主义的人性论，到暗示鲁迅为人的投机、功利，苏雪林在观念与倾向上对鲁迅的不满可以确定。那为什么一直隐忍不发直到鲁迅去世？这很好理解，连她素所尊重的陈西滢和梁实秋都没能在鲁迅

---

① 苏雪林：《〈阿 Q 正传〉及鲁迅创作的艺术》，原载《国闻周报》，1934 年 11 月 5 日，载沈晖编《苏雪林文集》（第三卷），安徽文艺出版社 1996 年版，第 274 页。

② 王娜在《苏雪林一九三四年日记研究》（载《长江学术》2009 年第 1 期）中引用苏雪林的日记："上午到文学院上课。陈通伯先生将沈从文来信还我，并言余所作沈论，誉茅盾、叶绍钧为第一流作家，实为失当，难怪沈之不服。余转询陈之意见，中国现代第一流作家究为何人？陈答只有鲁迅勉强可说，此外则推沈从文矣。"

③ 苏雪林：《周作人先生研究》，原载《青年界》，1934 年 12 月第 6 卷第 5 号，载沈晖编《苏雪林文集》（第三卷），安徽文艺出版社 1996 年版，第 236 页。

面前占到上风，何况她这一晚辈？但种子已经埋下，只等一个契机而已。1936 年 10 月 19 日，鲁迅在上海的寓所里逝世，文坛震动，左翼思想界正积极为之筹划一个盛大的葬礼，此时的苏雪林却已经秘密炮制了两颗炸弹。一颗是写给蔡元培的信，痛斥鲁迅的"病态心理"、"不良人格"，认为假以时日"将成党国大患"，甚至直呼鲁迅为"玷辱士林之衣冠败类，二十四史儒林传所无之奸恶小人"。据她自述，因不知道蔡地址，托人转呈被婉拒，后以《与蔡孑民先生论鲁迅书》为名发表于《奔涛》杂志。[1]另一颗炸弹则是致胡适信，名为讨论当前文化动态，实为希望借《独立评论》一角发表自己的"反鲁"大作，认为鲁迅"简直连'人'的资格还够不着"，后以《与胡适之先生论当前文化动态书》为名同样发表在《奔涛》上[2]。

这"鞭尸之作"一出，引起了左翼人士公愤，纷纷撰文对她进行反驳甚至声讨，"上海、南京、北平那些大都市的报纸不必说，各省凡有报纸的都在骂我"[3]。除此之外，在 1936 年到 1937 年间，她还陆续发表了《理水与出关》《富贵神仙》《论偶像》《论污蔑》《论是非》《过去文坛病态的检讨》《对武汉日报副刊的建议》等文章，要么直接，要么间接地针对鲁迅，此类文章都可算作上述两封信的注解和补充。50 年代赴台以后，苏雪林的"反鲁"有加剧之势，也附着了更多政治投机的色彩。

二　道德化批评的逻辑结果

对于苏雪林的突然"变脸"，研究者有过各种探讨：如"弑父"说，厉梅在《苏雪林的两种姿态》中认为，在苏雪林的潜意识中，把鲁迅作为自己的"精神之父"，当她试图向"父亲秩序"靠拢被拒，内心的失衡导致了外在行为的极端。[4] 寇志明（John Eugene von Kowallis）则认为苏雪林的"反鲁"只是一种手段，她所担忧的是因鲁迅的巨大影响力，导致越来越多的青年站在政府对立面。她的观点"代表了国民党右翼知识

① 苏雪林：《与蔡孑民先生论鲁迅书》，原载《奔涛》半月刊第一卷第二期，载苏雪林《我论鲁迅》，传记文学出版社 1979 年版，第 50—56 页。
② 苏雪林：《与胡适之先生论当前文化动态书》，原载《奔涛》半月刊第一卷第三期，载苏雪林《我论鲁迅》，传记文学出版社 1979 年版，第 57—64 页。
③ 苏雪林：《苏雪林自传》，江苏文艺出版社 1996 年版，第 89 页。
④ 厉梅：《苏雪林的两种姿态》，载《书屋》2005 年第 6 期。

分子并与政府政策有直接的联系"①。倪湛舸则不主张过分强调政治立场上的左右之争,而是引入性别批评这一视角,认为苏雪林"反鲁"的根本原因在于"其基于女性立场的国族文学观与男性视角的国族文学构建之间存在着冲突"②。

　　一个事件的突然发生往往是多种合力共同发生作用的结果,恐怕连当事人也无法真正解释清楚是哪一种动因在起决定作用。笔者则坚持从社会学、美学的角度出发,认为苏雪林的"反鲁"是其新人文主义的道德化批评的逻辑结果。

　　30 年代的苏雪林成为泛新月派中的一员,与新人文主义理论的天然亲和,让她接受了梁实秋的人性论。正如梁氏主张,文学表现人性,必然牵涉到人生,自然无法不牵涉到道德价值的判断。在苏雪林那里,文学价值与道德判断成为一个不可分割的整体。文学与道德有关,但进行文学批评时并非时时要展开道德评判。苏雪林批评活动的内在逻辑是,只要批评对象(包括作家和作品)不引起她的道德反感,她就更着重于从艺术特点上认定其文学价值;一旦她认定了对方道德上的偏差,其批评的尺规就会越过艺术的边界成为道德的审判。

　　当然苏雪林自己并不如此看,她认为自己对作家道德与艺术水准的评判是双管其下但并行不悖的:

　　　　艺术优良,人品也还高尚,虽属左倾人士如闻一多、叶绍钧、郑振铎、田汉等在我笔下,仍多恕辞;人品不高,艺术又恶劣者如郭沫若、郁达夫等则抨击甚为严厉。鲁迅文笔固不坏,品格之低连一个起码作人的资格都够不上……评论一个人或其作品,必须站在客观立场上,善则善,恶则恶,万不可以恶掩善,亦不可以善饰恶,对于鲁迅,我的态度自问相当公平。③

---

　　① ［美］寇志明(John Eugene von Kowallis):《苏雪林论鲁迅之"谜"》,载《鲁迅研究月刊》2011 年第 4 期。

　　② 倪湛舸:《新文学、国族构建与性别差异——苏雪林〈二三十年代作家与作品研究〉》,载《中国现代文学研究丛刊》2011 年第 6 期。

　　③ 苏雪林:《中国二三十年代作家》,纯文学出版社 1986 年版,第 6 页。这段话虽然写于70 年代,但作为苏雪林对自己新文学批评立场的一个总结,还是能反映她 30 年代的批评特点。

　　首先我们先不谈苏雪林对鲁迅的态度是否真的"相当公平"，就她所谓的从艺术、人格两条标准评价作家的做法很难真正做到公平。批评家对作家人品做出判断的根据从何而来，是从作品中提炼的素材，还是源于作家现实生活？如果是前者，那怎么能确定文学表现与个人道德定要画上等号？如果是后者，那是批评家亲眼所见，还是道听途说，未能证实的传言能作为判断的根据吗？不妨再往前推，批评家所判断的是对方的公德，还是私域，我们有权评论对方的私域吗？既然站在道德的制高点评判对方，那批评家自己也必须具备同样的道德纯洁性，她对此是否有过检验和自省？这些问题都是批评家们对作家进行道德判断时必须面对的。

　　很显然，苏雪林在"反鲁"这个问题上就暴露出了道德批评方式的上述弱点。在《与蔡孑民先生论鲁迅书》一文中，她对鲁迅"病态心理"和"矛盾人格"的判断根据，皆来自主观臆想或道听途说。女师大风潮是非曲直在谁，很难说清，各自立场不同，用对错作二元判断过于简单。苏雪林并非当事人，也非见证者，只因她和陈西滢私交之好，就坚持认为鲁迅对"正人君子"的抨击是"挟免官之恨，心理失其常态"。攻击鲁迅个人版税年达万元，"其人表面敝衣破履，充分平民化，腰缠则久已累累"，则是公私不分，拿人私隐当公德评判的靶子。而以道听之流言指认内山书店乃侦探机关，暗示鲁迅与日本帝国主义势力勾结，更属居心叵测，有构陷之嫌。至于"吾人诚不能不呼之为玷辱士林之衣冠败类，二十四史儒林传所无之奸恶小人"纯是发泄之言，早把自己批评家的风度抛到了十万八千里。换句话说，苏雪林此时已经不是在做纯粹的文学批评，而是流于泄私愤了。难怪连她的老师胡适也指责"此是旧文字的恶腔调，我们应该深戒"①。

　　这一期间并非没有其他质疑鲁迅的声音，同为新月派圈子里的人物叶公超写了篇名为《鲁迅》的文章，他认为鲁迅以其力量，或幽默讽刺的文字满足了青年人在绝望与空虚中的情绪，抓住了时代。但这种影响只是暂时的安慰，转瞬又会让我们陷入新的空虚与绝望。鲁迅的讽刺作品当然是好的，但缺乏遏制的力量，因为他本身是个具有浪漫气质的人，"一个

---

　　① 胡适：《胡适之先生答书》，原载《奔涛》半月刊第一卷第三期，载苏雪林《我论鲁迅》，传记文学出版社1979年版，第67页。

浪漫气质的文人被逼到讽刺的路上去实在是很不幸的一件事"①。我们且不论叶功超的观点是否准确,但不同于苏雪林之处在于,这样的讨论是从文本出发,专论鲁迅的思想和艺术,不涉及个人人格之类的道德判断。正如胡适所告诫的,人既已死,尽可以撇开一切小节不谈,专论其思想究竟有些什么,究竟经过几度变迁,究竟他的信仰是什么,否定的是什么,有些什么是有价值的,有些什么是无价值的。

苏雪林的"反鲁"是一场以贬损鲁迅人格为核心的道德批判,她把鲁迅与"现代评论派"思想上的纷争,解读为私人恩怨的意气之争(当然不能完全排除这种因素),把鲁迅的版税、生活习惯等个人隐私当成是其人格缺陷的证据,把鲁迅与日本朋友的私人交往影射成鲁托庇于日本帝国主义势力。在此基础上把因国民政府腐败所造成的民众情绪,以及在世界潮流影响下整个社会"左"转的趋势,都认为是鲁迅人格和文章所酿成的苦酒。

苏雪林这种高扬道德理性的文学批评家,在批评中往往会延续这样的惯性思维,即把文学上的批评与对于个人道德的评判纠缠在一起,以致让读者感觉到,这并不是在进行科学的、专业的批评,而是在进行颇为专断的道德评判,甚至无理的人身攻击。苏雪林的"反鲁"脱离了理性的缰绳,最终流于粗暴地"私设公堂",把批评当成谩骂,甚至变成指控。

三 "正义的火气"

苏雪林的"反鲁"之作,被认为是迄今为止对鲁迅最为激烈、最不具有学理性的攻击,很多鲁迅研究专家甚至认为不值一驳,但鲁迅研究界的权威王富仁却令人意外地为之做出辩护:

> 苏雪林对鲁迅的攻击直接而激烈,同时也显示着她的一种真诚。显而易见,她的这些观点也正是不少同类知识分子的观点,不过她更真诚些,更不顾及自己宽容中庸的道德外表,因而她把同类知识分子的看法公开发表了出来,为鲁迅研究提供了很多需要解决的有价值的问题,从另一个角度讲对鲁迅研究的发展史有促进作用的。时至今

---

① 叶公超:《鲁迅》,载《晨报》1937 年 1 月 25 日,载陈漱渝主编《鲁迅论争集》(下卷),中国社会科学出版社 1998 年版,第 1672—1676 页。

日，她提出的问题还是鲁迅研究者所需要回答的问题，这就是一个证明。①

王富仁自然说的不是她观点的正确，而是指其态度的真诚。一个被人称为"泼妇骂街"式的"反鲁斗士"，为什么还被认为真诚？其实王富仁的直觉是准确的，阅读苏雪林的这几篇文章可以发现，她的口不择言和恣意漫骂，恰恰是她发自内心之语。她认为，鲁迅在青年中的影响极大，其人格和文章对整个社会的"左转"产生了影响，由此甚至危害着国民政府的统治。相比之下，胡适等自由知识分子总是表现出一种"我总不会着急"的乐观态度。② 后来的事实倒是证明，女人的感觉往往是更敏锐的。当然，我不是认为苏雪林把鲁迅当成社会"左转"的根源是对的，而是说她敏锐地察觉到了社会的"左转"趋势以及这种趋势的不可逆转，只不过她武断和夸张地把造成这种趋势的原因归结到一个文人和几篇小说、几本杂文上。

其实这样极端化的思维方式并非她一人。梁实秋的老师白璧德不就把西方社会几百年来走错路的原因归结于卢梭头上？虽然他对培根征服自然的物质功利主义和卢梭放纵情感的浪漫主义是同时开弓，予以批判，但依然把后者当成自己终身的敌人。只不过白璧德对卢梭的批评还是尽可能地限定在思想文化的领域，苏雪林的批评则充斥着大量的人身攻击和政治影射，但二者在逻辑上的夸张却是一致的。不可否认的是，他们都真诚地坚持自己的观点。苏雪林也许没有直接受过白璧德的影响，但她在鲁迅问题上所呈现的白璧德思维，真是比梁实秋这位嫡系传人还得其"真传"。

在 60 年代，胡适曾经写过一封信给苏雪林，劝她在评人论文的时候要保持平和的态度，不要轻易动"正义的火气"。这五个字恰恰道出了苏雪林文学批评的问题所在。那到底意指什么呢？胡适解释说："'正义的火气'就是自己认定我自己的主张是绝对的是，而一切与我不同的见解都是错的。一切专断、武断、不容忍、摧残异己，往往都是从'正义的

---

① 王富仁：《中国鲁迅研究的历史与现状》，浙江人民出版社 1999 年版，第 76 页。

② 针对苏雪林关于社会"左转"的担忧，胡适在回信中说："青年思想左倾并不足忧虑。青年不左倾，谁当左倾？""不知为什么，我总不会着急。"引自《与胡适之先生论当前文化动态书》，原载《奔涛》半月刊第一卷第三期，载苏雪林《我论鲁迅》，传记文学出版社 1979 年版，第 65—66 页。

火气'出发的。"① 也就是说,所谓"正义",并不是说大家公认她的观点客观正确,而是她站在自己的立场认为自己绝对客观正确,而且在此立场之外的都是对立面,面对对立面的批评可以不顾态度,不择手段。

苏雪林是一个相当矛盾的人,一方面口口声声宣称文学应该像一个无所不有、无所不包的大花园,对左翼文学家们非此即彼的批评态度极为反感;另一方面,当自己面对鲁迅、郁达夫、郭沫若、张资平等作家时,也立显非此即彼的两极思维,把对方贬得一文不值,连批评的语言也是她自己所深恶痛绝的"骂街"式文字。而且在这种自认为"正义"的前提下,自己可以无所不用其极地进行批评甚至批判,但一旦当别人反批评时,她就无法承受。因为在她看来,"非正义"的怎能批评"正义"的。周作人曾经在给孙伏园的信里谈到这样一种人:"我最厌恶那些自以为毫无过失,洁白如鸽子,以攻击别人为天职的人们,我宁可与有过失的人为伍,只要他们能够自知过失,因为我也并不是全无过失的人。"② 苏雪林当然不会认为自己完全无过失,但在道德层面却常常自觉"洁白如鸽子",所以,总是"己所不欲,却施于人"。

对创造社诸君尤其是郁达夫,苏雪林使用的依然是这种极端的批评思维和模式。在她眼中,郁达夫就是一个"色情狂"作家,从人品到艺术都全面予以否定。曾经在日记中给予她不俗评价的郁达夫,见到苏雪林的批评文章以后非常生气,在《所谓自传也者》中作出不点名的反击:

> 况且最近,更有一位女作家,曾向中央哭诉,说像某某那样颓废、下流、恶劣的作家,应该禁绝他的全书,流亡三千里外,永不准再作小说,方能免掉洪水猛兽的横行中国,方能实行新生活以图自强。照此说来,则东北四省的沦亡,贪官污吏的辈出,天灾人祸的交来,似乎都是区区的几篇无聊的小说之所致。③

---

① 胡适:《胡适书信集》(下),耿云志、欧阳哲生编,北京大学出版社 1996 年版,第 1701 页。

② 周作人:《一封反对新文化的信》,载黄开发编《知堂书信》,华夏出版社 1994 年版,第 18 页。

③ 郁达夫:《所谓自传也者》,原载《人间世》,1934 年 11 月 20 日第 16 期,载《郁达夫全集》(第四卷),浙江大学出版社 2007 年版,第 255 页。

面对激烈的批评，郁达夫的回应已经算是相当克制的。而且的确看出了苏雪林的问题：她把文学的作用过于夸大化，正如把青年"左倾"的责任全部算到鲁迅的头上，把青年"颓废"的责任则记于郁达夫名下。但苏雪林看到此文以后，认为郁达夫"对余大施报复，语甚下流粗恶，令人欲呕，虽无理会之价值，然心中究不好过"①。可玩味之处在于，明明是她自己先对人以恶劣的批评，而别人的回应虽不能说善意，至少没有"下流粗恶"，她却"心中究不好过"。这种只许州官放火，不许百姓点灯的思维正源自于她"正义的火气"，以"正义"的名义所作的批评即使过火也是不容许反驳的。

苏雪林的文学批评在此呈现出一个非常有意思的悖论，她往往以理性为旗帜，却不时进行非理性的批评；她以道德自我标榜，却以非道德的形式对作家进行审判。朱寿桐对新人文主义者的一段评价放在这里解释苏雪林这种行为的动因或许有几分道理：

> 一般而言，特别是在整个世界都趋向于红尘滚滚的"感情奋张"情状下，倡言理性会显得特别的死板、冷清且不合时宜，或许至多只能博得三两个同样寂寞到无聊程度的学者嘲骂式的回应。有时候到无聊的理性倡导者既然无法赢得些许喝彩或积极的回应，便很自然地转向对于嘲骂式的回应的寻求，于是他们不恤采用比较激烈的甚至是偏执的批评，试图刺激其某种可能的嘲骂与回应，这时他们甚至会忘记自己所倡导的内容，以同样激烈或偏执的情绪甩开了理性。几乎没有一个倡导理性的思想家会始终以理性的态度对待非理性的理论及其倡导者，然而这并不意味着他们对理性的背叛，只能理解为他们对理性状态的极度焦虑，以及对理性倡扬的不遗余力甚至歇斯底里。②

从30年代初到抗日战争全面爆发的这段时间，从新人文主义立场出发，苏雪林对当时文坛的种种流弊提出了不少发人深省的看法，也贡献了一批优秀的新文学批评，成为她整个文学活动中最具价值的部分。同时，由于她的批评理念中有过于浓重的道德评判的倾向，导致在对一些作家的

---

①　转引自王娜《苏雪林一九三四年日记研究》，载《长江学术》2009年第1期。
②　朱寿桐：《新人文主义的中国影迹》，中国社会科学出版社2009年版，第142页。

判断上出现偏差，甚至粗暴。尤其是毫无底线的"反鲁"，更成为苏雪林批评生涯的硬伤和污点，从而影响了她在文学批评这个领域的声誉和发展。

随着抗战的开始，她的创作重点转向民族主义文学的写作。

第四章

民族想象：苏雪林的抗战写作

> 民族被想象为一个共同体，因为尽管在每个民族内部可能存在普遍的不平等与剥削，民族总是被设想为一种深刻的，平等的同志爱。最终，正是这种友爱关系在过去两个世纪中，驱使数以百万计的人们甘愿为民族——这个有限的想象——去屠杀或从容赴死。

> ——本尼迪克特·安德森（Benedict Anderson）

在中国，现代意义上的民族国家意识的萌发从晚清开始。鸦片战争以后，随着国门多次被西方列强的坚船利炮打开，中国的知识分子发现自己所处之地并不是天朝上国，所谓"天下"只不过是一场虚幻的美梦。"西方的入侵不仅给中国最初带来民族危机，而且同时也带来了有关国家的知识和想像。它要求着民族国家主体的建构。"① 陈独秀就曾说他是到了八国联军进入北京之后，才知道世界上的人是分作一国一国的。随着民族危机的日益加深，中国与西方列强在政治、经济、文化上的冲突日益加剧，一些有识之士认识到，只有建立西式的民族国家才能抵御外侮、赢得尊严。由此，现代民族意识开始形成，民族主义在中国自晚近以来的历史发展过程中成为"一以贯之"的"潜流"②。应该说，晚近以来的各种思潮后面都有一个民族主义的动因。且不说那些明确标榜为民族主义或国家主义的社团、流派，即便是五四启蒙一代，宣扬普世价值，提倡世界主义，其根本原因还是希望以此来改造国民性，强大国力，挽救国家民族于危亡

---

① 韩毓海主编：《20世纪的中国学术与社会·文学卷》，山东人民出版社2000年版，第60页。

② 罗志田：《乱世潜流：民族主义与民国政治》，上海古籍出版社2001年版，第1页。

之际。

苏雪林的写作很早就体现出民族意识的觉醒。在 20 世纪 20 年代创作的长篇自传体小说《棘心》中，当得知家乡遭匪的噩耗，她以大段的独白一面控诉军阀割据下中国的乱象，一面表白自己赤忱的爱国情愫："我是爱国的，永远爱国的。祖国呵！如果能使你好起来，我情愿牺牲一切，情愿贡献我的血，我的肉，我的生命！"[①] 晚年的她还回忆道，民国十七八年的时候，因醉心于民族主义，曾写信劝冰心易"母爱"为"民族大爱"，多作长篇史诗，"宣扬历史上民族英雄可歌可泣的故事，用以激扬国人的爱国精神"[②]。不过，她较为集中的民族主义的写作还是发生在抗日战争时期，民族、国家危在旦夕，民众陷于水深火热，个人颠沛流离，这一切让她更深切地意识到，拥有一个独立、统一、强大的现代民族国家是何等的迫切。

在此期间，她写了大量的散文，如《炼狱》《乐山惨炸身历记》《敌人暴行的小故事》等，控诉日军犯下的罪行；也写了一批政论文以响应政府的统一抗战，如《明末唐桂鲁诸王覆灭的主因》《武化与武德》《从军运动》等；还受国民党中央宣传部委托，写了一部近三十万字的爱国人物传记《南明忠烈传》以鼓舞抗日军民的士气；即便是那些被认为与梁实秋《雅舍小品》相类的"人生三部曲"等散文，貌似"与抗战无关"，其实也浸透着因战争导致生活失序后的各种自嘲；而这一时期成就最高的作品，当属她的历史小说创作《蝉蜕集》，既呼应了时代高涨的民族主义情绪，也具备很高的艺术性，堪称民族主义文学的范本。文学上的民族主义，实际上是以诗性的方式提供自我对民族的想象，以利于现代民族国家的争取和建构，苏雪林正是以她的抗战书写汇入了这一潮流。

第一节　复杂的民族意识

苏雪林没有系统的关于民族主义思想的论述，她使用这一概念都是在一种功利性的语境中进行，面对不同的命题她的阐释也往往随之变动，甚

---

① 绿漪女士（苏雪林）：《棘心》，北新书局 1929 年版，第 206 页。

② 苏雪林：《冰心与我》，原载《台湾新生报》副刊，1990 年 9 月，载《苏雪林作品集·短篇文章卷（4）》，苏雪林文化基金会 2010 年版，第 11 页。

至相反。事实上，我们更倾向于把民族主义当成一个充满价值判断和意识形态内涵的政治概念，其话语本身缺乏丰富的内容，"内容上的贫乏反而使其能够在现实政治中发挥灵活多变的作用"①。在苏雪林的写作中，民族主义概念的使用常常纠结着种族论、国家主义等色彩，呈现出一种复杂的状态，我将从以下四个方面对其民族意识展开论述。

一　以种族论为基础

有学者曾归纳孙中山民族主义思想的发展脉络："综合孙文民族主义之发展，初期以排满复汉为重心，中期主张五族共和，晚期则强调反帝外抗强权，内除国贼军阀，并主张民族同化政策，惟亦设计民族自觉问题。"② 晚清时期排满复汉的种族革命自有其政治针对性和现实合理性，革命成功后，孙中山便以更开阔的胸怀来看待民族融合问题。但在 30 年代，苏雪林的民族意识竟然还停留在种族论的阶段，对孙中山的种族革命似有遥相呼应之意：

> 或者有人说，我们既缺乏民族意识，就直接参加世界革命的大队伍，共通奋斗好了，何必一定要经过这各自为战阶段呢？不知世界主义虽然是个好听的名词，我怕它无非是张永不兑现的支票，况且奴隶们也不配谈的，那不过使我们由一姓的奴隶变为公共的奴隶罢了。我们要讲世界主义，先须争得民族的独立和自由，要想争得民族的独立与自由，先须将那久被异族摧毁的"民族意识"一件宝具找回来。所以，孙中山先生所提倡的种族革命理论，依然没有失去时代性，双十节所代表的意义，依然值得我们再确实深刻地认识一番。③

此文发表时间在 1934 年，虽然离卢沟桥事变的发生还有几年，但九一八事变后，日本在东北、上海等地的侵略行为早已引起国民的公愤，苏雪林对民族意识的提倡自是有感而发。但问题在于，她不以孙中山晚期

---

① 倪伟：《"民族"想象与"国家"统制：1928—1948 年南京政府的文艺政策及文艺运动》，上海教育出版社 2003 年版，第 123 页。

② 孟德声：《中国民族主义之理论与实际》（下册），海峡学术出版社 2002 年版，第 364 页。

③ 苏雪林：《双十节与民族意识》，1934 年国庆为武昌华中日报作，载《苏雪林作品集·短篇文章卷（3）》，台湾成大中文系 2007 年版，第 4—5 页。

"反帝外抗强权"这样更具时代性和现实针对性的提法为理论依据，而是重提种族革命，这就让人觉得不知其所以然了。如果说可以认为，苏雪林这段话里并没有解释她所认同的种族革命理论具体内涵，她只是找这么一个概念来支撑其行文，那结合几十年后她谈起明清两朝皇帝虐杀之比较时的态度，就可以清晰理解其意思了："要说党狱的株连，明朝比满清更厉害，清朝文字狱每次所杀不过数十人或数百人，明太祖胡惟庸之狱滥杀至三万人之众……不过明朝诸帝仅属横暴无知，不像满清之故作精神上的虐杀，明朝诸帝仅加人以形体上的摧残，不像满清有意的侮弄，我以为后者所给人的痛苦，是远胜于前者的。何况明朝皇室是汉人，我们的同种，受同种的迫害，比受异族的凌辱，在感觉上总有些不同吧。"[1]

也就是说，苏雪林的民族概念始终停留在孙中山当初所倡导的"排满复汉"的层面，认为汉族才是中华民族正宗，其他都为异族。如果说当初孙中山提出"排满"主要是出于策略性的考量，那在满清政府已经被推翻几十年以后苏雪林依然坚持"夷夏之防"则显得不可思议。

究其原因，一方面出于文化上的优越性。苏雪林经常提到民族意识是鼓舞民族独立精神的兴奋剂和促进民族解放运动的原动力。要激起国民的民族意识，则必须让其国民感觉到民族的优越性，正如有学者指出，"民族主义信仰的核心是本民族的优越性以及缘此而生的忠诚与热爱"[2]。但对当时内忧外患的中国而言，经济、政治的优越性自是无从谈起，于是文化上的优越性则被人重视。苏雪林津津乐道于中国文化的是，中国历史上虽数次被异族如蒙古人、满人所征服，但这些民族最终却被汉人的文化所同化。所以当得知国民政府教育部要聘专家重编二十四史的时候，她就撰文指出："无论改编的廿四史也好，新编的中国通史也好，以汉族作为活动之本位是不用怀疑的。这并非汉族的自大，其实是历史的必然。"[3]

另一方面则出于现实的针对性。很多学者都把 30 年代的中国与明末作比较，把日军的入侵当成满人入关的又一次重复，同样都曾是中国文化的服膺者，同样犯下了野蛮的暴行，如"扬州十日"、"嘉定三屠"之于

---

① 苏雪林：《辛亥革命前后的我》，原载《作品》第四卷第一期，载沈晖编《苏雪林文集》（第二卷），安徽文艺出版社 1996 年版，第 79—80 页。

② 杨春时：《现代性与中国文学思潮》，生活·读书·新知三联书店 2009 年版，第 473 页。

③ 苏雪林：《中国通史和抗战史的编著》，1945 年春刊重庆益世报星期评论，载《风雨鸡鸣》，源成文化图书供应社 1977 年版，第 90 页。

"南京大屠杀"。苏雪林也看到了其中的相似性。所以她很多文章都以明末为比，警惕重蹈当年南明抗清失败的悲剧。在这种现实语境下，强调种族论既能够唤起当年被异族政权统治的屈辱记忆，又能够提醒民众，日军的侵华实际上是又一次的异族入侵，一不小心当年的悲剧又要重演，这样更容易激起国民的反抗情绪。

而且，苏雪林还强调，日本民族的残暴比当年入侵过我们的异族有过之而无不及："现代我们敌人之顽强狡恶，更远甚于蒙古满洲。他们不但想亡我们的国，并要毁灭我们的文化，改变我们的历史，进一步则完全消灭我们的种族。"① 文化与一个民族的关系犹如唇齿，用苏雪林的话说，文化沦亡，民族也将随之消灭，幸而未灭，也已成了没有灵魂的东西。持这种看法的不止她一人，郁达夫也曾经说过："文化是民族性与民族魂的结晶，民族不亡，文化也决不亡，文化不亡，民族也必然可以复兴的。"② 既然文化与一个民族的存亡息息相关，而今接受西方现代化洗礼的日本在文化上也已经超过我们，自不会再有武力征服我们之后，重走文化被我们征服的老路，因而，中华民族生死存亡的紧迫性可想而知。苏雪林正是希望通过这样的逻辑推论来激起民众对日本入侵的反抗。

二 以国家主义为指向

作为国民党官方意识形态宗旨的三民主义，从其字面上理解，民族、民权、民生三者不可偏废，事实上，民族主义始终被放在一个更重要的位置。"国民政府之所高扬民族主义的旗帜，除了情感的因素以及民族主义本身的合理性以外，政治的因素始终是一个非常重要的原因。"③ 也就是说，本身具有高度意识形态性质的民族主义，成为国民党维护其政权合法性的工具，其工具性高于民族主义本身的合理性。在国民政府那里，"民族主义"和"国家至上"是紧密地结合在一起的。正如杨春时所指出的，"在中国，民族主义与国家主义是一体化的，是同一思潮的两个方面。民

---

① 苏雪林：《让我们来盖第七层宝塔的顶》，原载《文艺先锋》，载《风雨鸡鸣》，源成文化图书供应社 1977 年版，第 137 页。

② 郁达夫：《抗战以来中国文艺的动态》，载《郁达夫全集》（第 11 卷），浙江大学出版社 2007 年版，第 303 页。

③ 高玉：《重审中国现代文学史上的"民族主义文学运动"》，载《人文杂志》2005 年第 6 期。

族主义是国家主义存在的理由，国家主义是民族主义的归宿。"①

自称自由主义立场的苏雪林与其老师胡适不同，从来都是站在政府的一边，在写作中所体现的民族意识有着明显的国家主义倾向。在那封与胡适讨论当前文化动态的信中，她就曾表明态度，认为现在的政府虽然还没有完全符合自己理想的标准，但她依然认为这"是二十五年来最好的一个政治机关"。她对左翼试图推翻现有政权的做法极为不满，认为政府如"有不到处，我们只有督责她，勉励她，莫不可轻易就说反对的话"。只有这样，"一盘散沙的民众，和漫无纪律的国家中，能产出一种强大的中心势力，利用这势力，内以促现代化之成功，外以抵抗强敌的侵略"②。虽然她也强调了"内以促现代化之成功"——这现代化究竟意指什么，并没解释清楚，到底包不包括政治民主化的内容还未可知——但是她的重点还是强调统一各派政治势力，建立集权的政府。这种观念，进入抗战以后自然更为坚定。

抗日战争爆发，先前分裂的中国知识界暂时获得统一，都站在民族主义的大旗下一致对外。但无论对左翼还是右翼知识分子来说，战争总有一天要结束，他们之间政治立场的分歧早晚要再次呈现。所以站在右翼立场的苏雪林，始终对此保持高度的警惕性，呼吁人们在抗日救国的同时，要始终警惕因左翼的激进而导致国家的分裂。

她在《明末唐鲁桂诸王覆灭的主因》一文中抛出一个问题：同为受异族的压迫和侵略，晋室渡江以后国祚延续了一百八九十年，赵宋南渡也偏安了一百三十余年，那为什么明末那些福王、鲁王、唐王等政权都在一二年内就土崩瓦解了？她认为最主要的原因是，诸王分立，互不相干，甚至为争正统大动干戈，自相火并，给予满清以各个击破的机会。很明显，苏雪林这篇文章的意图是醉翁之意不在酒，她试图以南明抗清失败的事例来吁请国内政治势力的联合统一，在文章的末尾她写道：

> 一国之中若有两个以上的政权，两种以上的军队，则一定要弄到像金堡所说："两大相抗，必至相离，两离相阨，必至于败"的不幸

---

① 杨春时:《现代性与中国文学思潮》，生活·读书·新知三联书店2009年版，第473页。

② 苏雪林:《与胡适之先生论当前文化动态书》，原载《奔涛》半月刊创刊号，载苏雪林《我论鲁迅》，传记文学出版社1979年版，第58—60页。

结果，若强敌在前，政权仍不集中，军纪仍不整饬，则败亡更快了。①

此文的影射已经非常明显。当然，在战时状态下提出建立一个相对集权的政府能够有效地集中全国的力量抵御外敌，但问题在于这个政府本身是真心在抗敌救国，还是利用民众的仇敌情绪来掩盖自身存在的弊病，甚至发国难财。事实上，当时就一度出现前方将士浴血奋战，后方各色人等大发国难财的状况。梁实秋说："讲到抗战时期的生活，除了贪官奸商之外，没有不贫苦的，尤以薪水阶级的公教人员为然。有人感慨地说：'一个人在抗战时期不能发财，便一辈子不能发财了。'"②

苏雪林自然意识到这一点，她也曾指出很多青年不愿参军的原因正是因为"抗战以来官吏之贪污，奸商之横行，社会之腐化，便把这一切归罪于政府，认为这个无能而又腐败的政府，实在不值得为之牺牲"。但她为政府辩护的逻辑又实在幼稚牵强。苏雪林进行文学批评时才华处处闪现，眼光独到，发人所未发，这一时期写的历史小说也成熟老到，但一写政论文，便常有荒唐的逻辑呈现。

针对政府的腐败，她解释说："国家与政府虽似一体而实非一体，我们现在所要为之牺牲的是永久存在的国家，而并非这个随时可以改进的政府。"这自然没错，中国人往往不能分清爱国与爱政府的区别，而政府也恰恰利用这种概念混淆来规避公众的监督。但苏雪林接下来却认为，政府腐败与无能虽然令人痛愤，但"这也是整个民族的罪恶，不是政府单独的罪恶。中国政府并不是异族或火星上来的人类建造的，却都是道道地地中国人民组织的，所有大小官吏也都是受过教育的知识份子"。因为政府的官员都是中国人，所以政府腐败的责任不在政府官员或者制度本身，而要算在每个中国人的头上，这是作为中国人的原罪。按此推论，你批判政府就是批判自己，所以大家别找政府的麻烦，而是从自己身上找问题，因为你也是中国人。这种逻辑体现不出苏雪林具备任何现代宪政民主的常识。

她解释的第二个理由是现实原因：物价日高，生活艰难。在这种状况

① 苏雪林：《明末唐鲁桂诸王覆灭的主因》，1945年春刊《益世报·星期评论》，载《风雨鸡鸣》，源成文化图书供应社1977年版，第93～98页。
② 梁实秋：《回忆抗战时期》，载苏雪林等《抗战时期文学回忆录》，文讯月刊杂志社1987年版，第46页。

下贪污之风势必大炽,"达官贵人有达官贵人的贪污,小公务员有小公务员的贪污,在上者不能责备其下,在下者也不能责备其上,论其法律来是人人可杀,论起人情来又个个可原"①。下面还有很多完全无法说通的论证过程,恕不再引。总之,苏雪林在表面是在把政府与国家分开,实际上却混为一谈,以至于你反对政府就是不爱国,爱国就应该无条件支持政府,所以她的民族主义最终指向的是国家主义,为执政者开脱罪责。

三　以反思启蒙重建民族自信心

苏雪林成长于"五四",接受了启蒙运动的洗礼,自己也曾以写作的实绩参与民族劣根性问题的讨论。如前所述,民族主义信仰的核心是本民族的优越性以及缘此而生的忠诚与热爱。如果在抗战期间继续执着于挖掘本民族的劣根性,那恐怕没有国民觉得这个国家值得自己为之牺牲来保护。在苏雪林看来,这一时期最重要的任务是重建一度失落的民族自信心,凝聚力量一致抗敌。为做到这一点,她首先开展的是对启蒙的反思,认为民族劣根性一说为他者对中国形象带有恶意的建构。

曹禺于 1941 年发表话剧《北京人》,苏雪林敏锐地指出,剧中出现的人猿形象跟陈独秀当年在《新青年》上提倡的"兽性主义",以及后来沈从文对苗瑶生活的鼓吹是一个谱系,都试图为中华民族注入一份蛮性的力量,使中华民族的精神更为强健。但她对这部话剧整体上是否定的,原因就在于曹禺剧中对旧文化的批判问题。苏雪林认为,自从鸦片、甲午战争以后,中国人便已开始怀疑自己的传统文化。"五四"以来,诅咒旧文化之声,"更洋洋乎其盈耳"。周作人一提到中国国粹,便会联想到辫子、缠足、太监、鸦片;鲁迅则把烧丹、炼汞、打拳、扶乩和河图、圣经、贤传拉扯一起,嘱咐青年:"假如上述这些阻碍了他们生存与发展时,就该毫不留情将其打倒。"茅盾在《子夜》里把中国旧文化象征为吴荪甫的老太爷,一到代表资本主义文明的上海便受不住刺激而死去。苏雪林说,现在曹禺也把琴棋书画、补药寿材来比拟旧文化,不算是什么新鲜的意见。

然后她进一步质疑道:

---

① 苏雪林:《让我们来盖七层宝塔的顶》,原载《文艺先锋》,载《风雨鸡鸣》,源成文化图书供应社 1977 年版,第 133—140 页。

　　不过，我要请教曹禺先生，这些是文化的全貌，还是文化的支节？是文化的精华，还是文化的渣滓？我们的圣贤曾否教训过我们吃补药、漆寿材、裱字画、喂鸽子、甚至抽大烟；抑这不过是不良习惯的累积和悠闲生活的酵化？世上那一种悠久的文化没有这些沉淀的质素呢？①

　　当然，不能否认苏雪林的发难有政治上的因素，因为她在曹禺所塑造的北京人身上，看出鼓励民众跟随共产主义跑的倾向。另外，她也借此展开其对启蒙的反思：在当年启蒙者们看来是民族根性的那些弊病，苏雪林认为这并非"文化的全貌"，而且也不独中国所有，甚至都不算什么劣根性，只是"不良习惯"而已。

　　事实上，她在这里偷换了概念，曹禺只是用"吃补药、漆寿材、裱字画、喂鸽子"喻指中国文化的惰性和腐烂，需要注入新生的活力才能重新强大起来，而苏雪林故意把喻指当实指，指责曹禺纠结于中国文化的细枝末节。从根本上来看，苏雪林不希望在这样一个重建民族自信心的关头，继续当年启蒙时期对中国传统文化的抨击。

　　在另一篇文章《敌人虐杀的心理》中她明确指出，启蒙者所谓的民族劣根性其实是来自日本官方和学者的建构，是为有一天入侵中国所做的准备。她分析到，日本对于我们这个拥有五千年文明和四万万民众的大国素怀敬畏之心，叫国民侵犯我们总不免心虚胆怯，所以三四十年以来极力营造其国人蔑华的心理：

　　　　一方面向本国向世界编造中国的谣言，揭发中国人种种劣点，让他本国和世界明白中国民族是怎样的不长进，是怎样的该作他们的"口食"；另一方面影响中国人的自尊心和自信力，自认劣败，甘心受他们的欺凌宰割，不再抵抗。

　　她列举日本试图恶意建构中国民族劣根性的书籍，有《支那文化研究》《支那国民性与思想》《从小说看出的支那民族性》等，像我们所熟

---

　　① 苏雪林：《评曹禺的北京人》，原刊民国 1942 年重庆《妇女月刊》，载《风雨鸡鸣》，源成文化图书供应社 1977 年版，第 195—200 页。

知的芥川龙之介的《中国游记》,也对中国的下层社会极尽挖苦之能事,文笔尖酸刻薄。至于如内山完造的《一个日本人的中国观》,她则认为:"书中对于中国下层社会人物像阿妈、仆人、商店伙计互相回护的'义气'虽像有点赞许,但中国下等人的狡诈、奸猾、贪婪、善于中饱、工于舞弊那些病根,也就在反面呈露。"不仅如此,苏雪林指出,日本人还设立"中国陈列馆",举行"中国文化游行展览",将鸦片烟具、绣花鞋、麻将牌、旧式法庭的刑具、迎神赛会的仪仗等,一切象征颓废、堕落、迷信、愚陋的东西都尽量收罗展览。苏雪林分析到,日本人宣传中国的种种缺点,在先不过是种政策,原非尽出于真心,但久而久之连自己也忘其所以,以为中国人真是宇宙间最不堪的民族。①

顺便说一句,当下一部分学者认为,五四启蒙一代所进行的国民性批判,是西方"殖民主义者为满足他们的需要而建构的妖魔化东方形象"的结果,"中国人的缺点,都是人性缺陷的一部分。不存在一种独属于中国人的劣根性和罪性,全人类只有一种人性,而人性的缺陷都是相通的、相同的"②。这样的观点并不新鲜,至少苏雪林早在 70 年前就已经在这样思考。当然,苏雪林的思考有其特殊的语境和目的,在民族存亡的生死关头,她认为只有通过对启蒙的反思,扭转国民对自己民族劣根性的悲观,才能重新建立民族的自信心,以便更有力地进行抗日。

通过对中国文化和历史的清理,苏雪林发现,近百年的屈辱史让中华民族丧失了自信力。但她认为,一个民族表面的力量可以估计,潜伏的力量则无从测算,而中华民族正是有着无穷的"潜势力",只要"四万万五千万人的精力集中一点,真是至大至刚,塞乎天地之间,沛然而莫之能御"③。

四 鼓吹尚武精神

赴台后的苏雪林曾总结自己思想的四个方面:第一是反共信念的早定;第二是民族文化的爱护;第三是尚武精神的发扬;第四是伦理道德拥

---

① 苏雪林:《敌人虐杀的心理》,载《屠龙集》,商务印书馆 1941 年版,第 165—167 页。

② 摩罗:《"国民劣根性"学说是怎样兴起的?》,载摩罗、杨帆编选《人性的复苏:国民性批判的起源于反思》,复旦大学出版社 2011 年版,第 1—12 页。

③ 苏雪林:《中国民族的潜势力》,载《屠龙集》,商务印书馆 1941 年版,第 143 页。

护的顽固。① 其中第三点正是在抗战期间呈现的。

苏雪林强调自己从小就富尚武精神，倾慕花木兰、秦良玉、圣女贞德等巾帼之杰，这种自小萌发于心中的情结一逢国家危亡之际便爆发出来。1935 年，胡适在《南游杂记》中谈到武化问题，认为中国人学习西方的武化比学习西方的文明还要困难，因为中国是一个受八股文人统治的国家，有贱视武化的风气，而国家民族争生存的希望只有通过青年人的武化才能够实现。② 此后，顾毓琇、熊伟等人都撰文加入了这一讨论。

针对胡适等人提出的武化问题，苏雪林发表《武化与武德》一文阐释自己的观点。需要指出的是，苏雪林长于审美不擅思想，很少提出原创性命题，并且其思考也不脱前人的窠臼，此文思想的源头正出自梁启超。梁启超是中国近现代文化的一个灵魂人物，晚近以来的诸多命题都可以从他那里找到出处，苏雪林的鼓吹武德无非是他的《论尚武》的现实翻版。因而有必要结合梁启超的论述来阐释苏雪林的观点。

一是武化与武德的关系。苏雪林认为，无论什么制度，如没有一种哲学思想作为根据就好像一个"徒具五官百体而缺少灵魂"的人，没什么作用。具体说来，就是武化必须以武德为前提："我们提倡武化而不知培养武德，这武化也就没有了灵魂，这武化的根基是薄弱的，体系是松懈的，不但不能发生多大力量，而且经不得几回猛烈的打击，便要完全解体。"③ 苏雪林关于二者关系的论述在梁启超的《论尚武》中也明确提到，"彼所谓武，形式也；吾所谓武，精神也。无精神而徒有形式，是蒙羊质以虎皮，驱而与猛兽相搏击，适足供其攫啖而已"④。梁氏所谓的形式之"武"其实就是苏雪林所指的武化，精神之"武"则是指武德，缺乏武德的武化正是"蒙羊质以虎皮"，早晚还是要成为敌人的吃食。两人都认为必须要先解决思想意识上的问题才能推行武化，那这武德究竟是什么？其实就是"尚武精神"。

二是中国人不武的原因。西方人常说中国是世界上最不武的民族，中

① 苏雪林：《风雨鸡鸣》自序，源成文化图书供应社 1977 年版，第 1 页。
② 胡适：《南游杂记》，载《胡适文集》（第 5 卷），北京大学出版社 1998 年版，第 641—644 页。
③ 苏雪林：《武化与武德》，原刊 1937 年《文艺月刊》，载《风雨鸡鸣》，源成文化图书供应社 1977 年版，第 114 页。
④ 梁启超：《新民说》之《论尚武》，载《梁启超全集》（第三卷），北京出版社 1999 年版，第 712 页。

国的历史就是一部不武的历史。但苏雪林认为，中华民族并非天生不武，
从孔子的"有文事必有武备"，到吴子的"明主……必内修文德，外治武
备"，从孟子的"文王一怒安天下"，到荀子的"仁人之兵，所存者神"
等都是强调要文武兼备。就历史而言，自三代到秦汉到隋唐，便是一部华
夏民族与野蛮民族竞争的壮史。梁启超也曾专撰一文《中国之武士道》
"述春秋战国以迄汉初我先民之以武德著闻于太史者"，认为不武并非中
华民族的天性，而是后天养成的第二性。[1] 中国真正不武的历史是从唐以
下开始，其原因梁启超指出有四点：国势之一统；儒教之流失；霸者之摧
荡；习俗之濡染。苏雪林对此完全认同，并指出，除此之外，文化的烂熟
也是重要原因之一："尚武精神原是人类野蛮天性的表现，人类文化愈进
步，则野蛮天性愈归淘汰，文明民族为野蛮民族所蹂躏和屈服，历史往
例，素见不鲜。"[2]

　　三是武化的哲学根据。苏雪林提出两点，其一是生存竞争律法的可
怕。她说，我们固然爱读克鲁泡特金的互助论，却也不敢排斥达尔文的物
竞说；我们固然赞美托尔斯泰的无抵抗主义为仁者之言，却也不敢鄙薄尼
采超人学说为狂人的梦呓。"在这能自强者生存，不能自强者灭亡的铁面
无私的自然巨人之前，我们除了挣扎、奋斗、向上、从死中求生，从绝路
中杀出一条血的出路，别无办法。"其二是要认清民族敌人日本武化的可
怕。日本虽然在文化上已追赶欧美，野蛮天性却没有失去，武士道精神为
其立国的根本和民族的灵魂。梁启超也指出，日本以区区三岛，兴立仅三
十年，"顾乃能一战胜我，取威定霸，屹然雄立于东洋之上也，曰为尚武
故"。所以，日本虽为目前中国最大的敌人，但苏雪林对日本人深入性灵
的忠君爱国观念和根深蒂固的武士道精神还是心悦诚服的。

第二节　《蝉蜕集》：民族主义文学的范本

　　20 世纪 30 年代初，为了打压左翼作家对无产阶级文艺的提倡，统一
国内的文艺思想，潘公展、范争波、王平陵、朱应鹏、黄震遐等人成立前

---

　　① 梁启超：《新民说》之《中国之武士道》，载《梁启超全集》（第五卷），北京出版社
1999 年版，第 1383 页。
　　② 苏雪林：《武化与武德》，原刊 1937 年《文艺月刊》，载《风雨鸡鸣》，源成文化图书供
应社 1977 年版，第 114—115 页。

锋社，提倡民族主义文艺运动。且不说其理论有无说服力，但这个运动没有产生什么像样的作品，却是不争的事实。苏雪林是赞成倡导民族主义文学的，但也认为"可观的成绩，则颇不多见"。其理由，她认为一是左翼文学的打压，二是"缺乏可以采取的题材"。

苏雪林应国民党中央宣传部撰写过一本以晚明抗清为题材的历史人物传记《南明忠烈传》，她颇为自信地表示，这里面大大小小几百个仁人志士抗清的故事可以作为民族文学写作的源泉，"替新文学开一条新路"①。至于她自己，也从中撷取材料写了六篇历史小说，后加一篇嘉靖年间抗倭故事结集出版为《蝉蜕集》。相比抗战期间很多爱国作品的直白粗糙，这个历史小说集写得大开大合，用夏志清的话说，"作者对传统的叙述方法运用得极为娴熟"②，是苏雪林一次成熟的创作。当然，我无意拔高这本小说集的艺术成就，只是认为，作者在民族大义的时代主题下，没有僵化自己的审美感觉，坚持把生冷的史料人情化和心灵化，既完成了与时代共振的历史任务，也没有丧失文学本身独立的审美品格，使作品具有了一定的超越性。

一　如何想象中国

在《偷头》一篇中，明朝遗民高宇泰在朋友中讲了这样一个故事：南明王朝将领田雄，感觉朝廷将要不保，故抢了其主弘光帝献给清军请功。"弘光在他背上挣扎不脱，恨极了，把他胳膊上的肉咬掉了一块。后来创口虽合，却变成了个人面疮，每逢夏五月初次被咬的时节，便要发作一回，痛得他躺在床上直嚎。有一个医生教他用猪肉切成薄片贴在患处，那疮就张开口来把肉一片一片吃下去了，一天竟要用上三斤猪肉，才可略略止痛。并且这病每发一次，便加重一次，将来想必是要由这孽症送终的了。"

这样一个与常识不符的传闻，讲述者讲得津津有味，并不以其为夸张，旁听者频频点头，也颇觉得痛快。与这种以因果报应的逻辑痛诋叛敌者的思维相对应的是，这些遗民反过来渲染了殉节忠义者的悲壮。同样是《偷头》中，经由人物之口述出，督师王翊一箭中左颊，一箭中肩胛，一

---

① 苏雪林：《南明忠烈传》自序，国民图书出版社 1941 年版，第 4 页。
② 夏志清：《中国现代小说史》，复旦大学出版社 2005 年版，第 57 页。

箭射胸膛，两箭射肋下，竟似木桩分毫未动;一兵割其左耳，一兵砍其额角，依然不倒;最后被砍下头颅，背后被重推才倒下。这些看似荒诞不经、被添加太多感情色彩的传闻却似一个隐喻:这种以善恶有报为指向的坊间传闻，传达的是忠奸对立、爱憎分明的民间伦理，它暗示着苏雪林此时的创作已不再坚持五四启蒙时期高扬理性的精英立场，而是以符合大众情感心理需要为追求，目的是激发民众对侵略者和叛国者的仇恨，达到其宣传抗日、捍卫民族独立的目的。从广义上说，这自然可以归入民族主义文学的创作大潮。

　　本尼迪斯克特·安德森否认民族由血统、肤色、语言、风俗等自然属性所决定，而把之当成被构建的符号体系，是一个"想象的共同体"。①正因为此，谁在参与想象，通过什么样的符号来进行想象，以及试图通过这样的想象预期达到怎样的效果等都成为重要的问题。面对抗日战争这样一个全民主题，要激起民众团结一心、抵御外侮的决心，把中国想象成一个勇敢无畏、不屈不挠的伟大民族显得至关重要。在这种想象建构中，历史自然是不可或缺的一环。沈松侨认为，晚清知识分子面对国家的内忧外患，曾经构建过一个"民族英雄系谱"，从民族的历史记忆中发掘过往的英雄人物和光荣事迹，作为民族成员效仿师法的道德模范，以推动近代中国的民族想象。这个系谱的主脉由岳飞、文天祥、史可法、郑成功等"抗御外族"的民族英雄所构成。②

　　五四启蒙运动以后，国民性改造成为中国知识界的主要任务，他们不再专注于建构民族的光荣史，而是发掘民族的劣根性，以期对国民进行精神改造。至于带有浓重儒家忠孝仁义观念的"民族英雄"们，也是作为"封建"一词的对等物被划入被批判的行列。进入 30 年代，民族危机又

---

　　①　[美]本尼迪斯克特·安德森:《想象的共同体:民族主义的起源与散布》，吴叡人译，上海世纪出版集团 2003 年版。

　　②　沈松侨:《振大汉之天声——民族英雄系谱与晚清的国族想像》，载《中央研究院近代史研究所集刊》(第 33 期)，台湾"中研院"近代史研究所 2000 年版，第 81—149 页。本文中的国族即我们通常意义上的民族概念。作者引用大量论据证明历史叙事与国族的密切关系，如 1882 年，Ernest Renan 在他那篇著名的演说《何为国族?》中，便已明白指陈:"辉煌的历史、伟人、荣誉等等，乃是国族形成的社会资本。"Anthony Smith 也指出:"为了创造一套足以令人信服的'国族'表述，必定先要重新发现并夺占(appropriate)一个光荣而独特的'过去'。"社会学者 David McCrone 甚至强调:"任何'国族'都必须有历史，否则便无法成为'想像的社群'。"他还引述了 Ernest Gellner 的警句:"没有历史的国族，乃是没有肚脐的国族。"

一次爆发，"要想叫国民爱国，必须使他们感觉国家之可爱"，中断的
"民族英雄系谱"又被一些文人学者所接续，苏雪林对晚明抗清者的书写
可以看作是对这一过程的参与。

　　问题在于，她为什么选择晚明？明朝最终灭亡于满族人之手的结果，
会不会引导民众回顾这样的历史而造成悲观的情绪，会感觉这是又一次历
史的轮回？事实上，当时一些学者如周作人就持此悲观的看法。为什么不
可以选择历史上抵御外族更成功的朝代的事例呢？苏雪林看到了这一点，
她的解释是："我们现在的抗战，系争取最后的胜利，准备将来再造国
家，复兴民族，与明朝之终于灭亡，当然绝对不同。但抗战时期内，种种
可恶可悲的现象与过去时代相类似者却也未免太多了。"但更重要的原因
是，明末出现了太多可歌可泣的抗清故事，她引用梁启超的话说："晚明
风节之盛冠前史。"[①] 失败并不重要，关键是这些不屈不挠的失败者最终
被表述成民族精神的具体象征，忠诚、高贵，充满自我牺牲精神，以便激
发后代子孙仰慕追法、为挽救民族危亡献身的信念与决心。也就是说，与
那些所谓盛世帝王的功绩相比，这些爱国者的精神更能代表中华民族的形
象，只要这种精神不灭，民族自然可以长存。苏雪林正是在这个意义上展
开自己对中国形象的建构。

　　具体说来，一部《蝉蜕集》主要表现了三类正面形象：

　　　忠臣：黄道周（《黄石斋在金陵狱》）；王翊、冯京第、钱肃乐
　　（《偷头》）；王江（《蝉蜕》）；张肯堂（《回光》）；瞿式耜、张同敞
　　（《秀峰夜话》）
　　　义仆：石姓仆人、明姓仆人（《偷头》）；孙继（《回光》）；土著
　　老兵（《秀峰夜话》）
　　　遗民：江汉、全美闲、蔡剑锷、周御天等（《偷头》）；无凡和
　　尚、陆周明、陆春明（《回光》）

　　当然，主线自然是第一类，另两类是作为其衬托和补充。义仆们往往
是受其主人对国家的忠诚感召，要么一同赴死，要么留下来抚养少主；遗
民们除为那些忠臣收拾残骸外，还相约不仕，渴望有一天能反清复明。在

---

①　苏雪林：《蝉蜕集》题记，商务印书馆 1946 年版，第 3 页。

苏雪林看来，这些人身上都浸染着值得后世效法的民族气节。

有人指出她所宣扬的民族气节，"既具有特定历史时期的带狭隘种族主义色彩（反清复明）的爱国主义倾向，又混杂着明末的遗民气味、儒家的伦理观念和封建士大夫的愚忠思想"。其结果就是，"她或许并不希望人们做日寇的奴隶，却确确实实希望人们做蒋家王朝的奴隶了"①。以预设的政治立场批评作家对某一政治势力的愚忠，是过于苛责，因为围绕历史叙述，自然无法摆脱当时的情境。但他指出苏雪林提倡民族气节的内涵近于儒家的伦理观念，却是不争之论。这正是苏雪林的困境，用现代民族国家的观念去鼓舞民众的抗敌意识，远不如在民间有几千年潜移默化基础的儒家伦理观念更有效果。

苏雪林并非没有意识到这些问题。一方面，她在这些作品中尽量少去讨论政权、道统的正当性问题，而是把这些人物的死节归因于对民族的责任感和对亡国灭种的抗争。另一方面，在肯定儒家主流的同时她也提出了自己的质疑。无论是《黄石斋在金陵狱》中的黄道周，《偷头》中的王翊，还是《回光》里的张肯堂，《秀峰夜话》里的瞿式耜，我们发现，她笔下的这些忠义之士几乎都是文人。她曾谈到自己的一个发现，说自北宋与异族周旋以来，仗义死节者多为文人，贪钱怕死者多为武人，原因在于我们的传统文化中标榜人格的力量，文人自是受文化的影响更大。这种武断的推论过程有着鲜明的苏雪林的色彩，但也并非完全没有道理，因为在当时知识者的眼中，文化之于民族是一而二、二而一的问题，文化中的力量被强调，代表文化力量的文人被褒扬，可以提供给民众一种印象：这个有着几千年文化传统的古老民族是不会轻易被异族所灭亡的。

但是，苏雪林的思考并没有停止。因为必须要解释的一个问题是，为什么中国文化有此坚韧的力量，为什么中国文人多出王翊、黄道周这样的忠义者，国势最终还是颓败如此，还是沦于异族的统治之下？在《秀峰夜话》中，张同敞发出感慨："我中华堂堂大国，数千年礼教之邦，何以竟会被东胡犬养之族欺凌到这地步。这是人谋之不成，还是真有什么定数存焉……"

问题的答案，苏雪林则是借瞿式耜之口给出。整部《蝉蜕集》，《偷头》《蝉蜕》以故事见长，《秀峰夜话》重议论、轻叙事，更像一篇中国

---

① 杨义：《中国现代小说史》，人民文学出版社1986年版，第292—295页。

文化的论文。瞿式耜洋洋万言的核心意思是，中国文人多受过儒家"知其不可而为之"思想的熏陶，临危赴死的气节自然值得敬佩，但这些儒生往往缺乏经世致用的能力，"国家之要求于我们的，不但是死，而是要我们干，苦苦的干，实实的干，鞠躬尽瘁、死而后已地干"。他甚至认为，我们儒教中所缺少的实干精神可以用西方宗教来补充，这样才能做到知行合一，于国于民有真正的益处。因历史上的瞿式耜原本就曾皈依基督教，所以苏雪林写来并不让人觉得突兀。正是瞿式耜身上寄托了苏雪林理想中的知识分子特征，他以一人之志坚守桂林整整七年，但终因大势无法挽回而慷慨赴死，既有忠贞不二的气节，又有经世致用的能力。在苏雪林的民族想象中，这才是中国形象的真正代表。

二　历史与现实的互见

恐怕没有小说家会认为写历史小说要像著史一般遵循"其文直，其事核，不虚美，不隐恶"的原则，他们的共识不外是，以历史事实为基础，但又呈现出一定程度偏离历史事实的倾向，在历史真实和艺术真实之间寻找到平衡点。但问题在于，这个平衡点并不容易界定，鲁迅就认为，就历史小说而言，有"博考文献，言必有据者"，也有"只取一点因由，随意点染，铺成一篇"者。① 也就是说，前者更重历史真实，后者更重艺术真实，他自己的《故事新编》显然更接近于后者。但无论这个平衡点更靠近历史还是艺术，有一点是可以肯定的：历史本身并不是表达的目的，现实才是其指向。福柯不是有一句话吗？重要的不是神话讲述的年代，而是讲述神话的年代。

苏雪林在《蝉蜕集》的题记中就直陈："历史小说也和历史一般，其任务不在将过去史实加以复现，而在从过去事迹反映现在及将来，所谓'彰往察来'，使人知所鉴戒。"② 在历史小说家如何处理历史与现实的关系上，日本作家菊池宽曾提出两种可能：一是"将历史的记录中得来的主题，藉实生活中得来的感情和想象的帮助而小说化"；二是"将现实生活中得来的主题，藉历史记录中得来的感情和想象的

---

① 鲁迅：《故事新编》序言，载《鲁迅全集》（第 2 卷），人民文学出版社 2005 年版，第 354 页。

② 苏雪林：《蝉蜕集》题记，商务印书馆 1946 年版，第 3 页。

力量而小说化"。① 如果说苏雪林通过宣扬晚明抗清英雄们的民族气节,以达到其鼓舞民众抗日情绪的目的属于第一种做法的话,那她在这些历史人物身上注入自己对现实的种种观察和人生体悟则属于第二种做法。这一节要论述的正是后者。

其一,在理智层面,借历史批判现实。

《丁魁楚》是整个小说集中唯一以负面形象为主人公的一篇。其他各篇要么讲述一个完整的故事,要么渲染主人公人生的某个片断,本文更像丁魁楚的人物小传,勾勒了他靠投机发达,又因投机丧命的不光彩的一生。小说一开篇,作者说,"脸厚、心黑、手长乃是一般人做官的秘诀"。三者只要具其一,就能在朝廷中站稳脚跟;居其二则可以到处得意;如果三者兼备则飞黄腾达,名利双收。很不幸,我们的主人公对这三者揣摩得"熟而又熟,透而又透"。崇祯朝,丁魁楚靠巴结大学士温体仁就成了封疆大员;弘光即位南京后则又攀附上阁臣马士英,先得擢升兵部右侍郎兼副都御史,后外放两广总督;南京陷,弘光掳,则想挟靖江王为奇货以成拥立之功,后知唐王已即位闽中,改元隆武,则翻手为云覆手为雨,擒了靖江王解闽处死,得封平粤伯;隆武殉国,桂王在肇庆被拥立,他靠接纳太监王坤而得任首辅;等到清军兵临城下,桂王败逃,他又跟清军提督、明朝降将李成栋私下接触,表示归顺之意,最后被砍了脑袋,辛苦四十年积累的财富全归了李成栋所有。

苏雪林之以丁魁楚为表现对象,并不是他身上有多传奇的故事,而是这个形象有很强的现实针对性。抗战期间,前线战士奋勇杀敌,后方官员却贪墨成风,以致梁实秋曾感叹,一个人在抗战时期不能发财,便一辈子不能发财了。而苏雪林以历史作为镜像,能够给现实以暗喻、借鉴和规约。她的清醒在于,没有因一味宣扬民族气节而掩盖了对现实的批判。事实上这正是一个问题的两面,无论是正向宣传还是反向批判都是以服务抗战为目的。

除《丁魁楚》外,《蝉蜕》《王秃子》中都有贪腐的官员出现,尤其是《蝉蜕》一篇。在该小说的结尾,那位闽浙总督陈锦,当听说被扣留的明朝官员王江逃走了并不生气,而是对负责看守的冯都司说:"你的事

① 〔日〕菊池宽:《历史小说论》,洪秋雨译,载《文学创作讲座》(第1卷),光华书局1931年版,第13页。

让我来想法子替你弥缝。可是今天晚上，你把王姨太太用顶小轿抬到我衙门里来，悄悄地，不许让人知道。你懂得了么？现在你就起来去吧。"这个结尾极富想象力。整个小说是写王江如何和妻子演一出离婚闹剧，先后如金蝉脱壳般逃离了清军的控制。这件事应该是有所出处，但至于王江的姨太太如何风流媚人，陈锦是否对其动心则不可能有记载。这个陈锦到底是个什么样的官员，苏雪林始终没予正面评价，只是这最后一段话一出，一个色迷心窍的无赖嘴脸顿时跃然纸上，读者甚至可以揣摩，也许他内心深处巴不得王江逃脱，这样他才能顺理成章地把垂涎已久的王姨太太据为己有。这正是苏雪林的灵活之处，她并不拘泥于事事有据，而是善于在历史的空白处填充个人的想象，使小说回归自己的文学本质，又达到了其借古讽今的目的。

除讽刺贪官污吏外，《秀峰夜话》中对当时物价上涨、百姓生活困窘的现实也进行了表现。苏雪林后来感叹："然本书仅提供了一个物价无限制上涨之危险，与一个贪污官吏为害国家的实例，其他想叙述的都未曾如愿，自己亦颇抱憾。"[①]

其二，在情感层面，借历史人物抒个人胸臆。

苏雪林在思想上不善于标新立异，所以她的历史小说在历史观上没有出现过根本性的颠覆，不会如郭沫若一般为历史人物做翻案文章。尽管如此，她还是会在尽量保持历史真实的前提下，于人物的生活、遭遇或者个性中注入个人的主观情感，往往有对人物的身世之叹，即所谓以他人酒杯浇胸中块垒。这些小说中的细节甚至可以和她同期的散文做互文性读解。

首先是战争之苦。《回光》是一篇比较特别的历史小说，苏雪林以类似于电影闪回的手法让张茂滋在死之前，回忆了从祖父带领一家人自杀殉国，到他流亡、被俘、坐牢以及出狱的经历。按说他祖父张肯堂以死殉国的民族气节应该作为主题被放置于前景，但苏雪林只是几笔带过，主要部分还是描写张茂滋的逃亡与落难。其实根本原因是因为张茂滋的战争逃难经历激发了作者对战争之苦的切身感受，由此产生了共鸣。如在《炼狱——教书匠的避难曲》《乐山惨炸身历记》等散文中，苏雪林详细记录了因战争的爆发给她个人生活带来的巨创：迁移时的颠沛流离，住宿条件的极端恶劣，物价的无限上涨，生活资料的极度匮乏，最关键的是生命时

---

① 苏雪林：《蝉蜕集》题记，商务印书馆 1946 年版，第 3 页。

时刻刻面临着威胁。这虽然与张茂滋的具体经历不尽相同,但对战争的痛苦感受二者却是相通的。

其次是婚姻之痛。《蝉蜕》中王江和太太演了一出戏,王太太以丈夫找姨太太为由对之日哭夜骂,吵得左邻右舍不得安生;王江以不堪其太太的泼妇骂街为由诉诸衙门要求离婚,最后二人一前一后逃离了清军的控制。读者虽然最终知道是演戏,但王太太在众人面前怒骂王江薄情寡义那一段却甚是逼真,活脱脱一个为丈夫熬尽了青春然后被遗弃的怨妇形象:

> 厚脸黑心的东西,我说你脸皮厚,心肝黑,有一丝一毫错了么?你说你直到四十岁上才娶妾,足以证明你是一个好丈夫,你想想四十岁以前有不有力量娶?列位街坊在这里,我今天爽性把王江的德行对你们宣扬宣扬。这王江从前是个穷秀才,教蒙童馆糊口,穷得吃了早餐就愁晚餐的。我嫁到他家以后,日纺纱,夜织麻,接人家针线来做,往往要忙到四更天才能睡觉,还要烧锅打灶,劈柴淘米,冬天冒着大北风,下河洗衣服,夏天烈日当空上山拾柴草,可怜十个指头都做秃了,两双眼睛都做昏花了,才能勉强帮他混过日子。我老子娘在世时候,光景还好,四时八节,送东送西,口中吃的,身上穿的,家中动用的,差不多样样同我们对分。后来天下渐渐乱起来,年成又不好,我两位老人家相继去世,断了丈人家的接济,日子过得更艰更苦,几天没米下锅是常事。我到野外去挑野菜煮在粥里,有时真的硬着颈脖咽粗糠……①

这让人不禁猜想,要么,王太太配合丈夫演戏是真,王太太内心的苦楚却也是真的;要么作者就是借人物之口诉自己内心之痛。事实上,苏雪林个人的婚姻生活就极不幸福,写作本篇的时候她与丈夫张宝龄结婚已十几年,两人在一起生活的时间却只有五六年。抗战期间,为寻生计张宝龄入川与她生活了一段,形势稍好又独自离开了。这名存实亡的夫妻感情注入于小说人物之口,难怪如洪水泻出,令人回味其中悲苦。

再者是四十之变。《黄石斋在金陵狱中》,被俘入狱的黄道周原本是一心等死,但自经过陈狱官的一番劝说,"心里便像有了点事,上床后,

---

① 苏雪林:《蝉蜕集》,商务印书馆1946年版,第45页。

翻来覆去，再也睡不安稳了"。其实他是放不下平生最爱的两件事，一是著作，二是山水。谈到著作这一点，黄道周觉得自己四十岁以前，写文章甚感困难，写出来的东西，也空洞浮泛，毫无实质；四十之后，体气虽似较衰，而心思更加灵敏，头脑更加清晰，才力也更加磅礴雄厚起来。其实这是苏雪林的夫子自道，她在另外一本书的自序中坦陈是借人物之口，"记录自己心灵状况而已"①。她入川时恰逢四十一二，随后几年相继写出《南明忠烈传》《屠龙集》以及《蝉蜕集》中的大部分文章，这"四十之变"对她来说是写作成熟期的到来。

只有立足于现实的生活和情感，才能对历史展开艺术想象的翅膀，毕竟历史小说再怎么样忠于事实，也不能等同于历史，其本质上还是小说。这也正是苏雪林在《南明忠烈传》之外再作《蝉蜕集》的原因，因而相对而言，前者更近历史，后者更近小说。

三　文学形式的民族性

苏雪林对文学形式的民族性问题素有高度的自觉。早在 30 年代初，她就表达过对新文学过于欧化的不满，认为文学属于文化之一体，取人之长、补己之短是应该的，但失去了民族性便值得重视。②

在她眼中，鲁迅的小说是用旧瓶装新酒，化腐朽为神奇，值得效法。她把那些一味追求欧化的人比作故意染黄头发涂白皮肤的矫揉造作的"假洋鬼子"，鲁迅则是一个受过西洋教育而又不失其华夏灵魂的现代中国人。

进入抗战以后，文学形式的民族性问题愈加凸显：一方面，文学内容上民族意识的高涨必然要求其形式也要体现相应的"中国作风"和"中国气派"；另一方面，从宣传抗战和动员民众的现实需要出发，民族形式更容易为大众所接受。在这种背景下，苏雪林的《蝉蜕集》算是一次不错的尝试。她在题记中谈到，对于现代中国文坛所流行的文体"很觉厌恶"，觉得旧小说的体裁"造句单纯，表意直接而有力，富有质朴浑健的修辞之美"，所以"有意采取中国旧小说，可说是我个人用旧瓶装新酒的

---

① 苏雪林：《屠龙集》自序，商务印书馆 1941 年版。
② 苏雪林：《〈阿 Q 正传〉及鲁迅创作的艺术》，载《苏雪林文集》（第三卷），安徽文艺出版社 1996 年版，第 289 页。

一种试验"①。当然，她所采用的传统资源未必只是旧小说，总体来说可以从以下几个方面分析。

其一是演义体。

中国文学史上第一次出现"历史小说"的概念是在1902年《新民丛报》第14号上："历史小说者，专以历史上事实为材料，而用演义体叙述之，该读正史则易生厌，读演义则易生感。"② 在历史的起点上，"演义体"成为历史小说的最初要求。中国传统文学原本就有历史演义的种类，当"演义体"一词进入到新文学的领域，自然不是提倡对传统演义小说的亦步亦趋，而是强调其高度情节化或是故事性的特点。

《偷头》和《蝉蜕》二篇可以说是继承了这一传统。《偷头》的本事在一些历史笔记、传记和碑文中有记载，王翊被清军杀害之后枭首挂在宁波城头，后来被陆宇橺、江汉等人用计偷走，具体细节则需要作者去填充。小说一开始，苏雪林就为读者留下了一个悬念：这头到底怎么偷？江汉知道，因为他是设计者；陆宇橺也知道，因为他要配合江汉；但读者只知道江附在陆耳旁如此这般地交代了一番。具体是什么内容呢？作者却来了个第三人称限制叙事的手法，完全不知道。接下来就是第二天中秋节，一个醉醺醺的满洲提督带着二十多号士兵登上城头，对看守老王一阵训斥后借着酒劲怒砍挂在城关上王翊的头，结果力道使偏，人头由城关滚下地去。等到提督带人走后，老王去寻人头，早已不见踪影。待晚上一群人聚在陆家，才揭开谜底，那个满洲提督正是江汉所扮，人头则被陆宇橺扮的小贩捡走。整个过程起伏跌宕，叙事流畅圆润，没有丝毫生硬之感。不过，这篇小说前半部分是偷头，后半部分则是众遗民聚在一起吊悼逝者，痛感国事。后者对话的形式冲淡了前者所营造出的刺激、紧张的氛围。

《蝉蜕》显得更传奇，也更完整。明御史王江因老母被扣，被迫投于清军，但立誓做徐庶不为敌所用。但这只是背景，在小说中间由他人之口一笔带过。故事的发生是从清浙闽总督陈锦接到王江要求与太太离异的呈文开始，王太太因丈夫找了漂亮姨太太每天闹得鸡飞狗跳，王江不堪其辱则诉诸衙门要求离婚。陈锦找监管王江的冯都司，了解前因后果之后同意

① 苏雪林：《蝉蜕集》题记，商务印书馆1946年版，第2页。
② 新小说报社：《中国惟一之文学报〈新小说〉》，载《新民丛报》14号（1902年）。此文应为梁启超所作。

了王江的要求。两天后，王太太当着左右街坊痛骂王江一顿后，离家去清波门外白衣庵修行出家。自知理亏的王江心里也不好过，整天早出晚归，说是外出散心。后来又要求去灵隐寺住几天，谈禅遣闷，冯都司因见他一个人去就同意了，反正姨太太还在，跑不了。没想到这一走就整十天没踪影。最后派人去找，王江不在，他那修行的太太也早被人接走，原来两人是借合演一出离婚闹剧来金蝉脱壳。这是个精彩的故事，即使如刚刚复述一遍也掩盖不了情节的曲折。陈平原认为，"中国古代小说在叙事时间上基本采用连贯叙述，在叙事角度上基本采用全知视角，在叙事结构上基本以情节为结构中心"①。《蝉蜕》正是完全以情节为结构中心，是典型的演义体，作者对故事本身的热情甚至在一定程度上遮蔽了弘扬主人公民族气节的初衷。这也就是夏志清会称赞苏雪林"对传统的叙述方法运用得极为娴熟"的原因。

其二是意境化。

苏雪林身上有浓重的传统文人气息，比如写黄道周坐牢，外面是残明江山几无可保，里面是清军将领对他的劝降，但小说大量文字却是在描写他如何无法忘情于名山大川，云游之乐。所谓仁者乐山，智者乐水，中国文人的思想里总是倾向在自然造化之中融入自己的理想人格。所以在黄道周眼中，故乡漳浦那座邺山上的几个大石峰，就像几个"散诞烟霞"的高士，"他们春来蔼然的笑容里，却给人以一种孤高峻洁的启示"。黄道周亲切地喊"他们"为"诸翁"。当然，这是苏雪林笔下的黄道周。

当其小说不以故事性为表现核心转而塑造主人公人格的时候，她常见的做法就是在小说的形式中营造诗歌的意境。《黄石斋在金陵狱》与其说是一篇历史小说，毋宁说是一首王维风格的山水诗，山似人形，人有沟壑，山水和人格融为一体。正如苏雪林所写："他（指黄道周）朝夕与'诸翁'相对，似乎获得了一个更高尚更坚贞的人格，他的自号为'石斋'，又自号为'石人'，或亦即此而来的吧。"

抗战期间，关于如何利用旧形式以创造民族形式的讨论非常激烈，值得注意的是郭沫若的观点。他认为中国旧有的形式既包括民间形式，也包括士大夫形式，应该"从民间形式取其通俗性，从士大夫形式取其艺术

---

① 陈平原：《中国小说叙事模式的转变》，上海人民出版社 1988 年版，第 4 页。

性,而益之以外来的因素,又成为旧有形式与外来形式的综合统一"①。不像后来解放区将"民族形式"直接等同于"民间形式"的趋向。如果说"演义体"是苏雪林从"民间形式"中获取的资源,那"意境化"则可以看作是"士大夫形式"之一种。

《蝉蜕集》中意境营造最完整的一篇当属《秀峰夜话》。所谓秀峰,就是与小说主人公瞿式耜书斋遥遥相对的独秀峰。这座山虽不甚高大,但"平地拔起,四无依傍,像一枝仰竖的大笔,笔尖儿划着青山,似乎要在那万里云蓝,写下什么字句"。瞿式耜每天忙完手头的事便要倚着窗槛,与独秀峰无言相对,心里总在想:"暑往寒来,朝霞夕晖,这座小山总卓然立于那里,一动不动。他踟蹰些什么呢?他几时才肯写出他的妙句呢?啊,这一枝怪笔!"这正是小说开篇不久作者所营造的意境,正所谓"相看两不厌,只有敬亭山"。作者的高明在于,她不仅在小说开头营造了一个好的意境,也留下了一个伏笔:"他几时才肯写出他的妙句呢?"

小说结尾,瞿式耜和张同敞一夜畅谈,安然等待死刑的来临。这时候,太阳高起,云雾渐散,独秀峰半隐半显于残余雾气里,"像一个巨人头戴金冕,上顶着天,下立着地,堂堂地站立空间里,沉默地显示在绵绵无尽的永恒之中"。两人对此异景,不禁默默无言地赞叹起来,"这枝大笔的无字天书,现在他们是彻底懂得了"。这两人的舍生取义与独秀峰顶天立地于天地之间的形象,有着相互诠释的关联,苏雪林虽没有明白说出,但其意思已泄露在字里行间。也许只有辛弃疾的那句"我见青山多妩媚,料青山见我应如是",才能恰如其分地表达出此情此景。

其三是旧笔调。

苏雪林曾经以近乎戏谑的方式讽刺新文学中欧化现象,说有些作家恨不得将"我说"改为"说我","三朵红玫瑰花"写作"三朵红们的玫瑰花们"。她比较满意的是鲁迅的文字,"以旧式小说质朴有力的文体做骨子,又能神而明之加以变化,我觉得很合我理想的标准"②。而《蝉蜕集》正是她自己对这种"旧小说的文体"的一次尝试。

大致归纳,她的用力在两个方面。一是直接表意。她最看不上的写作

---

　　① 郭沫若:《"民族形式"商兑》,载《大公报》1940 年 6 月 9—10 日。
　　② 苏雪林:《〈阿 Q 正传〉及鲁迅创作的艺术》,载《苏雪林文集》(第三卷),安徽文艺出版社 1996 年版,第 289 页。

是"一个人没有什么话可说而偏要说时，便免不了要发生许多扭扭捏捏、拿腔拿势的丑态"。认为应该拣选最单纯最直接的词句，把他的概念表现出来，而这正是旧小说文字的特点。

"今天正是中秋节，天气很好，青天万里，像一片抹拭过的碧琉璃，透明、光洁。阳光普照着大地，海风徐徐扇着，冲调得气候不冷不热，不过中午时在太阳下走着，还可以叫人出汗。"这是《偷头》当中的一段话，造句单纯，几乎不用长句，用苏雪林自己的话说，这样的文字"表意直接而有力，富有质朴浑健的修辞之美"。

二是对白得体。每个人的说话因性别、身份、学识、场合等的不同会有各异的表现，苏雪林对这点颇为自得："又如'谈吐'一端，中国智识阶级与普通社会大不相同，本书对此却曾尽过最大的努力。"[1] 黄道周的儒雅、瞿式耜的干练、江汉的豪迈、冯都司的谄媚、丁魁楚的虚伪，都通过其说话的形态、声调等得以呈现。表现最为突出者是《蝉蜕》的王太太，那一段当街骂夫真是字字带怒、句句藏针，虽然事后读者明白这是与其夫合演双簧，但也许有人会怀疑她或是假戏真做，一举两得，既帮丈夫完成了蝉蜕之计，又把往日的一腔怨气借由发出。

虽然主张借鉴旧小说笔法来增强写作的历史感和生动性，但苏雪林并非要求一味复古，她认为欧化也有着旧笔调无法比拟的优势，比如对人物心理的深层揭示，后者的单调和平面就很难胜任，这时欧化文体遣词造句的相对复杂反而更能表达其中的细腻和变化，《回光》一篇正是很好的例证。

抗战胜利，国共两党的矛盾开始凸显。苏雪林的立场始终站在国民党政府一方，认为左翼是"假借老百姓的名义，扛出'民主'的金字招牌"[2]，终极目的还是想夺取政权。所以，从抗战结束到中华人民共和国成立这一时期，我依然把之归在她的民族主义写作阶段，直到她离开大陆。

---

[1] 苏雪林：《蝉蜕集》题记，商务印书馆 1946 年版，第 3 页。
[2] 苏雪林：《历史又将重演吗?》，载《风雨鸡鸣》，源成文化图书供应社 1977 年版，第 104 页。

第五章

政治依附：晚期苏雪林的政治化写作

> 文学一旦充当一种日薄西山的政治权势之扈从，尽管百般强颜卖笑，也只能获得某些倒行逆施之辈的庸俗捧场。

> ——杨义

随着国民党军队的节节败退，为避战火，苏雪林在 1949 年回到上海夫家，五月坐船赴香港，任职真理学会，担任编辑工作。次年二度赴法，在巴黎大学法兰西学院进修巴比伦、亚述神话。1952 年，她经香港转赴台湾，在此度过了后半生的教书、写作生涯。在这近半个世纪的时间里，苏雪林笔耕不辍，产出大量文字，但就艺术价值而言，远不及其前三阶段的创作，用杨义的话说，就是"写了不少媚蒋反共的文字，正义感沦丧，艺术味荡然，再也写不出抗战时期那种清隽可读的小说，所余的只是一派心浮气躁的政治咒语"①。"政治咒语"一词用得恰如其分，她以政府的"文艺纠察队"员自居，文必"骂鲁"，言必"反共"，独尊"战斗文艺"为正宗，否定其他各种文艺的合法性。

究其原因无外乎三点：

首先，延续以往的思想惯性。20 世纪 30 年代中期苏雪林就以《与蔡子民先生论鲁迅书》《与胡适之先生论当前文化动态》两文，公开指摘鲁迅的人格，以及表达对中国青年左倾的忧虑。此后也时有"反鲁"、"反共"的文字发表，不过因为当时的著名刊物大都掌握在左翼文化人士手中，这些文章只能发表在《文艺先锋》之类的劣质刊物上，"那个刊物，油墨模糊，纸张粗劣，错字连篇，从来没人寓目"②。赴台以后，作为老

---

① 杨义：《中国现代小说史》（第一卷），人民文学出版社 1986 年版，第 296 页。
② 苏雪林：《苏雪林自传》，江苏文艺出版社 1996 年版，第 119 页。

资格作家，也因为政治环境的鼓励，苏雪林憋在内心的怨气倾泻如注。

其次，投桃报李的报恩心理。1950 年至 1952 年，客居巴黎的苏雪林仅靠为真理学会写稿维持生计，生活清苦。在这一期间的日记中她常发出不知未来何往的感慨："师神父要我赴美，余因美国生活程度比法尤高，此去又有许多困难，又不愿从此陷入文字牢狱，终身不获自由，然法文难学，经济不济，亦难久居，回香港则食住问题无法解决，赴台湾则生事太苦，将来更不知如何，回国则共方气难受，且武大岗位一失亦不能再得，故此辗转寻思，大有走投无路之势。"（1950 年 12 月 23 日，星期六）①生活拮据之时，她曾向武大原校长、时任台湾国民政府总统府秘书长的王世杰求援，获总统府津贴美钞六百元。② 不仅如此，她得以赴台并获教职，也是托王世杰之荐。重获稳定生活的苏雪林，对这偏安一隅的政权自是心怀感激，因而时时撰文卫道。

最后，政治环境使然。自 1949 年 5 月 20 日始，台湾全境实施戒严，在此后的 38 年时间里，文艺创作的空间非常有限，一不小心就容易触碰政治禁忌。对于这一点，苏雪林认识非常清晰，所以当她被人指责并非一贯"反鲁"，曾写过文章夸赞鲁迅，她的反应激烈无比，甚至在论争中不惜向治安机关写黑信以挽回名誉。当然，一方面，写反鲁与反共的文字是苏雪林在这种政治高压下自我保护的需要。但另一方面，她也看到了由此而带来的实际利益，对当局的迎合可以为自己换取更优越的生存环境。

苏雪林这一时期的创作，小说、散文、政论、文艺批评皆有，除去一些怀旧和论争文字，就主题而论，大致可以分为两类：一是名为提倡恢复旧伦理，实为拥护专制统治，如《母亲节谈母道》《母亲节谈为人子女之道》《谈孝道与安老问题》《教师节谈师道》等；二是继续反鲁、反共，倡导制定文艺政策，以"清扫"文坛，如《我论鲁迅》《文坛话旧》《文艺节谈当前的文艺政策》《扫除障碍，大步向前》《评两本黄色小说：〈江山美人〉与〈心锁〉》等。

---

① 苏雪林：《苏雪林作品集·日记补遗》，苏雪林文化基金会 2010 年版，第 178—179 页。

② 1950 年 11 月 16 日星期四日记记载：今日在校上课三堂，回来又接二信，一为王雪艇先生自总统府寄来者，言由总统府津贴美钞六百元。（载《苏雪林作品集·日记补遗》，苏雪林文化基金会 2010 年版，第 155—156 页）而在其自传中，则误记为 500 美金，且增添了一处蒋介石向王世杰亲自交代给苏雪林汇款细节。日记中未见记载，恐是苏为拔高自己所撰（参见《苏雪林自传》，江苏文艺出版社 1996 年版，第 138 页）。

苏雪林自述其思想有四点："第一是反共信念的早定，第二是民族文化的爱护，第三是尚武精神的发扬，第四是伦理道德拥护的顽固。"[①]"民族文化"和"尚武精神"是她抗战时期的创作主题，前文已有论述，"反共"和"伦理"两点则是这一阶段创作的主要方向。

第一节　提倡恢复旧伦理与拥护专制统治

正如人们常常把忠、孝并提，封建伦理与专制统治原本是一对孪生兄弟。深受五四新文化运动影响的苏雪林，在几十年后背叛了自己年轻时的所学、所思，呼应当时台湾国民政府提出的"中华文化复兴运动"，提倡封建旧伦理，呼吁恢复父权，其实质是对专制统治者的拥护和表态。

一　背叛五四：提倡封建伦理

反封建是五四新文化运动的主要内容之一，对旧伦理思想的抨击尤为激烈。在那些新文化学者看来，"忠孝节义"是"奴隶之道德"，天然地妨碍国民独立人格和自由精神的培育，应该彻底被打倒。

陈独秀指出："宗法社会，以家族为本位，而个人无权利，一家之长，听命家长。……宗法社会尊家长，重阶级，故教孝；宗法社会之政治，郊庙典礼，国之大经，国家组织，一如家族，尊元首，重阶级，故教忠。忠孝者，宗法社会封建时代之道德，半开化东洋民族一贯之精神也。"虽然他认为自古忠孝美谈，未尝没有可歌可泣之事，但如果以今日文明社会的组织来看，宗法制度有四个恶果，第一是"损坏个人独立自尊之人格"，第二是"窒碍个人意识之自由"，第三是"剥夺个人法律上平等之权利"，第四是"养成依赖性，戕贼个人之生产力"。[②]对封建伦理攻击甚力的还有吴虞，他认为"忠孝并用"、"君父并称"的笼统说法其实出自封建统治者的私心，"他们教孝，他们教忠，就是教一般恭恭顺顺的听，他们一干在上的人愚弄，不要犯上作乱，把中国弄成一个'制造

---

①　苏雪林：《风雨鸡鸣》自序，源成文化图书供应社1977年版，第1页。

②　《东西民族根本思想之差异》，原载《新青年》1卷4号，载《陈独秀文章选编》（上），生活·读书·新知三联书店1984年版，第98页。

顺民的大工厂’”①。

　　苏雪林出身于旧式大家庭，对封建伦理带来的苦楚自然深有体会："新青年反对孔子，我那时尚未敢以为然，但所举旧礼教之害，则颇惬我心，想起我母亲一生所受婆婆无理压制之苦及我自己那不愉快的童年，害不由于此吗？所以我未到北京前思想已起了变化了。"② 因此深受新文化运动影响的苏雪林，也曾利用其文字表达过对旧伦理制度的不满，1929年出版的长篇自传体小说《棘心》中杜醒秋追求自由爱情失败的悲剧，与其说是她向封建旧家庭的妥协，毋宁说是她对父母扼杀自己婚姻幸福的无声抗议。

　　1957年，苏雪林出版了《棘心》增订本，这可不是一般意义上的修订，单就篇幅而言，由原来的12万字左右增至18万字以上，几乎可以算是一次重写。那么，这个增订本跟之前的初版本到底有何不同呢？苏雪林在日记中写道："棘心至此大体已补成功，以后只是东修西葺及琢磨工夫，此次补写工作有三种特色：（一）母氏懿德充份的宣扬，（二）时代气氛的加厚，（三）宗教意识的加强，三点幸皆达到。"③ 由于苏雪林在法国留学期间曾受洗皈依天主教，原书的初版本就有宗教背景，所以"宗教意识的加强"这一点并不奇怪。吊诡的是前两点，所谓"时代气氛的加厚"，是指书中突出了杜醒秋所处的五四时代背景以及她与"五四"的关系，更强调了她作为深受五四新文化运动影响的新人身份；而"母氏懿德充份的宣扬"，是指把杜母愈加塑造成一个"一代完人"形象，为了凸显杜母的贤良淑德，则用大量笔墨渲染了祖母的苛刻无情。

　　这两点之间的悖论在于，前者强调的是五四新文化对杜醒秋人生走向和思想形成的积极作用，如果没有"五四"，也许她永远只能沿着母亲的脚印做一个相夫教子的家庭女性；后者则赞颂"五四"所激烈反对的封建道德，一个自己深受大家庭制度和旧礼教观念所害却又残忍葬送女儿幸福，在五四文学中通常以"哀其不幸，怒其不争"的形象出现的母亲，摇身一变成为敢于自我牺牲、德行无上的"一代完人"。当然，苏雪林并非没有意识到其中的矛盾，所以她把杜母的悲剧归结于主动"牺牲"，她

①　吴虞：《吴虞集》，四川人民出版社1985年版，第173页。
②　苏雪林：《苏雪林自传》，江苏文艺出版社1996年版，第38页。
③　苏雪林：《苏雪林作品集·日记卷》第二册，台湾成功大学出版组1999年版，第205页。

在增订本的自序中解释说:"'德行'便是'牺牲'的代词。"她认可道德的绝对性,认为"绝对的道德便是尽其在我,是'忠'。"① 杜母的愿意牺牲正是由于其"忠"的品格。

一个终生称自己服膺"五四"理性主义的人,最终肯定的却是对封建伦理所要求的"忠"的道德,苏雪林没有意识到,她已经彻底背叛了五四精神,悄然走向了自己的反面。当然,这只是开始。针对大陆方面爆发的"文化大革命",1967 年 7 月,台湾当局发起中华文化复兴运动,成立中华文化复兴运动推行委员会,由蒋介石亲自任会长。在这场运动中,"中华民国"、"三民主义"和"中华文化"被当作三位一体来提倡。蒋介石提出,"中华文化的精髓,就是以伦理、民主、科学为内涵的三民主义",因为伦理"尽己之性,其本在于仁",民主"尽人之性,其道在于义",科学"尽物之性,其效在于智"。② 这场运动表面看来是一场文化运动,实质上是一场以所谓的三民主义对抗共产主义、反对中国共产党的政治运动。

向来就醉心于反共的苏雪林对此运动自然是热烈响应,写过多篇文章参与讨论。"民主"、"科学"原本是五四新文化运动的两大主题,现在把二者纳入中华文化的范畴去解释本就有"挂羊头卖狗肉"之嫌,苏雪林不可能不明白这一点。所以她真正用力去阐释的是"伦理"这一点,这才是中华文化的题中应有之义。不知是认识不清,还是故意混淆,在一篇文章中她这样说道:"我看见几位学者说复兴中华文化必须从'科学'、'民主'、'自由'下手,也有人说'伦理'、'民主'、'科学'三者乃三民主义的本质,也是我们传统文化的基础,复兴文化,舍此别无他途,我认为极有见解。"③ 一方面是"科学"、"民主"、"自由",另一方面是"伦理"、"民主"、"科学",她把二者捆绑在一起肯定,虽然仅"自由"与"伦理"一词之差,意思却天差地别。事实上,这几个主题当中,她最看重的便是"伦理",所以才会指出:"故总统蒋公于复兴中华文化揭

---

① 苏雪林:《棘心》增订本自序,绂沈晖编《苏雪林文集》(第一卷),安徽文艺出版社1996 年版,第 61—62 页。

② 蒋介石:《庆祝国父一百晋三暨文化复兴节纪念大会致词》,载《中华文化复兴论丛》第 1 辑,台湾中华文化复兴运动推行委员会 1969 年版,第 9 页。

③ 苏雪林:《论复兴中华文化必须注重民主与自由》,载《风雨鸡鸣》,源成文化图书供应社 1977 年版,第 73 页。

出'伦理'二字，见识果然高人一等。伦理是我们中华文化的特色。"①
这也正是她修订《棘心》的思想逻辑的延续。

一方面，通过修改旧作《棘心》，把其中反叛旧家庭、追求新生活的
色彩冲淡，突出"母亲"的完人形象，宣传颇具封建色彩的"忠恕"之
道；另一方面，以移花接木的方式把"伦理"与五四运动中的核心精神
"民主"、"科学"并提，实质是以前者掩盖后两者。苏雪林已完全从当初
的"五四"之女变为封建伦理的卫道士。

二　恢复父权

那苏雪林所谓的"伦理"究竟有何意指？我认为其核心点就是提倡
恢复父权。在《母亲节谈母道》一文中，她感叹孝道"被时代潮流荡激
得七零八落"，孝道之所以衰微，主要原因是"母道不讲之故"，"母道若
能恢复，则孝道也能随之恢复"。但苏雪林所谓的"母道"并不是提倡树
立母亲的权威，更不是强调女性与男性在家庭中要获得同等的地位，而是
恰恰相反，她认为女性在家庭当中权力太大。苏雪林对当时母亲过于溺爱
子女深为不满，指出其原因有四，除"儿童课业之太重"和"管理子女
之道漫无标准"两条外，第一、第二点都跟封建伦理的解体有关：

第一是大家庭制度的崩溃。旧时大家庭人口众多，一个做媳妇的，
"上要侍奉翁姑，中要和睦伯叔诸姑，下要照顾侄儿侄女……用之于自己
子女者当然不多了"。而今家庭缩小，一个家庭以一对夫妇为单位，生子
女以后，做母亲得以全部精力和时间用于对子女的抚育，母爱滥用就有其
可能了。

第二是父权的旁落。以前家庭里丈夫为一家之主，做了父亲，父权也
至高无上。"男人理性总比女性为强，对事理也比女人明白，儿女做事错
了，父亲可施以责罚甚至罚跪鞭挞，母亲虽心痛得暗中流泪，却不敢出面
阻拦。"如今家庭以母亲为主，父亲反而居从属地位，应管的事也就不敢
管了。

总而言之，她既不满大家庭制度的解体使女性获得更大的人身自由，
又强调男性天生比女性对事物的判断更具理性，更具权威性。很难想象，
这样的论述会出自一位自认深受五四新文化运动影响的作家之手。

---

① 苏雪林：《风雨鸡鸣》自序，源成文化图书供应社 1977 年版，第 9 页。

那究竟应该如何解决这个问题？苏雪林提出，虽然大家庭制度已经无法恢复，"不过从前大家庭中尊卑有别，长幼有序的风气，我以为应该保持。幼辈对待尊长应该自幼训练他们以尊敬服从之道"。那如何培养这种"尊敬服从之道"？苏雪林认为靠女性是没有用的："我们女人也应该认识自己的弱点；更该知道对儿女溺爱无非是坑陷儿女的一生，应该让丈夫恢复'父权'，管理儿女。于今西洋有学识的人也在叫喊父亲在家庭里应当恢复其尊严了。"①

在另一篇文章《母亲节谈为人子女之道》中，她再次强调："现在世界各国为了不良少年的问题大伤脑筋，有识之士，倡导恢复父权，使丈夫能真实地为一家之主。"② 在苏雪林的意识深处，男性天然比女性强大，只有在以男性为主导的家庭秩序中，只有母亲（或妻子）按照男权社会所规定的角色和义务行事，子女才能真正懂得孝道，家庭和社会也才能更加稳定。

一个口口声声同情母亲在父权家庭中所受伤害的"五四"之女，一个承受了包办婚姻所带来的人生痛苦的现代作家，竟然在晚年如此迷恋以父权为主导的家庭和社会秩序。在我看来，除了因为苏雪林没有真正领会男女平等的含义之外，更重要的是，她提倡恢复旧伦理的背后有其政治指向，就是拥护国民党当局的专制统治。

三　拥护专制统治

台湾当局发起中华文化复兴运动，虽然将伦理与科学、民主并提，看起来不伦不类，实际上只注重伦理一端。而且，当"父父子子"的家庭伦理向"君君臣臣"的政治伦理延伸，伦理与民主就必然成为一对互不相容的概念，所以所谓的文化复兴只是意在复兴封建伦理，而不是科学与民主。更何况，对正处于戒严状态的台湾来说，所谓民主也只能是一句空话。苏雪林意识到这一点，因此，她想到一个概念来替当局粉饰，就是"中国式民主"和"中国式自由"。

在《论复兴中华文化必须注重民主与自由》一文中，苏雪林指出中

---

① 苏雪林：《母亲节谈母道》，载《风雨鸡鸣》，源成文化图书供应社1977年版，第151—160页。

② 苏雪林：《母亲节谈为人子女之道》，载《风雨鸡鸣》，源成文化图书供应社1977年版，第163页。

国古代的君主们并不独裁："我们中国虽一向是个君主国家，却不独裁，不专制，无民主自由之名，而有民主自由之实。"她举出《书经》中的话为例，"稽于众，舍己从人"，"罔达道以干百姓之誉，罔弗百姓以从己之欲"（《大禹谟》）。按苏雪林的解释，这是说一个为君者要考察人民大众的意见，倘使大众的意见比他自己高，便该放弃自己的而遵从众人。我们固然不必事事讨民众的好，可是我们最要紧的是不拂逆全民之意，以满足一己的欲望。她又举："天聪明，自我民聪明；天明畏，自我民明威。"（《皋陶谟》）"天视自我民视，天听自我民德。"（《泰誓中》）古人非常敬天，但天不能说话，既不能说话，何从表达他的意见？原来要知道天的意见，知道老百姓的意见就是了。苏雪林天真地认为，中国做君主的人，都要读这类经书，这被视为"君道"，影响当然极大。

除民主之外，她认为中国古代政治还非常重视言论自由，所谓"体察民隐"、"下情上达"，而"言官"制度正与今天的报纸相仿。言官们时常揭发行政上的缺点，访察老百姓的疾苦，一有所闻，即具疏上奏。君主有了过错，他们也敢直言指摘，即便谪贬与杀头，也在所不避。她最津津乐道的是所谓"闻风言事"：

> 最妙的事：言官言事，能将那件事调查清楚固好，若不能，则仅凭一点"风闻"，也可以放言高论，朝廷决不见罪。就是说你们言官尽可"大胆假设"，让我做君主的来"小心求证"，求证而无实据，那也罢了，本来我是允许你们"闻风言事"的嘛！

苏雪林口口声声说其老师胡适"一辈子努力的便是'科学'、'民主'、'自由'在中国的实现"，并且替逝者"表态"："于今复兴中华文化运动，竟知注重这三端，胡先生地下有知，当亦引为安慰。"[①] 如果胡适知道其学生把他一生孜孜追求的自由、民主解释为封建君主的"开明专制"，"引为安慰"一语是绝不可能的，九泉之下哭笑不得倒是可想而知。在苏雪林的言论中，民主、自由从来都是两个空泛的口号，她也不能理解胡适等人在对个人自由独立的倡导和民主制度建设上所做的努力。她

---

① 苏雪林：《论复兴中华文化必须注重民主与自由》，载《风雨鸡鸣》，源成文化图书供应社 1977 年版，第 74—75 页。上述引文均见此。

只关注政治立场,而不关注政权的实质,在她眼中,"共产主义"肯定是独裁专制的,"三民主义"就是民主自由的。

另外,苏雪林已经把对她有恩的蒋介石当成理想的"开明君主",时时刻刻加以维护。比如当时轰动的罗熙阳弑父案,最后因罗有精神病而被判无罪,苏雪林对法官的判决深为不满,但不满的逻辑又相当荒唐:"我国自命为伦理国家,复兴中华文化,总统列伦理为三大原则之一,罗案的判决,对于总统实是一个莫大的讽刺,对总统讽刺,便是大不敬,这倒希望法官能仔细考虑一下。"① 不管是非,只论是否对总统不敬,由此可见其提倡伦理的根本原因还是为了拥护蒋氏政权。

《自由中国》是当时台湾倡导自由、民主甚力的杂志,曾以慈禧比蒋介石,苏雪林深为气愤,在日记中记载:"该刊以总统祝寿一期,以慈禧比总统,干犯众怒,起而攻……"看到该刊后来态度缓和许多,则语气欣然:"迅速改变态度,尚不失为聪明人办法也。"② 当自由、民主的外衣被剥开,露出的只剩对"主子"的感恩戴德而已。

从提倡忠孝为核心的封建伦理,到对父权的提倡,从用中国式民主和中国式自由掩盖台湾当局的专制事实,到对蒋介石个人形象的极力维护,苏雪林的写作已经沦为专制政治的帮凶。比较她 20 年代在《语丝》和《生活周刊》上的杂文写作,这种反差令人唏嘘不已。

第二节　"反共"与充当文艺"纠察队"员

苏雪林一方面极力"反共",一方面却主张向共产党学习,提倡制定文艺政策,扼杀除"战斗文艺"之外的文学类别。她建议组织文艺"纠察队"以"保卫"文坛,其主张颇具保守性与政治化色彩,成为影响台湾文学多元发展和现代化进程的阻碍。

一　"反鲁"与"反共"

30 年代的文学批评写作无疑让苏雪林归列于中国现代优秀文学批评

---

① 苏雪林:《谈孝道与安老问题》,载《风雨鸡鸣》,源成文化图书供应社 1977 年版,第 171 页。

② 苏雪林:《苏雪林作品集·日记卷》第二册,成大出版组 1999 年版,第 205 页。

家的行列，她赴台后出版《文坛话旧》和《我论鲁迅》二书，可以算作其批评写作的延续。但正如覃子豪对她的暗讽，"诗坛固有不长进的作者，更有不长进的'批评家'"①。这两部书无处不在的政治批判气息，让人丝毫感受不到这位优秀批评家当年的风采。如果说《我论鲁迅》的主题可以归结为"反鲁"二字，那《文坛话旧》则可归为"反共"。在苏雪林看来，鲁迅与中国共产党本就是二位一体，"反鲁"即是"反共"。

《文坛话旧》中的文章为苏雪林对中国现代作家的评论，共20余篇，其中绝大部分作家如胡适、鲁迅、周作人、冰心、郭沫若、郁达夫、张资平、刘半农、朱湘等，她都曾在30年代撰文论述过。应该说，这次"话旧"实际上是一次重写，遗憾的是，这样的重写更像是一道道政治"咒语"，把笔下的作家分别划入不同政治阵营，根据其政治立场决定批评态度。由于该集所论作家十之八九留在大陆，因此，全书鲜见正常意义上的文学批评，大多更近似于缺席的政治审判。

而其审判的手段，一面是用简单粗暴的逻辑得出结论，另一面是利用台湾读者对现代作家的陌生故意捏造某些事实。前者，如谈到徐志摩的散文集《自剖》中"游俄辑"十三篇，最后一篇《血》，劝中国青年万不可盲从共产主义。她感觉那几页文字错得极其古怪，就得出结论：徐书之错误是工人有意搞的，因为共产党的潜势力布满下层社会，工人们更是他们一心争取的对象，而且工人里也颇多粗具知识之人。她肯定地说："我想并不算神经过敏之谈，不然为什么偏偏错这几页呢？"② 苏雪林充分学到了她的老师胡适"大胆假设"的精神，却从不记得还有下一句"小心求证"，也许是她内心深处已经意识到这种天马行空的"大胆假设"会被人认为是"神经过敏之谈"，所以才特意强调自己不是。

后者，如周作人的"附伪"一事，苏雪林认为"一半则是为了左派逼迫太甚，恨不得将他逐出新文坛以外"，"我们若知道作人这个罪恶是左派逼成的，则对他应该原谅些才对"③。这是明显的捏造事实，左翼文

① 覃子豪：《论象征派与中国新诗——兼致苏雪林先生》，载苏雪林《文坛话旧》，传记文学社1971年版，第165页。
② 苏雪林：《〈海滨故人〉的作者庐隐女士》，载苏雪林《文坛话旧》，传记文学社1971年版，第52页。
③ 苏雪林：《绅士流氓气质各半的周作人》，载苏雪林《文坛话旧》，传记文学社1971年版，第35页。

人势力再大，也不至于能阻扰周作人的南下，何况当时的知识界都是希望他能逃离北平的，郭沫若就曾写过《国难声中怀知堂》一文表达对其的期待。苦住北平也许有迫不得已的原因，但至少是他自我选择的结果。苏雪林为达"反共"目的，故捏造事实以混淆台湾读者的视听。书中类似荒唐的言论很多，如她认为老舍之所以留在大陆而不去台湾，最大原因"是故意要留在'贼窝'里，好仔细来认认这群强盗的丑恶嘴脸，好运用他那支生花妙笔，替他们画出一幅幅打家劫舍，奸淫妇女，风高放火，日黑杀人，捉住人割下耳朵写勒索信，或剖开心肝作醒酒汤……的行乐图"①。

如果说30年代苏雪林文学批评中一些相对极端的篇章还是出于其道德批评的立场与方式，那《文坛话旧》则几乎全是政治批判，其中充满了政治臆想和表态，以向当局示好，完全丧失了一个文学批评家的独立品格和客观立场，当然，更谈不上审美上的洞见。

《我论鲁迅》中多篇文章写于30年代，但其主体部分长达二万七千余字的《鲁迅传论》则写于60年代，可看作是苏雪林此前"反鲁"的延续。与之前主要在道德层面批判鲁迅不同，此时的苏雪林更强调鲁迅的政治影响力，把其与中国共产党捆绑在一起批判。她认为，自从中共创造了"鲁迅偶像"以后，任何马克思、列宁、斯大林、毛泽东等走不进去的地方，"鲁迅偶像"可以自由出入。比如国民党政府所办的政校、军校及其他文化机构，共产主义本来是绝对不许闯入的，不过，这些机构里总有爱好文艺的人，只要爱好文艺，他们的心灵天然就会被"鲁迅偶像"吸收了去，也就会随众"匍匐于鲁迅神龛之下"。"他们的心灵既已皈依了鲁迅，当然不免也要接受共产主义的宣传。"

苏雪林把自己塑造成一个"匹马单枪向庞大的风车挑战"的堂吉诃德，用尽半生时间"反鲁"。但她始终无法解释或者刻意回避的一个问题是，既然鲁迅的思想是"虚无主义"，《中国小说史》涉嫌"抄袭"，杂文无一不骂人，既然她认为"鲁迅的人格是渺小，渺小，第三个渺小；鲁迅的性情是凶恶，凶恶，第三个凶恶；鲁迅的行为是卑劣，卑劣，第三个卑劣"，既然她认为鲁迅是个"连起码的'人'的资格都够不着的脚色"，那为什么对读者还有如此大的吸引力？难道真所谓"众人皆醉我独

---

① 苏雪林:《幽默作家老舍》，载苏雪林《文坛话旧》，传记文学社1971年版，第134页。

醒"，只有苏雪林才能真正看清鲁迅的"丑恶面目"，其他人要么是慑于其威严，要么是被其所蒙蔽?[1]

在苏雪林的笔下，自己是一个孤独的反鲁者，"这面旗帜扯起以后，并没有人跟踪上来，仍是孤零零一个我"，是一个"反共"的先驱，"半个世纪以前大陆知识份子能有明晰而坚定的反共思想，可不是一件容易事"。她说自己，数年以来，一面在学校教书，一面"奋其秃笔，清除鲁迅余毒，反对共匪政权，从来不敢懈弛"。甚至当朋友认为她每写文章必安上一条"反共的尾巴"，有失文艺完整之美，她也不觉有何不好。其实，不管"反鲁"也好，"反共"也罢，都只是苏雪林的一种姿态，其背后的根本原因还是紧跟当政者的政治口径，以获得更有利的生存空间。

二　充当文艺"纠察队"员

国民党政权逃台后，蒋介石总结在大陆失败的教训，深感"宣传不够主动而理论不够充实"，"不但不能胜过"、"赶上"共产党，反而被共产党占了上风，争取了青年和民众，"所以失败"。尤其在文艺上，全国文学艺术界一面倒反对政府是造成败退台湾的重要原因。[2] 为了不重蹈覆辙，国民党加强了对文艺的控制，制定一系列文艺政策，提倡"战斗文艺"，发起"文化清洁运动"，试图达到统一思想的最终目的。

作为从大陆赴台的老作家，且政治立场向来偏右，苏雪林自然受到当局的重视。她在自传中曾描述刚到台湾时所受到的欢迎："文艺界许多人闻我至，都来拜访，如王平陵等，个个赤诚相待，如接待亲人一般。报章杂志争相约稿……"[3] 后还被邀请参加"中国文艺协会"成立的"文化清洁运动专门研究小组"。作为投桃报李，苏雪林在响应当局的文艺政策上也不遗余力。

首先，对"战斗文艺"的支持和响应。1955 年 1 月，蒋介石出面号召作家创作"战斗文艺"。所谓"战斗文艺"，实际上就是为政治服务的"反共"文艺，这实际上是让作家牺牲创作的自由，为国民政府的"反攻复国"摇旗呐喊，极大地伤害了文学的独立性和丰富性。作为老资格的

---

①　苏雪林：《我论鲁迅》，传记文学出版社 1979 年版。

②　古远清：《台湾当代文学理论批评史》，武汉出版社 1994 年版，第 51 页。

③　苏雪林：《苏雪林自传》，江苏文艺出版社 1996 年版，第 140 页。

文学批评家，苏雪林并非看不出其中的弊端，但此时的她已无暇顾及文学的本体价值。她认为，全世界差不多一半人口陷于"极权统治"（意指以苏联为首的社会主义阵营）之下，"若文艺作家尚吟弄风月，啸傲烟霞，求自我的陶醉；或把自己深闭于象牙之塔，艺术之宫，未免太无心肝了吧？"① 那文学应该走什么方向呢？自然是蒋介石所提出的"战斗文艺"。

苏雪林指出，要提倡"战斗文艺"，首先应该扫除障碍。这些障碍既包括黄黑作品（其实就是言情小说、黑幕小说等）和武侠小说等通俗文学，也包括"新潮派、现代派、未来派以及五花八门的派别"等纯文学，因为前者"腐蚀民族的道德，助长犯罪的风气"，后者运用似通非通的文法，说些暧昧不明的言语，"他们说的话似梦似吃，似神经病人的胡言乱语，破碎支离，不可诘究，读了这类作品，也会叫人精神失其正常，陷于心灵分裂的病态"②。只有扫除这些障碍，才不至于"劣币驱逐良币"，保持"战斗文艺"的突出地位。

正是在这种思想的指导下，曾经对象征主义诗歌多有诸多精彩见解的苏雪林在重新解读李金发时，认为他是捡拾西洋象征派皮毛，不能加以变化，"弄成了这种搔首弄姿的恶态，阴阳怪气的腔调"，并且指责李金发把当时已经走上轨道的新诗"带进来了牛角尖，转来转去，转了十几年，到于今还转不出来……"③ 显然，她虽然是批评李金发，但一起挨板子的也包括了当时的台湾诗坛，这种保守且居高临下的姿态引起了覃子豪等现代派诗人的反感，撰文反击，暗讽苏雪林是"不长进的批评家"，在当时引发了一场关于现代诗的大论争。④

在扫除障碍之外，苏雪林认为，创作"战斗文艺"者，应该"对于共匪之口诛笔伐，不遗余力"，"极力把共匪祸国殃民的罪恶……巨细不遗，逐项举出，昭示天下"。针对有人提出这样的文艺过于单调，她说："我们正该运用艺术手腕使不单调，要知道反共八股与反共文艺的区别，

---

① 苏雪林:《文艺节谈当前的文艺政策》，载《风雨鸡鸣》，源成文化图书供应社 1977 年版，第 23 页。

② 苏雪林:《扫除障碍，大步向前》，载《风雨鸡鸣》，源成文化图书供应社 1977 年版，第43—44 页。

③ 苏雪林:《新诗坛象征派创始者李金发》，载苏雪林《文坛话旧》，传记文学社 1971 年版，第 158—160 页。

④ 关于这场现代诗的论争详情，参见古继堂《民族魂主宰的一次新诗革命——台湾新诗论争二十年回眸》，载《台湾研究》1998 年第 2 期。

正在这里。倘使念念反共咒语便已满足，则也不必有'战斗文艺'了。"①
这是苏雪林的一厢情愿和自欺欺人，事实上，不仅当时的此类作品尽是些
"战鼓与军号齐鸣，党旗共标语一色"的八股之作，连她自己的"战斗文
艺"也都是些"反共咒语"。以至于国民党文艺政策的实际制定者张道藩
也不得不承认，反共诗人们的诗作"老是那一种形式，那一种调儿，那
一种风格，读 10 篇同读 1 篇是一样的感觉"，而反共小说则是"千篇一
律的形式，千篇一律的布局结构，千篇一律的叙述描写，千篇一律的语言
文字"②。

其次，参与"文化清洁运动"，甘愿充当文艺"纠察队"员。针对蒋
介石所谓文坛"赤色的毒"、"黄色的害"和"黑色的罪"，台湾的"中
国文艺协会"在 1954 年专门成立研究小组发起"文化清洁运动"。所谓
"赤色的毒"，是指宣传共产主义，以及所谓过高估计苏联及中国共产党
的力量；"黄色的害"，是指低级下流的色情作品和诲淫诲盗的图文；"黑
色的罪"，则指用夸张渲染手法写黑社会杀人越货、走私贩毒黑幕的作
品。③ 作为"文化清洁运动专门研究小组"成员的苏雪林颇为尽职，她呼
吁："我们应该组织纠察队，日夜巡逻，保卫文坛，一见可疑言论出现，
便立逮住，永不放松追究下去，务必将那些妖魔鬼怪原形逼出来，庶可保
得文坛的清净和宝岛的安宁！"④

"文化清洁运动"虽然没持续多久，但苏雪林文艺"纠察队"员的自
觉意识却一直保持着，在她的"日夜巡逻"下，倒是有些发现。针对当
时畅销的长篇爱情小说《心锁》，她直接称其为黄色小说，并对之展开激
烈批评。与曾经对郁达夫的批评一样，她对小说中出现的性描写和乱伦情
节颇为不满，认为对社会风气的影响非常恶劣，等于一大桶腐烂剂倾泻下
来，"人心更将腐蚀以尽，结果整个社会将为解体"，甚至举出如"台湾
地处亚热带，漫长炎热的季节，更足催人早熟，更容易使人发生性的饥
渴"这样让人啼笑皆非的理由。苏雪林曾经说过，不道德的题材并非不

---

① 苏雪林：《对战斗文艺的我见——论共匪的文艺政策及当前战斗文艺的任务》，载《我
论鲁迅》，传记文学出版社 1979 年版，第 142 页。
② 转引自古远清《台湾当代文学理论批评史》，武汉出版社 1994 年版，第 82—83 页。
③ 古远清：《台湾当代文学理论批评史》，武汉出版社 1994 年版，第 88—89 页。
④ 苏雪林：《严防共匪对台湾文坛的统战诡计》，载《苏雪林作品集·短篇文章卷（1）》，
台湾成大中文系 2006 年版，第 230 页。

能描写，关键是要采取艺术化的手段转移读者的注意力，但此书作者的艺术技巧却成为其原罪，因为"写作技巧越高，迷惑人的力量也愈大"。

事实上，《心锁》一书并无露骨的性场面描写，主要是描写"性心理"和通过人物的对话表达"性态度"，如"地位（指性）的大小是个人的观念，但没有人能否认它的重要，如果失去这项享受，活着就完全乏味了"。而且这样的描写也并不多。《心锁》最终的命运是被禁，作者郭良蕙被"妇女写作协会"和"中国文艺协会"开除会籍。其实对于该书的批判，道德的目的只是其次，关键还是政治目的，苏雪林在文章的结尾写道："此时此地的文艺，需要怎么样的型式，我想大家未尝不知道……希望有识之士负起文艺路线调整的责任。使文艺回复十数年前台湾新文坛初建立时的纯洁、光明！"① 说到底，就是希望大家都去做"反共抗俄"的"战斗文艺"，以达到当局稳定政权的目的。

苏雪林后半生的文学生涯，打着"反共"和"反鲁"的旗号，以政治口号式的写作方式成为台湾当局的"帮忙"，再也没有《棘心》《沈从文论》《蝉蜕》这样的经典之作。正如杨义对她的评价："文学一旦充当一种日薄西山的政治权势之扈从，尽管百般强颜卖笑，也只能获得某些倒行逆施之辈的庸俗捧场。"②

---

① 苏雪林：《评两本黄色小说：〈江山美人〉与〈心锁〉》，载《苏雪林作品集·短篇文章卷（1）》，台湾成大中文系 2006 年版，第 62—73 页。
② 杨义：《中国现代小说史》（第一卷），人民文学出版社 1986 年版，第 296 页。

结　　语

某人既不能站在时代的尖端，又不甘拉时代的尾巴，结果新
旧都不彻底，成为人们所嘲笑的"半拉子新学家"……

——苏雪林

　　从一个受五四启蒙运动影响的新文学作家，到纯粹为政治当局服务的
卫道士，苏雪林七十余年的文学历程可以分为四个阶段：以"发现自我"
和"国民性批判"为主题的"启蒙书写"阶段；用永恒的人性、理性的
节制反思新文学的流弊，和建立以人格论为前提的批评模式的"道德批
评"阶段；以手中之笔控诉日军侵略罪行、重建民族自信心和创作民族
主义文学的"民族想象"阶段；充当国民党政权的御用文人，为专制政
权摇旗、粉饰的"政治依附"阶段。假如以现代性为参照来对比这四个
阶段，我们也许可以得出这样的结论：启蒙书写是其文学对现代性的追
求，道德批评是对现代性的反思，民族想象是对现代性的搁置，而政治依
附是对现代性的背叛。如果认同"文学思潮是对现代性的反应"这一观
点，苏雪林文学思想呈现的正是从启蒙主义到古典主义的流变过程。
　　正如我们无法否定其前半生在创作、批评等方面所取得的成就，同样
也要正视她后半生的"反鲁"、"反共"给自身文学形象带来的巨大伤害。
鲁迅借魏连殳之口所说："我已经躬行我先前所憎恶，所反对的一切，拒
斥我先前所崇敬，所主张的一切了。我已经真的失败，——然而我胜利
了。"① 苏雪林不仅仅是拒斥了"先前所崇敬，所主张的一切"，而是直接
走到了自己当初的反面，她晚年的写作充满语言暴力、"政治咒语"，令
人不忍卒读。

---

① 鲁迅：《孤独者》，载《鲁迅全集》（第 2 卷），人民文学出版社 2005 年版，第 103 页。

对苏雪林一生而言，更精确形象的判断，还是龙应台所做的泡沫与漩涡的比喻:"她的思想像漩涡上翻着泡沫，泡沫是她所学的妇权新知，漩涡，是在她体内根深蒂固的文化传统;漩涡的力量深不可测。"① 她对胡适思想的接受方式就能够很好地证明这一点。1963 年 4 月 9 日的日记中，苏雪林曾提到一件事:

> 今日醒狮对胡适先生常不客气，且谬引余为彼等同志，将苏梅名字置之于保守派名单中，故余不得不表白自己意见，为长函覆之。②

苏雪林对别人把自己划入与其师胡适对立的保守阵营表示不满，这当然可以理解。她终生奉胡为精神之父，连纪念他的文字都写了整整一本书，结果倒被老师的论敌引为同志，尴尬之意可想而知。

但她没意识到的是，自己从来都没有真正领会老师的思想内核。胡适提倡"健全的个人主义"，强调独立思想，不怕权威，只认真理，她却往往是政治立场高于是非观念，以政府之是为是，以政府之非为非;胡适认为做学术不妨"大胆假设"，但须"小心求证"，并且"有几分证据，说几分话。有三分证据，不可说四分话"。"大胆假设"苏雪林倒是不输其师，"小心求证"却不放心上，对鲁迅的很多指认都用"听说"这样的举例来证明，比如胡适已经向其解释《中国小说史略》并非抄袭自盐谷温，她还是反复用此条说明鲁迅无学术水平;胡向来鼓励国人说平实话，苏做文却常走极端，夸胡适是"至圣先师"，骂鲁迅则是"无耻之尤"，甚至不乏"泼妇骂街之语"。

不过，对于一个写作生涯长达七十余年，在小说、散文、诗歌、戏剧、文学批评、学术研究等各个领域均有建树的写作者而言，对其研究自有相应的价值。她曾经是一个不错的作家，虽其小说和散文说不上特别出色（尤其是小说，要么取材于个人经历，要么来自历史和神话，缺乏作为优秀小说家最重要的虚构能力），但至少记录了一个出生于旧家庭的女性因受"五四"影响努力成长为新女性的心路历程;她曾经也是一个不

---

① 龙应台:《女性自我与文化冲突——比较两本女性自传小说》，载《庆祝苏雪林教授九秩晋五华诞学术研讨会论文暨诗文集》，文史出版社 1995 年版，第 352 页。

② 苏雪林:《苏雪林作品集·日记卷》第四册，台湾成功大学出版组 1999 年版，第 44—45 页。

错的批评家，虽谈不上是大家（因缺乏一个大家应具备的思想资源和开阔心胸），其优秀的批评文章对今天的现代作家研究依然有借鉴作用，即便那些极端之作中提出的种种质疑也未必完全没有价值。而即便是她后半生那些"政治咒语"般的写作，虽然缺乏文学上的价值，但对于我们理解苏雪林为什么变成这样而不是那样，对于我们还原一个真实的苏雪林形象，也不无研究价值。

祝勇曾经说过一段话：

> 文学史并没有给我们留下更多的苏雪林，所以对于这样一个作家，无论如何是不该漠视的。史书的缺失，必会导致后代人的迷茫惶惑。在磨蚀记忆的岁月之河的下游，为一个人的存在寻找证据，并努力在心底复原成一个鲜丽如初的苏雪林，这种希望在我辈是那么的渺茫。①

在本书的写作过程中，我始终用这段话激励自己。如果这十几万字能够为填补文学史的缺失稍做一点贡献，那这一二年来的辛苦也就值得。不过，美好的目的并不必然带来预期的结果，一本专著的优劣还要取决于写作者个人的"功力"高低、材料收集的翔实与否，以及写作时间的充足与否等因素。显然，由于论者个人能力的缺陷，文章中还有诸多问题未得到较好的解决：如苏雪林由启蒙主义向古典主义的转变，到底是因为遭遇了更符合个人思维特点和性情的理论，还是当初对启蒙理论理解得不够深刻，反思得不够彻底？她的新人文主义思想是否纯粹，与梁实秋存在怎样的差异？作为一个女性作家，她与同时期其他女作家的共同点及区别在哪里？她的新文学批评汇集了哪些传统文论及批评的资源？其批评模式能否与中国传统批评找到某种对接点？能否在她的新文学思想和古典文学研究之间找到共通之处？这些都是今后需要进一步探索之所在。

2011 年 6 月，国内上映了一部名为《建党伟业》的献礼电影，里面把从辛亥革命到中国共产党成立之间的历史名人，走马灯似的请上银幕。让人没想到的是，其中一个镜头，与某著名香港英俊小生所出演的胡适相

---

① 祝勇：《雾锁雪林》，载《博览群书》1996 年第 5 期。

对辩论的竟然是苏雪林，她则由国内某一线花旦饰演。"反共"大半辈子的苏雪林，怎么也不会想到，自己如今被光鲜亮丽地请入中国共产党成立九十周年的献礼片中，历史的玩笑总是让人啼笑皆非。当然，这样的场景并非没有可能存在，那时的苏雪林正醉心于新文化思潮，只是演员不乏暧昧的表演让人嗅到了八卦的气味。但我知道，学术研究不是电影，也不能八卦，上面那些未曾解决的问题恐怕只有在未来的冷板凳上慢慢解答。

参考文献

一 苏雪林著述

绿漪女士：《绿天》，北新书局 1928 年版。

绿漪女士：《棘心》，中华书局 1929 年版。

苏雪林：《蠹鱼集》，女子书店 1938 年版。

苏雪林：《青鸟集》，女子书店 1938 年版。

苏雪林：《蝉蜕集》，商务印书馆 1945 年版。

苏雪林：《天马集》，台湾三民书局 1957 年版。

苏雪林：《人生三部曲》，台湾文星书店 1967 年版。

苏雪林：《眼泪的海》，台湾文星书店 1967 年版。

苏雪林：《雪林自选集》，台湾黎明文化公司 1977 年版。

苏雪林：《风雨鸡鸣》，台湾源成文化图书供应社 1977 年版。

苏雪林：《我论鲁迅》，台湾传记文学出版社 1979 年版。

苏雪林：《犹大之吻》，台湾文镜文化事业有限公司 1983 年版。

苏雪林：《中国二三十年代作家》，台湾纯文学出版社 1986 年版。

苏雪林：《苏雪林选集》，沈晖编，安徽文艺出版社 1989 年版。

苏雪林：《浮生九四——雪林回忆录》，台湾三民书局 1991 年版。

苏雪林：《苏雪林自传》，江苏文艺出版社 1996 年版。

苏雪林：《苏雪林文集》，沈晖编，安徽文艺出版社 1996 年版。

苏雪林：《苏雪林作品集·日记卷》，台湾成功大学出版组 1999 年版。

苏雪林：《苏雪林作品集·短篇文章卷（1、2）》，台湾成功大学中文系
　2006 年版。

苏雪林：《苏雪林作品集·短篇文章卷（3）》，台湾成功大学中文系 2007

年版。

苏雪林：《苏雪林作品集·短篇文章卷（4、5）》，台湾苏雪林文化基金会
　　2010 年版。

苏雪林：《掷钵庵消夏记——苏雪林散文选集》，台湾 INK 印刻文学 2010
　　年版。

苏雪林：《苏雪林作品集·日记补遗》，台湾苏雪林文化基金会 2010
　　年版。

二　论著

曹聚仁：《鲁迅评传》，复旦大学出版社 2006 年版。

曹聚仁：《文坛五十年》（正编　续编），生活·读书·新知三联书店
　　2010 年版。

草野：《现代中国女作家》，人文书店 1932 年版。

陈独秀：《陈独秀文章选编》，生活·读书·新知三联书店 1984 年版。

陈国恩：《苏雪林面面观——2010 年海峡两岸苏雪林学术研讨会论文集》，
　　黑龙江人民出版社 2011 年版。

陈国球：《文学史书写形态与文化政治》，北京大学出版社 2004 年版。

陈平原：《中国小说叙事模式的转变》，上海人民出版社 1988 年版。

陈平原：《中国文学研究现代化进程二编》，北京大学出版社 2002 年版。

陈漱渝：《鲁迅论争集》，中国社会科学文献出版社 1998 年版。

陈寅恪：《陈寅恪史学论文选集》，上海古籍出版社 1992 年版。

杜英贤：《海峡两岸苏雪林教授学术研讨会论文集》，台湾亚太综合研究
　　院 2000 年版。

段怀清：《新人文主义思潮：白璧德在中国》，江西高校出版社 2009
　　年版。

方维保：《苏雪林：荆棘花冠》，广西师范大学出版社 2006 年版。

房向东：《著名作家的胡言乱语——韩石山的鲁迅论批判》，上海书店出
　　版社 2011 年版。

费正清：《美国与中国》，世界知识出版社 2002 年版。

古远清：《台湾当代文学理论批评史》，武汉出版社 1994 年版。

郭沫若：《郭沫若全集》，人民文学出版社 1982 年版。

郭志刚：《中国现代文学史论》，高等教育出版社 1995 年版。

哈佛燕京学社：《启蒙的反思》，江苏教育出版社 2005 年版。

韩毓海：《20 世纪的中国学术与社会·文学卷》，山东人民出版社 2000 年版。

胡适：《胡适书信集》，耿云志、欧阳哲生编，北京大学出版社 1996 年版。

胡适：《胡适文集》，北京大学出版社 1998 年版。

黄曼君：《中国 20 世纪文学理论批评史》，中国文联出版社 2002 年版。

黄人影：《当代中国女作家论》，光华书局 1933 年版。

胡耀邦等：《纪念鲁迅诞生一百周年文献资料集》，人民文学出版社 1983 年版。

李劼：《百年风雨》，台湾允晨文化 2011 年版。

李健吾：《咀华集·咀华二集》，复旦大学出版社 2005 年版。

李欧梵：《现代性的追求》，生活·读书·新知三联书店 2000 年版。

李有亮：《给男人命名：20 世纪女性文学中男权批判意识的流变》，社会科学文献出版社 2005 年版。

李泽厚：《中国思想史论》，安徽文艺出版社 1999 年版。

梁启超：《梁启超全集》，北京出版社 1999 年版。

梁实秋：《文学的纪律》，新月书店 1931 年版。

梁实秋：《梁实秋论文学》，台湾时代文化出版社事业有限公司 1981 年版。

梁实秋：《梁实秋批评文集》，珠海出版社 1998 年版。

林树明：《多维视野中的女性主义文学批评》，中国社会科学出版社 2004 年版。

林贤治：《娜拉：出走或归来》，百花文艺出版社 1999 年版。

林语堂：《林语堂批评文集》，珠海出版社 1998 年版。

凌宇：《从边城走向世界》，岳麓书社 2006 年版。

刘纳：《论"五四"新文学》，浙江文艺出版社 1987 年版。

刘乃慈：《第二/现代性：五四女性小说》，台湾学生书局 2004 年版。

刘小枫：《诗化哲学》，山东文艺出版社 1986 年版。

刘炎生：《中国现代文学论争史》，广东人民出版社 1999 年版。

刘运峰：《1917—1927 中国新文学大系导言》，天津人民出版社 2009

年版。

龙应台：《庆祝苏雪林教授九秩晋五华诞学术研讨会论文暨诗文集》，台湾文史出版社 1995 年版。

鲁迅：《鲁迅全集》，人民文学出版社 2005 年版。

罗根泽：《中国文学批评史》，上海古籍出版社 1984 年版。

罗志田：《乱世潜流：民族主义与民国政治》，上海古籍出版社 2001 年版。

茅盾：《茅盾文艺杂论集》，上海人民文艺出版社 1981 年版。

茅盾：《茅盾全集》，人民出版社 1989 年版。

孟德声：《中国民族主义之理论与实际》，台湾海峡学术出版社 2002 年版。

孟悦、戴锦华：《浮出历史地表：现代妇女文学研究》，中国人民大学出版社 2004 年版。

摩罗、杨帆：《人性的复苏：国民性批判的起源与反思》，复旦大学出版社 2011 年版。

南帆：《文学的维度》，生活·读书·新知三联书店 1998 年版。

南帆：《理论的紧张》，上海三联书店 2003 年版。

倪伟：《"民族"想象与"国家"统制：1928—1948 年南京政府的文艺政策及文艺运动》，上海教育出版社 2003 年版。

钱理群、温儒敏、吴福辉：《中国现代文学三十年》，北京大学出版社 1998 年版。

沈从文：《沈从文全集》，北岳文艺出版社 2002 年版。

沈晖：《绿天雪林》，人民文学出版社 2001 年版。

司马长风：《中国新文学史》，香港昭明出版社 1978 年版。

苏雪林等：《抗战时期文学回忆录》，台湾文讯月刊杂志社 1987 年版。

谭桂林：《百年文学与宗教》，湖南教育出版社 2002 年版。

王本朝：《20 世纪中国文学与基督教文化》，安徽教育出版社 2000 年版。

王彬：《中国文学观念研究》，中国文联出版社 1997 年版。

王德威：《想象中国的方法：历史·小说·叙事》，生活·读书·新知三联书店 1998 年版。

王德威：《小说中国——晚清到当代的中文小说》，麦田出版社 1999 年版。

王富仁：《中国鲁迅研究的历史与现状》，浙江人民出版社 1999 年版。

王晓明：《二十世纪中国文学史论》，东方出版中心 1997 年版。

王晓明：《批评空间的开拓——二十世纪中国文学研究》，东方出版中心
　　1998 年版。

王瑶：《中国新文学史稿（上册）》，开明书店 1951 年版。

王亚蓉：《沈从文晚年口述》，陕西师范大学出版社 2003 年版。

王哲甫：《中国新文学运动史》，杰成书局 1933 年版。

闻一多：《闻一多全集》，生活·读书·新知三联书店 1982 年版。

吴虞：《吴虞集》，四川人民出版社 1985 年版。

席扬：《文学思潮理论、方法、视野：兼论 20 世纪中国文学思潮若干问
　　题》，上海三联书店 2009 年版。

夏志清：《中国现代小说史》，复旦大学出版社 2005 年版。

许道明：《中国现代文学批评史》，江苏文艺出版社 1995 年版。

许纪霖编：《二十世纪中国思想史论》，东方出版社 2000 年版。

严家炎：《中国现代小说流派史》，人民文学出版社 1989 年版。

杨春时、俞兆平：《现代性与 20 世纪中国文学思潮》，广西师范大学出版
　　社 2005 年版。

杨春时：《现代性与中国文学思潮》，生活·读书·新知三联书店 2009
　　年版。

杨义：《中国现代小说史》，人民文学出版社 1986 年版。

杨剑龙：《旷野的呼声：中国现代作家与基督教文化》，上海教育出版社
　　1998 年版。

杨建民：《批评的批评——中国现代作家论研究》，海峡文艺出版社 2004
　　年版。

杨义：《中国古典小说史论》，人民出版社 1998 年版。

叶公超：《叶公超批评文集》，珠海出版社 1998 年版。

郁达夫：《郁达夫全集》，浙江大学出版社 2007 年版。

余虹：《革命·审美·结构》，广西师范大学出版社 2001 年版。

俞兆平：《写实与浪漫——科学主义视野中的"五四"文学思潮》，上海
　　三联书店 2001 年版。

俞兆平：《现代性与五四文学思潮》，厦门大学出版社 2002 年版。

俞兆平：《中国现代三大文学思潮》，人民文学出版社 2006 年版。

俞兆平：《浪漫主义在中国的四种范式》，广西师范大学出版社 2011 年版。

曾虚白等：《侧写苏雪林》，台湾苏雪林文化基金会 2009 年版。

张传敏：《民国时期的大学新文学课程研究》，人民出版社 2010 年版。

张岱年：《中国启蒙思想文库》，辽宁人民出版社 1994 年版。

赵景深：《新文学过眼录》，广西师范大学出版社 2004 年版。

赵文：《〈生活〉周刊（1925—1933）与城市平民文化》，上海三联书店 2010 年版。

《中华文化复兴论丛》（第 1 辑），台湾中华文化复兴运动推行委员会 1969 年版。

周海波：《中国现代文学批评史论》，上海人民出版社 2002 年版。

周作人：《知堂书信》，黄开发编，华夏出版社 1994 年版。

周作人：《中国新文学的源流》，华东师范大学出版社 1995 年版。

周作人：《周作人批评文集》，珠海出版社 1998 年版。

朱寿桐：《新人文主义的中国影迹》，中国社会科学出版社 2009 年版。

朱双一：《台湾文学创作思潮简史》，九州出版社 2010 年版。

庄锡华：《20 世纪的中国文学理论》，上海三联书店 2000 年版。

［美］史华慈：《五四：文化的阐释与评价——西方学者论五四》，山西人民出版社 1989 年版。

［美］郭颖颐：《中国现代思想中的唯科学主义》，雷颐译，江苏人民出版社 1989 年版。

［美］金介甫：《沈从文传》，湖南文艺出版社 1992 年版。

［美］费正清：《剑桥中华民国史》，中国社会科学出版社 1994 年版。

［美］浦安迪：《中国叙事学》，北京大学出版社 1995 年版。

［美］卡林内斯库：《现代性的五副面孔》，商务印书馆 2002 年版。

［美］本尼迪克特·安德森：《想象的共同体：民族主义起源与散布》，吴叡人译，上海人民出版社 2003 年版。

［美］韩南：《中国近代小说的兴起》，徐侠译，上海教育出版社 2004 年版。

［美］海登·怀特：《话语的转义——文化批评文集》，董立河译，大象出版社、北京出版社 2011 年版。

［法］塞克斯坦：《古典主义》，艾晓明译，昆仑出版社 1989 年版。

［法］西蒙·波娃：《第二性》（第三卷），杨翠屏译，台湾志文出版社
　　1997 年版。

［日］菊池宽：《文学创作讲座》（第 1 卷），洪秋雨译，光华书局 1931
　　年版。

［日］本间久雄：《文学概论》，章锡琛译，开明书店 1933 年版。

［捷］高力克：《五四的思想世界》，学林出版社 2003 年版。

［英］安东尼·吉登斯：《民族—国家与暴力》，生活·读书·新知三联书
　　店 1998 年版。

三　论文

唐达晖：《关于〈现代文艺〉与〈志摩遗札〉》，载《武汉大学学报》（社
　　会科学版）1983 年第 4 期。

袁良骏：《关于苏雪林攻击鲁迅的一些材料》，载《鲁迅研究动态》1983
　　年第 5 期。

董易：《自己走出来的路子——试谈沈从文小说的艺术特色》，载《中国
　　现代文学研究丛刊》1983 年第 7 期。

余凤高：《苏雪林攻击鲁迅的另一则材料》，载《鲁迅研究动态》1983 年
　　第 7 期。

沈晖：《论皖籍台湾女作家苏雪林》，载《安徽大学学报》（哲学社会科学
　　版）1985 年第 3 期。

沈悼：《苏雪林说的并非实话——关于〈理水和出关〉的〈自跋〉及其
　　它》，载《鲁迅研究动态》1986 年第 5 期。

善文：《也谈苏雪林攻击鲁迅的两篇奇文》，载《鲁迅研究动态》1986 年
　　第 9 期。

孙瑞珍：《苏雪林生平年表（节选）》，载《台湾研究集刊》1986 年第
　　7 期。

胡绍轩：《现居台湾的老作家苏雪林》，载《文史杂志》1988 年第 3 期。

高华：《台湾女性文学的发展》，载《文艺评论》1988 年第 6 期。

李允经：《为鲁迅一辩》，载《鲁迅研究动态》1989 年第 7 期。

马德俊：《台湾现代派诗的崛起、论争、回归及反省》，载《中国人民大
　　学学报》1990 年第 12 期。

李程骅：《中国现代历史小说理论批评描述》，载《海南师院学报》1990
　　年第 7 期。

安危：《李金发诗艺的美学特征》，载《东北师大学报》1990 年第 5 期。

萧兵：《世界中心观——为苏雪林教授九十五华诞而作》，载《淮阴师专
　　学报》（哲学社会科学版）1991 年第 4 期。

黄尔昌：《苏雪林与杜醒秋比较论》，载《安徽大学学报》1992 年第
　　4 期。

徐玉龄：《略谈苏雪林的早期创作》，载《安徽教育学院学报》（社会科学
　　版）1992 年第 4 期。

乔以钢：《灵魂苏醒的歌唱——论五四时期的中国女性文学创作》，载
　　《天津社会科学》1992 年第 4 期。

赵文胜：《论"五四"女作家笔下的知识女性形象》，载《南京师范大学
　　学报》（社会科学版）1992 年第 4 期。

杨剑龙：《论"五四"小说中的基督教精神》，载《文学评论》1992 年第
　　10 期。

古远清：《台湾当代女性评论家》，载《海南师院学报》1993 年第 10 期。

宏图：《冰心·绿漪》，载《读书》1993 年第 3 期。

谢昭新：《论苏雪林散文的艺术风格》，载《中国现代文学研究丛刊》
　　1994 年第 1 期。

古远清：《台湾的"文坛往事辨伪案"与"文化汉奸得奖案"》，载《中
　　国现代文学研究丛刊》1994 年第 5 期。

游友基：《女性文学的嬗变与发展》，载《中国现代文学研究丛刊》1994
　　年第 11 期。

臧棣：《现代诗歌批评中的晦涩理论》，载《文学评论》1995 年第 11 期。

李玲：《苏雪林属于"闺秀派"吗？——苏雪林〈棘心〉重评》，载《福
　　建论坛》1996 年第 2 期。

孙法理：《苏梅百岁香犹冽》，载《博览群书》1996 年第 9 期。

祝勇：《雾锁雪林》，载《博览群书》1996 年第 5 期。

张昌华：《人瑞苏雪林》，载《文学自由谈》1997 年第 1 期。

杨静远：《让庐旧事（上）——记女作家袁昌英、苏雪林、凌叔华》，载
　　《新文学史料》1997 年第 8 期。

杨静远：《让庐旧事（下）——记女作家袁昌英、苏雪林、凌叔华》，载

《新文学史料》1997 年第 11 期。

周海波：《论三十年代不同范式的作家论》，载《山东社会科学》1997 年
　第 2 期。

李玲：《渗透童心的女性世界——苏雪林散文集〈绿天〉》，载《中国现代
　文学研究丛刊》1997 年第 3 期。

王培萱：《"苏雪林是谁?"》，载《文学自由谈》1997 年第 5 期。

张遇：《〈棘心〉解构：契约的形成与破坏》，载《福建论坛》（文史哲
　版）1997 年第 10 期。

杨剑龙：《基督教文化的皈依　儒家文化的回归——评台湾作家苏雪林的
　小说〈棘心〉》，载《嘉应大学学报》（哲学社会科学版）1998 年第
　2 期。

李玲：《青春女性的独特情怀——"五四"女作家创作论》，载《文学评
　论》1998 年第 1 期。

唐宁丽：《试谈五四女性文学的双重文本》，载《南京师大学报》（社会科
　学版）1998 年第 10 期。

古继堂：《民族魂主宰的一次新诗革命——台湾新诗论争二十年回眸》，
　载《台湾研究》1998 年第 5 期。

阎纯德：《20 世纪中国女性文学的发展》，载《文学评论》1998 年第
　7 期。

金洁：《踯躅于"叛道"与"守道"之间——试论二三十年代闺阁文
　学》，载《上海大学学报》1999 年第 1 期。

李玲：《"五四"女作家笔下的母女亲情》，载《福建师范大学学报》
　1999 年第 1 期。

张遇：《"春雷女士"笔名考辨》，载《新文学史料》1999 年第 3 期。

吴雅文：《旧社会中一位女性知识分子内在的超越与困境——以〈棘心〉
　及〈浮生九四——苏雪林回忆录〉做主题分析》，载《中国文化研究》
　1999 年第 4 期。

孟丹青：《从〈棘心〉看苏雪林的道德立场》，载《江苏社会科学》1999
　年第 5 期。

殷国明：《西方古典主义与中国现代文学》，载《暨南学报》（哲学社会科
　学版）1999 年第 6 期。

沈晖：《论苏雪林与五四新文学》，载《中国文化研究》1999 年第 11 期。

唐亦男:《非常"另类"的苏雪林〈日记卷〉》,载《中国文化研究》
　　1999 年第 11 期。

徐志啸:《论苏雪林教授的中外文化比较》,载《中国文化研究》1999 年
　　第 11 期。

古远清:《发生在台湾"戒严"时期的"文坛往事辨伪案"——重评苏雪
　　林与刘心皇、寒爵"交恶事件"》,载《鲁迅研究月刊》2000 年第
　　1 期。

朱双一:《苏雪林小说的保守主义倾向——〈棘心〉、〈天马集〉论》,载
　　《华侨大学学报》(哲学社会科学版)2000 年第 1 期。

尉天骄:《论苏雪林散文中的民族文化情感》,载《河海大学学报》(哲学
　　社会科学版)2000 年第 3 期。

沈松侨:《振大汉之天声——民族英雄系谱与晚清的国族想像》,载《中
　　央研究院近代史研究所集刊》(第 33 期),台湾中研院近代史研究所
　　2000 年版。

王宗法:《苏雪林论》,载《文教资料》2000 年第 4 期。

马森:《论苏雪林教授〈中国二三十年代作家〉》,载《河海大学学报》
　　(哲学社会科学版)2000 年第 3 期。

丁增武:《美的收获——苏雪林早期散文创作和美文运动》,载《世界华
　　文文学论坛》2001 年第 2 期。

沈晖:《苏雪林传略》,载《江淮文史》2001 年第 11 期。

沈晖:《苏雪林与陈独秀的两面之缘》,载《新文学史料》2000 年第
　　3 期。

方维保:《论苏雪林小说的儒家文化意蕴》,载《华文文学》2001 年第
　　12 期。

黄忠来、杨迎年:《背负旧传统的"五四人"——苏雪林》,载《现代文
　　学研究丛刊》2002 年第 4 期。

郝誉翔:《在秋日的纽约见到夏志清先生》,载《联合文学》2002 年第
　　6 期。

乐铄:《"荫蔽"与传统束缚"五四"女性创作母爱书写的成因与意义》,
　　载《中国现代文学研究丛刊》2002 年第 10 期。

苏琼:《悖论·逃离·回归——苏雪林 20 年代作品论》,载《南京大学学
　　报》(哲学·人文科学·社会科学)2003 年第 1 期。

白春超:《现代中国文学中的古典主义》,载《河南大学学报》(社会科学版)2003年第2期。

杨健民:《胡风、许杰、苏雪林和穆木天的作家论》,载《福建论坛》(人文社会科学版)2003年第6期。

户松芳:《苏雪林:女性意识的觉醒与坚守》,载《江汉大学学报》(人文科学版)2004年第2期。

杨春时:《现代民族国家与中国新古典主义》,载《文艺理论研究》2004年第3期。

乔琛:《在理性与情感之间——谈苏雪林30年代作家评论》,载《淮北煤炭师范学院学报》(哲学社会科学版)2004年第4期。

厉梅:《苏雪林的两种姿态》,载《书屋》2005年第6期。

高玉:《重审中国现代文学史上的"民族主义文学运动"》,载《人文杂志》2005年第6期。

李志孝:《走向学术化的文学批评——苏雪林文学批评论》,载《天水师范学院学报》2005年第12期。

王翠艳:《〈益世报·女子周刊〉与苏雪林"五四"时期的文学创作》,载《现代中国文化与文学》2006年第1期。

陈明秀:《"五四"女作家笔下知识女性的情智冲突》,载《文艺理论与批评》2006年第1期。

石楠:《苏雪林年表》,载《安徽师范学院学报》(社会科学版)2006年第5期。

方维保:《国家情怀:现代知识分子成年镜像——论苏雪林的战时创作》,载《淮北煤炭师范学院学报》(哲学社会科学版)2007年第2期。

方维保:《论苏雪林的文学批评及其对新文学学科创立的贡献》,载《长江学术》(哲学社会科学版)2007年第10期。

方维保:《论苏雪林学术研究的品格》,载《华文文学》2007年第6期。

尉天骄:《论苏雪林散文中的民族文化情感》,载《河海大学学报》(哲学社会科学版)2007年第3期。

王翠艳:《五四女作家苏雪林笔名考辨》,载《北京师范大学学报》(社会科学版)2008年第3期。

方维保:《出游与回归:现代知识分子的成长寓言——论苏雪林的早期创作》,载《中国文学研究》2008年第10期。

沈晖：《李大钊与苏雪林的师生缘——兼述"呜呼苏梅"论战经过》，载《新文学史料》2008 年第 8 期。

王娜：《苏雪林一九三四年日记研究》，载《长江学术》2009 年第 1 期。

杨迎平：《庐隐与苏雪林——两位秉性迥异的"五四人"》，载《汕头大学学报》（人文社会科学版）2009 年第 2 期。

杨晓帆：《重识郑振铎早期文学观中的情感论——对文齐斯德〈文学批评原理〉的译介与误读》，载《河北学刊》2010 年第 9 期。

王桂妹：《"五四女作家群"的历史建构曲线》，载《文学评论》2010 年第 11 期。

吕若涵：《论苏雪林的散文批评》，载《海南师范大学学报》（社会科学版）2011 年第 1 期。

王本朝：《传统的潜伏：苏雪林的文笔论和道德观》，载《湘潭大学学报》（哲学社会科学版）2011 年第 1 期。

寇志明（John Eugene von Kowallis）：《苏雪林论鲁迅之"谜"》，载《鲁迅研究月刊》2011 年第 4 期。

倪湛舸：《新文学、国族建构与性别差异——苏雪林〈二三十年代作家与作品〉研究》，载《中国现代文学研究丛刊》2011 年第 6 期。

周海波：《苏雪林文学批评的史识与文心》，载《长江学术》2011 年第 4 期。

祝宇红：《"老新党的后裔"——论苏雪林〈天马集〉与曾虚白〈魔窟〉对神话的重写》，载《现代中文学刊》2011 年第 4 期。

附　录

两种美学立场的冲突

——论苏雪林《沈从文论》及沈从文的反批评

苏雪林曾抱怨说，她自认尚为得意的屈赋研究偏没人注意，自觉掉以轻心的新文学批评却得到许多人关心。而她新文学批评中最让人称道的是1934年9月发表于《文学》杂志的《沈从文论》。据她自述，香港曾出版一本《沈从文选集》，就是以这篇文章冠于书首，当作序文，"渐渐的欧美各国研究中国新文学者和以中国三十年代新文学为题材撰写硕士博士论文者，无论其为我国留学生，或外籍人士，常托人辗转关说，或打听到我的通讯处，写信来向我请教各种问题，并请求供给资料"①。也正是这篇《沈从文论》，引发了沈从文对苏雪林长达近半个世纪的不能释怀。

一

1930年9月，28岁的沈从文来到武汉大学教书。不到半年时间，为营救好友胡也频和帮助丁玲四处奔走，因而失去教职。1931年秋，35岁的苏雪林任职于武汉大学，非常巧的是，她所开设的一门新文学研究的课程正是此前沈从文所承担的。据苏雪林在自传中描述，当时文学院长陈源找她接手这门课程，她是不愿意的，原因在于新文学发生不过十几年时间，作品不多，作家都健在，新著作层出不穷，编个著作目录都无从着手，而且作家们的作风不固定，没法下定论。② 然后陈源说沈从文教这门课时留下讲义数篇，可以参考。苏雪林看了以后，觉得并不精彩，既然沈

① 苏雪林：《中国二三十年代作家》，纯文学出版社1986年版，第5页。
② 苏雪林：《苏雪林自传》，江苏文艺出版社1996年版，第87页。

从文都能教，她为什么不可以，于是就答应了。正是在编新文学课程讲义的过程中，苏雪林写出了一系列的作家评论，其中就包括前面所提的《沈从文论》。

该文发表之前，两人是否见过面我们无从考证，但有过文字之交是肯定的。据苏雪林 1934 年 8 月 7 日的日记记载："沈从文先生来信，从文要我代《大公报·副刊》写稿，拟弄点小文字应付一下。"① 当时沈从文正担任《大公报·文艺副刊》编辑，既然向苏雪林约稿，至少说明对她还是抱有好感的。这一年 9 月，《沈从文论》在《文学》杂志发表。沈从文的反应我们从苏雪林 9 月 14 日的日记可以得知："接沈从文来信，对于余在《文学》所发表之《沈从文》大表不满。"② 这封信现在无法找到，他究竟不满在哪里，苏雪林也没有提及，她的委屈却在日记里体现无遗："其实余对彼容有不客气之批评，然亦未尝故作毁谤。一个著作家应有接受批评之勇气，从文如此气量，未免太小。然则现代作家大率喜欢阿之词，而恶严正之判断，不独沈氏也。"③

平心而论，苏雪林的委屈完全可以理解。其一，她这篇文章的批评态度是严肃的，"未尝故作毁谤"。此前的日记记载了她阅读沈从文小说的心理反应过程：

4 月 16 日："《神巫之爱》已看完，殊不满意。沈氏小说以《神巫之爱》及《龙朱》二篇为最劣，以其浪漫气过重也，次则《阿丽思中国游记》，亦乏精彩，第二部尤劣。"

4 月 17 日："下午看沈从文小说《石子船》。沈氏小说共有二三十种，余在图书馆仅搜得十种左右，然已十分对其天才表示惊异。余对于从文小说，初甚瞧不起，以为太啰嗦。余乃深悔彼时太缺少赏鉴之眼光矣。"

4 月 18 日："午餐后看沈从文《蜜柑》，文字果然优美，沈之天才我今日始拜倒。《儒林外史》形容周进之钝，谓看三遍始看出范进文章好处，余亦与周进相类矣，可叹之。"④

显然，苏雪林对沈从文的小说有一个从轻视到激赏的心理变化过程，

① 王娜：《苏雪林民国二十三年日记研究》，硕士学位论文，武汉大学，2008 年，第 21 页。
② 同上。
③ 同上。
④ 同上书，第 18—19 页。

而通读《沈从文论》可以发现，上述日记所记载的苏雪林的阅读感受基本上可以在该文中找到。应该说，这篇文章是反映了批评家真实阅读感受的。

其二，文章中虽有对沈从文的"不客气之批评"，但总体评价还是正面为主，而贬抑之处也不像她后来批评鲁迅和郁达夫那样缺乏理性。文章谈到，"沈氏作品艺术好处，第一是能创造一种特殊的风格。在鲁迅，茅盾，叶绍钧等系统之外另成一派"①。把沈从文与鲁迅、茅盾、叶绍钧相提并论在当时要算是一种很高的评价了。对于沈从文的才华，苏雪林的评价也颇高："但是作者的天才究竟是可赞美的。他的永不疲乏的创作力尤其值得人惊异。只要他以后不滥用他过多的想象力，将作品产量节制一点，好好去收集人生经验，细细磨琢他的文笔，还有光明灿烂的黄金时代等着他在前面！"②

此文尤有价值的部分是苏雪林为沈从文作品所归纳出的"理想"："这理想是什么？我看就是想借文字的力量，把野蛮人的血液注射到老态龙钟，颓废腐败的中华民族身体里去，使他兴奋起来，年青起来，好在20世纪舞台上与别个民族争生存权利。"③ 在当时来看，苏雪林的这一判断及时、精准，也得到后来研究者的认同，成为沈从文研究中引用率非常高的文献。比如俞兆平说："这点在当时非常难得，似乎只有苏雪林算是真正读懂了沈从文。"因为他认为，"以文字的力量，把新的生命之血注入衰老的机体；以野蛮气质为火炬，引燃民族青春之焰，这就是沈从文的创作动机与作品的功能、意义之所在"④。由钱理群等合著、被认为是中国现代文学领域最权威的高校教材《中国现代文学三十年》也引用了苏雪林这一观点。

事情还没有结束，苏雪林这一年10月2日的日记记载："上午到文学院上课。陈通伯先生将沈从文来信还我，并言余所作沈论，誉茅盾、叶绍钧为第一流作家，实为失当，难怪沈之不服。余转询陈之意见，中国现代第一流作家究为何人？陈答只有鲁迅勉强可说，此外则推沈从文矣。此种

---

① 苏雪林：《苏雪林文集》（第三卷），沈晖编，安徽文艺出版社1996年版，第301—302页。
② 同上书，第305页。
③ 同上书，第300页。
④ 俞兆平：《浪漫主义在中国的四种范式》，广西师范大学出版社2011年版，第65页。

议论真可谓石破天惊,陈先生头脑清晰,然论文则未免有偏见也。"① 在陈源看来,沈从文的不满源于苏雪林文中"沈从文之所以不能如鲁迅,茅盾,叶绍钧,丁玲等成为第一流作家,便是被这'玩手法'三字决定了的"② 这一判断。就目前文学界的评价来看,沈从文自然已经超越了叶绍钧、丁玲等作家而和鲁迅一起跻身于第一流作家行列。而就当时他在文学界的地位而言,苏雪林的判断也并非完全说不过去。如果仅仅是因为自己被评价过低,那对批评家不满的程度适可而止甚至一笑而过才更符合一个大作家的气度。但此后沈从文的反应让人诧异。

二

沈从文在一封 1980 年 1 月 9 日致徐盈的信中写道:"而这个苏教授,却是个不好招架的典型神经质女人,一切但凭感情出发,作论文更不在例外。骂我时,正把鲁迅捧上了天,而次一年,却用'快邮代电'奇特方式,罗列若干条罪状,讨伐鲁迅。……至于对我,大致经过凌叔华一说,告他我不仅是听到点点苗人传说,事实上生长住处,全县都是苗人。凌还不知道,我本身也算是个苗人!不仅仅在军队混了几天,一家还是军人,事实上混了三代!又介绍些她根本没看过的作品。感化过来了。因此待抗战时,我借住东湖边耿丹家中(似大革命红五军长家,和李书老隔壁),这位感情充沛的立法委员兼批评家,一再要请我,吃了一顿饭,反复解释当时讲义中的胡说如何不得体。我对于她这一切,只能报以微笑。她可料想不到凡是武大中文系的学生,谈及我的作品时,却无不用她的胡说作为'心传秘宝'!而上海香港凡是一折八扣印的沈某某选集,也无不沿用她的胡说作为样本。香港新印的选集,还直接用她那文章作为序言。而苏本人呢,不多久,即荣升国民党立法委员。南京解体时,随同逃至广州,终于又转入当地天主堂成了修女,不久即去法国……现在上海一位邵同学,还同样把她那个讲义中一段引为五四以来时人对我主要正面评论文字。不得已只好告他,这是国民党一个立法委员的判决书。……不问从正面、从

---

① 王娜:《苏雪林民国二十三年日记研究》,硕士学位论文,武汉大学,2008 年,第 65 页。

② 苏雪林:《苏雪林文集》(第三卷),沈晖编,安徽文艺出版社 1996 年版,第 305 页。

反面说，那个文章都无什么用处。内中虽有些赞美我处，反不如把我作品骂得一文不值极左批评家的文章有反面作用！"①

　　时隔 46 年之久，沈从文依然无法释怀。他上述这一大段话无论从事实层面还是逻辑层面都值得商榷。就事实层面来说，沈从文对苏雪林是国民党立委的指认缺乏依据。第一届中华民国立法委员名单中并没有苏雪林名字。而苏雪林在自传中倒是提及过她差点成为国大代表一事。据她自述，1948 年国代选举在南京举行，武大韦润珊教授劝她和袁昌英报名竞选。苏雪林虽然对这种"烂羊头、灶下养式的国大"不感兴趣，但想到"不过若得选上就去南京玩一趟，放棹莫愁湖，跨驴去栖霞赏红叶"，于是就报了名，由韦润珊觅得校中同事二十余人作保，将选票寄去。后来苏雪林因担心自己和袁昌英的保人十之八九重合，担心被查出两人都落选，便写一封快信至南京表示愿意放弃。最后袁昌英当选，苏雪林则落选了。② 这一段经历是苏雪林自己讲述的，有无演绎无从知晓，但至少可以确认的是她并没有当选过国民党立法委员。就逻辑层面而言，沈从文强调苏雪林立法委员的身份，认为其《沈从文论》"是国民党一个立法委员的判决书"，无非是想表达，作为有政党背景的批评家对其所作的判断不可靠。但是这里的问题在于，即便苏雪林是立法委员，也并无法由此而推断她的批评毫无价值。那胡适还曾经是中华民国的总统候选人，是否他的著述也不值一提？

　　类似的说法在沈从文 1980 年 1 月 27 日致沈虎雏、张之佩，1980 年 4 月上旬复邵华强，1980 年 6 月 17 日复张香还，1982 年 2 月 22 日复凌宇，1982 年 3 月 30 日复张充和，1983 年 2 月上旬复沈岳锟等信中都可以找到。

　　在《沈从文晚年口述》一书中记录了美国学者金介甫与沈从文的对话，也提到了上述说法：

　　　　金：苏雪林也是天主教的。

　　　　沈：从前她是国民党的立法委员。

　　　　金：她现在在文学那份杂志上写了一篇批评你的文章。她是教书

---

① 沈从文：《沈从文全集》（26），北岳文艺出版社 2002 年版，第 7—8 页。

② 苏雪林：《苏雪林自传》，江苏文艺出版社 1996 年版，第 121 页。

的，她也比较欣赏你的作品。

沈：不！她批评我，骂我，原因是这样的，她不认识我。她是在武汉大学教书，她说的地方还是有点对啦！说我的很粗糙的，没有组织，文字浪费是对的。因为我那时并不成熟啊！她是搞学校的出身，不知道我们搞这个工作经过多少困难啊！克服外面的困难，还要克服内面的困难。自己的文字掌握不住，这个仗不容易打，但是她后头陈源是文学院长，武汉大学的。陈源同我很熟呀，告诉她，你好多文章都没看过。陈源那都有，我的作品她再看了，看法就改了，对我满好的。后来抗战的时候，我在武汉大学住在东湖，对我表示特别好感。这个是老姑娘啦，她的脾气有点感情的，所以说好的不宜相信，说坏的也不要太担心，她是感情不是理智的。……①

从上述大段的引文可以看出，沈从文对苏雪林的不满非常之深，尽管这期间郭沫若等左翼作家对他批评的严厉程度和非学术化程度远远超过前者。而耐人寻味的是，即便沈从文亲口否定了苏雪林的评论，金介甫依然在其《沈从文论》一书中认为"苏在论文中的论点既有真知灼见，也有不少误解之处"②。既有"真知灼见"，那自然不是"毫无价值"。

三

比较苏雪林的《沈从文论》一文和沈从文对此文的反应，我们可以捕捉到沈从文生气的几个可能性：

首先，苏雪林在文章中的姿态可能惹恼了沈从文。沈从文说："这是国民党一个立法委员的判决书。""判决书"一词带有居高临下、不容置疑的意味。客观来说，苏一文对沈的评价褒多于贬，但无论褒贬，其发言的姿态却似一前辈作家对青年作家的点拨。比如批评沈氏小说的描写繁冗拖沓："世上如真有'文章病院'的话，王统照的文字应该割去二三十斤的脂肪，沈从文的文字应当抽去十几条使它全身松懈的懒筋。"③ 针对沈

---

① 沈从文：《沈从文晚年口述》，王亚蓉编，陕西师范大学出版社 2003 年版，第 170 页。
② ［美］金介甫：《沈从文论》，符家钦译，国际文化出版公司 2009 年版，第 229 页。
③ 苏雪林：《苏雪林文集》（第三卷），沈晖编，安徽文艺出版社 1996 年版，第 304 页。

小说的想象力过盛这一点，苏雪林评价道："我常说沈从文是一个新文学界的魔术家。他能从一个空盘里倒出数不清的苹果鸡蛋；能从一方手帕里扯出许多红红绿绿的缎带纸条；能从一把空壶里喷出洒洒不穷的清泉；能从一方包袱下变出一盆烈焰飞腾的大火，不过观众在点头微笑和热烈鼓掌之中，心里总有'这不过玩手法'的感想。"① 即使在文章最后对沈从文作一总体上的肯定，苏雪林的语气也是教导味十足："只要他以后不滥用他过多的想象力，将作品产量节制一点，好好去收集人生经验，细细琢磨他的文笔，还有光明灿烂的黄金时代等着他在前面！"② 虽然 1934 年时的沈从文才年仅 32 岁，但距他发表第一篇文章已经十年，期间出版作品集几十种，《从文自传》《边城》等代表作也相继出版或发表。同时沈从文也是一个自我体认非常高的作家，在《沈从文全集》中有一段他写在"《八骏图》自存本"的题记："从这个集子所涉及的问题、社会、人事，以及其他方面看来，应当得到比《呐喊》成就高的评语。事实上也如此。这个小书必永生。可是在宣传中过日子的读者可不要这个的。"③ 鲁迅的成就也并非不可超越，那面对苏雪林这种耳提面命般的批评语气，沈从文又如何能心平气和。

其次，在沈从文看来，苏雪林既没有阅读他的全部作品，又没有全然了解他的个人经历，做出判断过于轻率。苏雪林在日记当中的确提到她没有找全沈从文的作品："沈氏小说共有二三十种，余在图书馆仅搜得十种左右。"而谈到沈从文的军队生活小说时，苏雪林觉得，"沈氏在军队中所处地位，似乎比一般士兵优异"，是世俗所讽嘲的"少爷兵"。她认为沈从文没有受过刻苦的训练，没有上过炮火连天、惊心动魄的战线，也没有经验过中国普通士兵奸淫杀掠、升官发财的痛快，也没有经验过他们饥渴劳顿、流离琐尾的惨苦，所以"所写军队生活除了还有点趣味之外，不能叫人深切的感动"。而谈到其苗族生活小说时，又认定沈从文没有到苗族中间生活过，"所有叙述十分之九是靠想象来完成的。许多地方似乎从希腊神话，古代英雄传说，以及澳洲、非洲艳情电影抄袭而来"④。苏

① 苏雪林：《苏雪林文集》（第三卷），沈晖编，安徽文艺出版社 1996 年版，第 305 页。
② 同上。
③ 沈从文：《沈从文全集》（14），北岳文艺出版社 2002 年版，第 465 页。
④ 苏雪林：《苏雪林文集》（第三卷），沈晖编，安徽文艺出版社 1996 年版，第 293—297页。

雪林的判断的确过于主观,因而沈从文才会在跟人抱怨苏雪林的时候反复强调自己苗人的身份,以及家中三代军人的事实。沈从文是一个敏感的人,当他面对身边那些养尊处优的绅士同行们,"乡下人"的身份让他不乏自卑之感,但同时他又珍视这些早年的人生经历给他的文学创作所带来的素材、灵感和想象力。"湘西世界"一方面成为他所描写的对象,另一方面也成为他面向城市进行现代文明批判的立足点。当苏雪林否认他湘西生活的真实性,沈从文心生不满自是情理之中。

令沈从文更为生气的是,这篇在他个人看来是轻率的"判决书"的文章却得到广泛的认同和流传,不仅用作其小说选集的序文,还"许多人写现代文学史,都引用这个材料,左的也引"①。就连研究他的金介甫和"上海一位邵同学"都把之当作对他的正面评价文献。这正是令人困惑之处,一方面是大家众口一词地认为这篇文章有其价值,另一方面却是沈从文的坚辞不受,甚至不无极端地说:"不问从正面、从反面说,那个文章都无什么用处。内中虽有些赞美我处,反不如把我作品骂得一文不值极左批评家的文章有反面作用!"也就是说,上述几点分析并无法完全解释沈从文为什么对苏雪林的批评如此反感,到底是文章中的哪一点真正触怒了他?

四

沈从文认为《沈从文论》是"一个立法委员的判决书"。我们是否可以理解为,一方面这份"判决书"中居高临下的语气让他颇为不快,另一方面是其中存在"误判",他无法认同。而后者才是他对苏雪林不能释怀的真正原因所在。这份"判决书"的核心是前文所提关于沈从文作品"理想"的判断,这一判断显示出苏沈二人在美学立场上的分歧。凌宇曾经问沈从文:"您在作品中歌颂下层人民的雄强、犷悍等品质,与当时改造国民性思想有无共通之处?"很明显,凌宇这个问题是针对苏雪林那句"我看就是想借文字的力量,把野蛮人的血液注射到老态龙钟、颓废腐败的中华民族身体里去,使他兴奋起来,年青起来,好在 20 世纪舞台上与别个民族争生存权利"而问的。沈从文的回答是:"毫无什么共通处。我

---

① 沈从文:《沈从文全集》(26),北岳文艺出版社 2002 年版,第 82 页。

是试图用不同方法学习用笔，并无有什么一定主张。我因为底子差，自以为得踏踏实实的学习三十年，才可望在工作实践中达到成熟程度。"① "毫无"一词透露出沈从文对苏雪林的判断完全不买账。

苏雪林对中国文化有一个一以贯之的论点，就是中国文化虽然灿烂，但年龄"太老"，"文化像水一样流注过久，便会发生沉淀质。我们血管日益僵硬，骨骼日益石灰化，脏腑工作日益阻滞，五官百骸的动作日益迟缓，到后来就百病丛生了"。② 要想恢复文化的活力，恢复民族的青春，必当接受西洋文化，而要接受西洋文化，则应先养成强悍、粗犷的气质。另外，苏雪林认为文学有其功利性，文学之为物，直接对读者可以发生一种电力，间接则对于社会可以发生巨大的影响。"一个人格的完成与堕落，一个制度的成立与毁坏，一代政治的变迁与改革，一种主义的传播与遏绝，与文学艺术的宣传往往有极大的关系。"因而她认为，作家应当表现的是"道义的人生"，或是"圆满的人生"。③ 在她看来，沈从文作品恰恰就是呼应了她的两个观点，用文学作品所呈现的"雄强"、"犷悍"来培养中国人的野蛮气质，也就是，"借文字的力量，把野蛮人的血液注射到老态龙钟，颓废腐败的中华民族身体里去，使他兴奋起来，年青起来，好在 20 世纪舞台上与别个民族争生存权利"。

但这只是苏雪林一厢情愿的认定。面对凌宇问《边城》、《黔小景》、《贵生》等作品是否含有人生莫测的命定论的倾向，沈从文回答道："我没有那么高深寓意。只有一个目的，就是企图从试探中完成一个作品，我最担心的是批评家从我习作中找寻'人生观'或'世界观'。"凌宇又问道："对下层人民的描写，一方面同情他们悲苦但不自觉的命运，一方面发掘他们身上美德的光辉，这样理解对吗？"沈从文回答："从我一堆习作中，似不值得那么认真分析，探讨。因为是习作。写乡村小城市人民，比较有感情，用笔写人写事也较亲切。写都市，我接近面较窄，不易发生好感是事实。"④ 沈从文不希望甚至反对批评家为他的作品追认一个"世界观"、"人生观"，更不愿为他的作品添加若干社会意义，即便是正面的道德意义。他反感功利化的写作，不无自嘲地说："在这个时代怎么样下

---

① 沈从文：《沈从文全集》(16)，北岳文艺出版社 2002 年版，第 522 页。
② 苏雪林：《苏雪林文集》(第三卷)，沈晖编，安徽文艺出版社 1996 年版，第 300 页。
③ 同上书，第 1—2 页。
④ 沈从文：《沈从文全集》(16)，北岳文艺出版社 2002 年版，第 522—523 页。

笔,使自己获得大众,我是分分明明的。怎么样在作品上把自己与他人融解到一个苦闷中,使作品成为推进社会实气力之一种,我也并不胡涂的。小小的谎辩与任何的夸张,所谓无害于事有利于己的方法,我全皆了然,却又完全不用。我仍然以固守残垒表现这顽固的自己,把文章写成,不呼喊也不哀诉。"① 所谓"不呼喊也不哀诉",就是从自己最熟悉的人和事出发来写作,不刻意夸张情绪,也不人为拔高作品的意义。他始终坚持自己不会为迎合读者而创作,甚至说:"说真话,我是不大对读者有何特别兴趣的。"他对自己作品的要求是没有乡愿的"教训",没有腐儒的"思想",有的只是一点属于人性的真诚情感。②

　　既然一方坚称自己不为什么而写作,没有为作品刻意注入预设的理想,生怕沾上一点功利的气息,另一方却认定"不过他这理想好像还没有成为系统,又没有明目张胆替自己鼓吹,所以有许多读者不大觉得,我现在不妨冒昧地替他拈了出来"③,言辞中不乏助人为乐的得意,两人的冲突可想而知。在沈从文看来,虽然极左批评家们从其作品对社会人生没有积极作用的角度全盘否定了他,但这恰恰符合沈从文强调创作无功利性的自我认定,所以我们才能理解他那不无极端的说法:"不问从正面、从反面说,那个文章都无什么用处。内中虽有些赞美我处,反不如把我作品骂得一文不值极左批评家的文章有反面作用!"

　　沈从文自己也是批评家,写过不少的批评文字,认为自己的批评文章"若毫无可取处,至少还不缺少'诚实'","每一句话必求其合理且比较接近事实"④。但苏雪林何尝不是这样认定自己的,即便把鲁迅说成"玷辱士林之衣冠败类,二十四史儒林传所无之奸恶小人"⑤,她也说自己"对于鲁迅,我的态度自问相当公平"⑥。所以说,做一个好的批评家是难的,所谓"诚实"、"公平"等,皆出自各人的美学立场,一旦批评家与被批评者的立场差异过大,产生冲突自然在所难免。

---

① 沈从文:《沈从文全集》(16),北岳文艺出版社 2002 年版,第 180 页。
② 同上书,第 343 页。
③ 苏雪林:《苏雪林文集》(第三卷),沈晖编,安徽文艺出版社 1996 年版,第 300 页。
④ 沈从文:《沈从文全集》(16),北岳文艺出版社 2002 年版,第 327 页。
⑤ 苏雪林:《我论鲁迅》,传记文学出版社 1979 年版,第 54 页。
⑥ 苏雪林:《中国二三十年代作家》,纯文学出版社 1986 年版,第 6 页。

后　记

在文艺学术界，我同别人相比，一切都感贫乏，光阴则满满装了一口袋。

——苏雪林

　　我哥是个文学青年，在高一那年创办了我们县城中学第一个文学社。高中三年他写诗、办刊，学习却丝毫没耽误，最终以县文科状元的身份考进北大法律系。大哥的成功给父母甚至整个家族带来了极大的荣耀，对我而言，喜悦则来自终于可以独占那间原本属于我们两个人的卧室，还包括他积攒下来的上百本文学杂志和书籍。这是我与文学最初的关系。父亲始终无法理解，为什么我的语文成绩越来越好，总分却越考越差。1998 年，最终在他失望的目光中，我进了一所普通本科院校的中文系。我与文学的关系得以延续。

　　那时候大哥经常给我写信，每每看到信封上"北京大学"四个字，我就不免心驰神往好半天。后来他毕业了，叮嘱一位在北大读研的同学继续与我通信，于是印有"北京大学"字样的信件仍不间断地来到我的眼前。也许是这些信件持续暗示的结果（这或者正是大哥的目的），我终于立志报考北大中文系中国现代文学专业的研究生。当然，专业的选择是受了我两位现代文学老师的影响。第一位是姚晓龙老师。他讲得最好的自然是鲁迅，十六年了，我依然清晰地记得他在讲台上忘情地模仿阿 Q 和小 D 相互拔对方辫子的情景。那时的我在想：哦，文学原来可以这么有趣。后来姚老师北上师从王富仁先生研修，刘家思老师接手我们班的现代文学课。刘老师呈现的是另一种激情，他常常因语速跟不上思维的节奏而涨得满脸通红。尤其面对曹禺，他总有说不完的话，甚至在大四还专门给我们开了一门曹禺研究课。受他的影响，我买全了人民文学出版社在 1997 年出版的曹禺戏剧的各个单行本,甚至写了一篇现在看来完全不合学术规范的关于曹禺的"学术论文"。我想,这些都是日后我从事中国现代文学专业研究的最初启蒙。

考研之路并不顺利,英语始终是我的软肋。考了两次之后,2003 年,最终因无法承受父母担忧的目光而申请调剂到了位于四川南充的西华师范大学攻读中国现当代文学专业的硕士。我向来是随遇而安的性情,加上川中生活慵懒舒适,很快就忘记了落榜北大的沮丧。研一师从的是李欧先生。李老师研究过侠文化,身上颇有侠义之风,处事耿直、为人磊落,颇受学生爱戴。但是带了我们一年便调动至西南民族大学任教。后两年师从傅宗洪先生。傅老师为人随和,对学生的学术选择非常宽容。记得他第一次问我们毕业论文选题的时候,我抱着挨骂的准备硬着头皮说想研究港剧。没想到他当场同意,并鼓励我以此为日后的学术方向。要知道,虽然当时国内大众文化研究的风气已起,但在我们那所偏僻的地方院校,这种选择还是首开先河的。因为傅老师的宽容,论文写得颇为顺利,答辩的时候以全优通过。不过,终究还是让他失望了。他原本希望我考入四川大学读博,然后再回到他身边,没想到考试中间出了个小插曲,我最终还是离开了四川。(尤感愧对傅老师的是,2012 年博士毕业,傅老师希望我回母校,因种种原因再次令老师失望)。

2006 年,来到宜春学院任教。虽说是任教,其实差不多有两年时间被借调到科室帮忙。行政事务的琐碎让我下决心通过考博来换种生活方式。2008 年底,在诚惶诚恐中拨通了厦门大学俞兆平先生的电话,表达想考入他门下的愿望。先生的温和、真诚让我对厦大倍增好感,也坚定了考试的决心。厦大的考试很严格,一个导师只有一个指标。当时考完觉得发挥不太理想,打电话给俞老师说,如果今年上不了,明年一定接着考。还好没有如果,因年龄原因他第二年就不再招了,我幸运地成为先生的关门弟子。后来,在先生为本书写的序言当中读到对我面试时的印象描述:"清爽利索,应答机敏,最新的理论动态也能一一道来,虽有点书生气,但对学界的八卦糗事也不乏了解,看来孺子尚可教也。"开始是会心一笑,随即觉温暖不已。

不过,先生的这个门关得并不轻松。在硕士期间我偏重于影视文化的研究,对中国现代文论及思潮关注不够,造成跟先生的研究现状有些脱节,一度曾陷于游移与彷徨。先生的态度则是豁达中带着严厉:一方面,他对学生的学识素养多有肯定，对理论准备与专业资料积累不足亦予以理解；另一方面，在三年的学习过程中，他时时耳提面命，说这是一生中难得的集中读书的时光，也许以后都不会有了。也正是由于先生不时的敲打，我对文论及思潮的兴趣逐步建立。毕业论文选题的确立纯粹出于偶然。记得博一下学期正为毕业论文选题的事一筹莫展，有一次，先生向我推荐苏雪林的《沈从文论》一文。那时他正醉心于研究沈从文的浪漫主义，认为苏文是前人研究中难得读懂了沈从文的佳作。正是循着先生的阅读轨迹，我发现苏雪林竟是一个前人未曾深入挖掘的"矿藏"。目标选定了，但挖掘的过程是艰辛的。先生曾谈到"现代性"理论视角对他的研究的启示与引导，就"如同一盏聚光灯亮起，一条期盼已久、新的研究路径展现在跟前，那些尘封多时被人遗忘的史料，或被人们熟视无睹的，乃至边缘性的史料，都被照得熠熠生辉，焕发出新意"。我的感受同样如此。虽说与鲁迅、老舍、张爱玲等作家相比，关于苏雪林的研究实在不算多，但依然有数百篇论文和好几本评传或传记。如果没有先生这些年对文学思潮的整体性研究和创造性发现，没有这些发现的启示和引导，我很难想象自己能把苏雪林说出一点跟别人不一样的东西。当然，也就没有眼下这本小书的出版。

　　除了自己的导师，杨春时、朱水涌、朱双一、张玉能、席扬、陈昌明诸位先生都曾对我的苏雪林研究给予过影响。杨春时教授既是厦大文艺学博士点的领衔人，也给我们上过两门课。杨老师的课和他的文章一样平实、严谨，让人无懈可击。如果没有他对于文学思潮的重新界定和深入研究，我的毕业论文将少了一半的理论支撑。朱水涌教授上课的风格则轻松随意，忘不了他坐在办公室里一边抽烟、一边口若悬河给我们上课的情景，而学生的发言无论好坏他都能给予鼓励的微笑。张玉能、席扬、朱双一三位教授则在毕业论文答辩会上给了我诸多鼓励，也提出了很多中肯的建议。陈昌明教授彼时任台湾成功大学文学院院长。苏雪林先生自1956年起，至1999年逝世，均在成功大学度过。陈院长为整理、修复、搜集、出版、保存苏先生的文稿、遗作及文物等，耗费心血。当他从俞老师处得知我正在撰写苏雪林先生的博士论文时，特地从台湾邮寄来八本苏先生的著作，为我的写作提供了不少方便与帮助。

　　特别需要提到的是与我同一单位的李建军教授。作为我的师长，从最早做毕业论文选题开始，只要有机会他都会对我的论文提出一堆中肯的建议，无论是饭桌上，还是电话里，甚或马路边。当然，更多的时候是在我们出差途中，每次谈到学术问题，他都异常亢奋，聊到凌晨两三点是常有的事。我曾经开玩笑说，跟李老师出差既痛苦又幸福。痛苦的是他睡觉的呼声有点"震耳欲聋"，幸福的是每次我都能从他打呼之前的谈话中得到学术研究的灵感。

这些年我最愧对的是家人。三十多年的人生里，我有 24 年在上学。别说养家，即便读博那几年也常常靠父母接济。父母原本只是一般的国企职工，随着单位被拍卖，早早下岗在家。因为我始终没有立业成家，他们总觉得有负担在身，所以父亲六十了依然还在为私企打工。母亲十几年来一直病痛缠身，她最大的希望就是和子女一起生活，而在很长一段时间里，我连把她接在身边过一个星期都做不到。尽管这样，他们始终也没有埋怨过一句，得知我考上厦大的博士，甚至比当年大哥考上北大还开心，只因我永远是他们担心的不长进的小儿子。而大哥作为曾经的文学青年、高考状元，学术原本是他的志趣。但身为长子，为了分担家庭的经济压力，选择了一条他未必喜欢的道路。每当大哥在外打拼，而自己安坐于书房，我总会有偷了他的人生的感觉。其实何止于这些，可以说，在我生命的每一个重要阶段，都有他的付出。我之所以从不表达对他的感激，只是因为早已习惯，长兄如父是对这份情感最好的注解。感谢一直陪伴在大哥身边的嫂子。她虽然比我还要小一岁，但在我面前却一直如亲姐。每回我一身土气来到北京，嫂子都会把我领到商场重新包装，穿一套，还得带一套。也正是因为嫂子，我这些年几乎没买过电子产品。

在我毕业论文的后记里曾经写过这样一段话："最后想感谢的是我的未婚妻，她是我这些年来奔波生活中最美好的收获。如果说这篇论文偶有一两段闪光的句子，那肯定是在她的陪伴下写出的。"当年的未婚妻已成为我正式的妻子，她远离了山东的父母陪我留在了这座小城。我是一个生活简单到没有什么情趣的人，每天无非是读书、教书，她从不以自己的喜好干涉我这种简单的快乐。书中的每一句话她都是第一个读者，虽然平时总抱怨文学在我们这些所谓的研究者手里变得乏味枯燥，但我知道她内心是喜悦的。

本书是在我的博士论文基础上修订而成，从论文的完成到专著的获资助出版，期间已两年有余。两年来，琐事缠身，书中原本很多需要继续展开的问题没能如愿。感谢学校所设立的专著出版资助项目及科研处领导的督促、支持，或许这本小书的出版能稍稍振作我无所作为的生活。

　　此刻，父母正在客厅看电视，妻子在单位加班，我坐在临街的书房里敲字，窗外还不时传来马路上飞驰而过的摩托车发出的轰响。相比曾经的梦想和远方，我更享受眼下的现世安稳。书也许不会再出第二本，但生活要一如既往。